Tilo B.

Alltägliche Sensationen
Geschichten und Reportagen

Zu keiner Zeit ist eine derartige Informationsflut über uns hereingebrochen, in der die Luft nur so vom allumfassenden medialen Wahnsinn wabert. Angesichts dieser Tatsache liegt die Überlegung nahe, welcher Teufel den Tilo B. aus Spergau wohl geritten haben mag, knappe zehn Hände voll Geschichten zu schreiben, von denen obendrein der geneigte Leser weder vom Hocker gerissen wird, noch Gänsehauteffekte, Schamlosigkeiten oder gar cleveres Selbstvermarktungsgehabe zu erwarten hat. Vielmehr kommen B.s Geschichten bescheiden daher. Sie beinhalten Alltägliches und scheinbar Nebensächlichkeiten. Sie sind facettenreich voller „kleiner Sensationen", die so klein nicht sind, in Wirklichkeit. Auf diese Weise setzt der Autor dem ganz Großen – dem Leben, ein liebens- und lesenswertes Denkmal.

Lore Sprenger
Großkorbetha im Juni 2017

Alltägliche Sensationen

Geschichten und Reportagen

von

Tilo B.

2017

Mit freundlicher Unterstützung

INFRALEUNA®

Schlagworte
Reportagen, Geschichten, Alltägliche Sensationen, Berichte,
DDR, Seefahrt

Impressum
© Tilo Buschendorf, Spergau, Juni 2017
Titel- und Umschlaggestaltung Pierre Kynast

Erste Ausgabe © pkp Verlag, Pierre Kynast, Leuna, August
2017 – Internet: http://www.pkp-verlag.de – Herstellung und
Vertrieb: Books on Demand GmbH, Norderstedt – Paper-
back: ISBN 978-3-943519-30-3 – E-Book: ISBN 978-3-
943519-31-0

Inhalt

Teil I

Erinnerungen

Teil II

Reportagen und Geschichten

Teil III

Nachdenkliches

Nichts ist phantasievoller als die Sachlichkeit,
und nichts ist sensationeller als die Zeit, in der man lebt.

Nach Egon Erwin Kisch
Journalist und Schriftsteller

Teil I
Erinnerungen

1. Der Raucherklub

Ein Streichholz flammt auf. Zaghaft reckt der zehnjährige
Klaus seinen Kopf nach vorn. Zwischen seinen Lippen
klemmt eine Zigarette, die zu zittern beginnt, je mehr er sich
der Flamme nähert. „Na los!", sagt Bernd, der Älteste einer
Gruppe halbwüchsiger Jungen, „ich will mir nicht die Finger
verbrennen." Alle klemmen sich jetzt wie auf Kommando eine
Zigarette zwischen ihre Lippen, und Bernd hält jedem die
Flamme entgegen. Einer nach dem anderen zieht sich den
Rauch vorsichtig in den Mund. Die Höhle, in der sie hocken,
füllt sich langsam mit Qualm.

Hier, am Dorfrand, ist der Abenteuerspielplatz der Dorf-
jungen. Zwischen kleinen Hügeln, am Rande eines Erlenwäld-
chens haben sie sich heimlich eine Höhle gegraben. Ein ver-

rosteter Feldspaten und ein verbeulter Stahlhelm aus dem Krieg, Dinge, die auf der Müllhalde noch rumliegen, sind ihre Werkzeuge. Dazu ein paar verbeulte Eimer, um die Erde wegzuschleppen. Oft sind sie hier draußen, um sich nach der Schule auszutoben. Wenn es gegen die Gleichaltrigen aus dem Nachbardorf geht, wird das Gelände auch mal zum Kriegsschauplatz. Meist verläuft das nicht ohne Beulen und Schrammen. Aber das stört sie nicht.

Die Jungs der Clique, die sich heute hier verabredet hat, sind dafür bekannt, dass sie immer mal wieder Unfug treiben. Aber heute haben sie sich etwas Besonderes vorgenommen. Heute wollen sie probieren, wie eine Zigarette schmeckt. Der zwölfjährige Bernd hatte die Idee dazu. Die anderen sind ihm kurzerhand gefolgt, als er ihnen heimlich die Zigarettenschachtel zeigte. Im Krämerladen des Dorfes hat Bernd eine Schachtel Zigaretten gekauft. „Casino" steht auf der rot-weißen Schachtel. Alle haben Bernd von ihrem spärlichen Taschengeld etwas abgegeben. Die Ladenbesitzerin, eine alte schrullige Dame, hatte Bernd misstrauisch angesehen.

„Für wen sind denn die Zigaretten, mein Junge?", hat sie Bernd misstrauisch gefragt, als der nach einer Packung „Casino" verlangte.

„Für meinen Vater", hatte Bernd im Brustton der Überzeugung geantwortet.

„Der nimmt doch sonst immer andere?", bohrte sie weiter.

Bernd wurde rot, fing sich aber schnell und entgegnete:

„Der will mal 'ne andre Sorte probieren!"

Die alte Dame schob die Packung über den Ladentisch und schaute Bernd durch ihre Brille von oben herab an. Ganz geheuer war ihr die Sache nicht.

„Wehe, wenn ich euch beim Rauchen erwische", hatte sie drohend gesagt, „dann setzt es aber was."

Sie traute Bernd, der als Oberrowdy im Dorf bekannt ist, nicht über den Weg.

Plötzlich wird es dunkel in der Höhle. Jochen, der am Ende des Dorfes wohnt, da, wo einst die alte Tongrube war, erscheint im Eingang. Blitzschnell verstecken alle ihre brennenden Zigaretten hinterm Rücken. Jochen gehört nämlich nicht zur Clique.

„Was willst du denn hier?", fragt Bernd. „Bist uns wohl hinterhergeschlichen? Wehe, wenn du uns verpetzt. Dann kriegste Hiebe."

„N… nee", stottert Jochen. „Wollte nur mal gucken, was ihr hier macht."

„Das ist nichts für dich. Hau ab!", ruft Bernd. „Und wehe, wenn du zu Hause deinen Alten was erzählst", fügt er drohend hinzu.

„Kann ich nicht mitmachen?", fragt er schüchtern.

Bernd dreht sich zu den anderen um.

„Meinetwegen", sagt der lange Harry.

„Na, wenn er schon mal da ist", sagt jetzt auch Peter.

„Na gut", sagt Bernd. „Aber erst musste ′ne Prüfung ablegen. Klar?"

Jochen zuckt mit den Schultern, was so viel heißen soll wie: Wenn es denn sein muss.

„Kannste schon russisch?", fragt Bernd.

Jochen, der gerade in die fünfte Klasse gekommen ist, nickt.

„Dann sage mal, was auf Russisch Lampe heißt."

Jochen überlegt, aber das weiß er nicht.

„Das Wort haben wir noch nicht in der Schule gelernt." Und er bekommt vor Aufregung einen roten Kopf.

Bernd grinst ihn an. „Na, Lampa, du Quiekser! Du hast wirklich keine Ahnung. Los, komm schon rein." Die anderen lachen meckernd.

Jochen kriecht in die hinterste Ecke und setzt sich auf einen alten verrosteten Eimer, der dort herumliegt. In der Höhle stinkt es stark nach Zigarettenqualm, der sich sofort in seiner Jacke festfrisst.

„Los, probiere mal!" Bernd hält Jochen die offene Zigarettenschachtel hin. Zögernd greift Jochen zu.

„Los, Mutprobe", grinst Bernd, reißt ein Streichholz an und hält ihm die Flamme entgegen. Mit spitzen Lippen reckt Jochen seine Zigarette der Flamme entgegen. Nichts passiert.

„Ziehn musste", lacht Bernd und die anderen lachen mit. Jochen zieht den Rauch in seinen Mund, macht dicke Backen und stößt den Rauch gleich wieder aus.

„Mensch, off Lunge musste rochen!" Bernd lacht. Also noch mal. Tief atmet Jochen den blauen Qualm ein und bekommt augenblicklich einen Hustenanfall. Wieder lachen alle. Als sich Jochen wieder beruhigt hat, fragt einer: „Was machen wir jetzt?"

Die Frage kommt aus der anderen Ecke. Das muss Jürgen gewesen sein.

„Jetzt fehlen uns nur noch Weiber", ruft einer. Alle grölen.

„Am besten die …"

Plötzlich sind Schritte zu hören. Werner erscheint im Eingang der Höhle.

„Eh, ihr müsst weg! Die Alte aus dem Laden ist nach hierher unterwegs! Los, haut ab!" Wie vom Blitz getroffen springen alle auf. Der lange Harry stößt dabei mit seinem Kopf an die Decke. Sand und Erdbrocken rieseln in seinen Kragen.

„Mensch, pass doch auf!", schimpfen die Umstehenden. Alle werfen ihre Zigaretten weg.

„Los, Erde drauf!", befiehlt Bernd. Mit den bloßen Händen kratzen alle schnell Sand und Erde vom Boden und werfen alles auf halb aufgerauchte Zigaretten. Dann verlassen sie fluchtartig ihre Höhle. Wie aufgeschreckte Hasen laufen sie aus Angst, erkannt zu werden, jeder in eine andere Richtung davon. Inzwischen ist die Alte aus dem Krämerladen keine hundert Meter mehr von der Höhle entfernt. Suchend schaut sie sich in der Gegend um und sucht nach dem Versteck. Als sie plötzlich die Jungen davonlaufen sieht, reißt sie erschreckt ihre Arme hoch.

„Ich habe euch gesehen!", zetert sie. „Na wartet, ihr Lausejungs! Das erzähle ich alles eurem Lehrer. Ich habe euch alle erkannt!" Schimpfend macht sie sich wieder auf den Rückweg. Hinterherlaufen kann sie in ihren Holzpantoffeln sowieso nicht.

„Euern Eltern werde ich auch Bescheid geben! Verlasst euch drauf!", brummelt sie noch vor sich hin. Aber das hören die Jungs schon nicht mehr.

Zwei Tage später. Unterricht bei Lehrer Karl Heder. Es ist mucksmäuschenstill im Klassenraum. Die Schüler sitzen in ihren Schulbänken und wagen es kaum zu atmen. Heder schreitet vor dem Lehrerpult auf und ab. Vom Fenster zur Tür und wieder zurück. Seit zwei Minuten geht das schon so. Sie ahnen, dass etwas Unangenehmes auf sie zukommt. Dann wendet Heder sich ruckartig der Klasse zu. Er hat wie immer, wenn ein Donnerwetter bevorsteht, seine Daumen in den Armöffnungen seiner Weste eingehakt.

„Der Raucherklub mal bitte aufstehen", sagt er langsam, aber laut und deutlich, damit ihn alle verstehen. Nichts passiert. Die Schüler sind in ihren Bänken versunken, und keiner spricht ein Wort. Eine Stecknadel, würde sie herunterfallen, hätte ohrenbetäubenden Lärm verursacht.

„Der Raucherklub bitte aufstehen", wiederholt Heder jetzt energischer. Wieder passiert nichts. Die Jungen, die vor zwei Tagen noch in ihrer Höhle hockten, wissen, wer gemeint ist. Aber sie schweigen eisern.

Nach einer Minute erhebt sich einer. Es ist der kleine Karl. Der war aber nicht in der Höhle. Bernd schaut unauffällig zu Peter. Aber der sitzt in seiner Bank und schaut Heder unschuldsvoll an. Auch der lange Harry tut so, als ginge ihn alles nichts an. Dann erhebt sich der Nächste. Es ist Horst, und nach ihm steht Beate auf. Ruckartig dreht sich Bernd um. Mit offenem Mund starrt er Horst an. Er ist fassungslos. Jetzt erhebt sich auch noch Katrin. Verängstigt stehen die vier neben ihren Bänken. Bernd versteht die Welt nicht mehr. Den anderen aus seiner Clique scheint es ebenso zu gehen, denn auch sie haben sich jetzt den vier Stehenden zugewandt. Auch Lehrer Heder scheint erstaunt zu sein. Er lässt sich jedoch nichts anmerken. Noch immer steht er an der gleichen Stelle. Die Daumen in der Weste eingehakt, beginnt er lächelnd, mit den Füßen zu wippen.

„Ach, ich wusste gar nicht, dass es noch einen Raucherklub gibt", sagt er mit gespieltem Erstaunen.

„Sogar Mädchen sind dabei! Was soll ich dazu nur sagen? Auch die Katrin gehört dazu." Heder lächelt süffisant. Plötzlich verfinstert sich sein Gesicht.

„Wollt ihr mich veralbern? Glaubt ihr, ich ziehe die Hosen mit der Kneifzange an?", ruft er laut in die Klasse. „Na wartet!" Er holt aus seinem Jackett einen Zettel hervor. Wirft einen Blick darauf und steuert sicheren Schrittes auf Bernd zu. Mit Daumen und Zeigefinger fasst er ihn am Ohr und zieht ihn ohne Erbarmen hinter sich her. Bis vor zum Lehrerpult. Bernd verzieht vor Schmerz sein Gesicht und muss wohl oder übel folgen. Mit den anderen aus der Clique macht es Heder genauso, dabei immer wieder auf seinen Zettel blickend.

„So", sagt er triumphierend, „da haben wir den Raucherklub! Der Oberrowdy ist natürlich wie immer dabei." Dabei stößt er Bernd mit den Fingerspitzen gegen die Brust und fügt hinzu: „Aus dir wird mal nichts Gescheites. Höchstens ein Verbrecher. Du wirst sowieso im Gefängnis landen." Heder kommt in Rage.

„Ihr bekommt erst mal alle einen Eintrag ins Klassenbuch. Eure Eltern werde ich extra noch unterrichten. Damit das klar ist! Setzen!" Heders Kopf gleicht einer reifen Tomate. Die anderen stehen noch immer eingeschüchtert neben ihren Bänken. Sie wagen es nicht, etwas zu sagen. Heder blickt sie an und schüttelt wortlos mit dem Kopf. „Setzen!", befiehlt er und macht eine wegwerfende Handbewegung. Erleichtert setzen sich die vier, froh, noch einmal glimpflich davongekommen zu sein.

Was sich zu Hause bei den Eltern von Bernd, Jochen, Harry und den anderen des Raucherklubs abgespielt hat, ist nicht überliefert. Tatsache aber ist, dass unsere Eltern und Lehrer damals wesentlich strenger zu uns Kindern waren. Ob es was genützt hat? Ich weiß nicht. Geschadet hat es uns nicht. Wir sind alle angesehene Menschen geworden. Vielleicht gerade deswegen? Und Bernd? Bernd ist heute ein angesehener Mann. Nach seiner Schulzeit ging er zum Studium und wurde Bauingenieur.

2. Wie ich ein Lichtmeßbursche wurde

Die Spergauer Lichtmeß ist eines der farbenprächtigsten, vielfältigsten und ursprünglichsten Brauchtumsfeste in Deutschland. Sie wird am Sonntag nach dem kalendarischen Lichtmeßtag, dem 2. Februar, begangen. Der Brauch reicht bis in urchristliche Zeiten zurück und wird in Spergau seit Jahrhunderten gefeiert. Jahr für Jahr und von Generation zu Generation.

Meine Karriere bei der Spergauer Lichtmeß begann im Jahr 1966 und sollte bereits 1972 wieder enden. Vom Ende will ich aber nicht erzählen. Der Beginn ist viel spannender.

Schon in der Zeit zwischen dem Weihnachtsfest und dem Jahreswechsel beginnen die Vorbereitungen auf das Fest, das immer in gleicher hierarchischer Ordnung abläuft. Einen Tag nach dem Weihnachtsfest treffen sich die jungen und noch ledigen Burschen des Dorfes am Abend im Dorfkrug, um den neuen Jahrgang zu begrüßen und zu integrieren. Bedingung: Die Neuen müssen vierzehn Jahre alt sein und im Dorf wohnen.

Seit fast drei Monaten bin ich bereits fünfzehn Jahre alt, als ich mich mit meinem besten Freund auf den Weg ins

„Feldschlößchen", wie man die kleine Dorfkneipe am Ortsausgang nennt, mache. Mein Freund wird erst in zehn Tagen fünfzehn. Als wir die Gaststättentür öffnen, wabert uns blauer Dunst entgegen. Es riecht nach Bier und Tabakqualm. Fast alle Plätze sind schon besetzt. Die jungen Männer des Dorfes versammeln sich heute hier, um an der kommenden Lichtmeß teilzunehmen. Ein vielstimmiges Stimmengewirr füllt den Raum. Neugierig drehen sich alle Köpfe in unsere Richtung. Für einen kurzen Moment ist Ruhe. Wir werden gemustert. Keiner sagt etwas. Von einem der hinteren Tische höre ich meinen Namen und den meines Freundes. Dann setzt das Stimmengewirr wieder ein. Am Tisch gleich rechts neben dem Eingang sitzen bereits einige von unseren gleichaltrigen Freunden. Mit einem lautstarken „Hallo" werden wir begrüßt. Wir erwidern den Gruß, indem wir, so haben wir das bei unseren Vätern abgeguckt, mit unseren Knöcheln auf die Tischplatte klopfen. Die Freunde rücken zusammen, so dass wir auch noch Platz am Tisch haben.

Hinter der Theke stehen die Wirtsleute, ein älteres Ehepaar. Der Mann, eine bereits halb aufgerauchte Zigarre zwischen den Lippen, zapft Bier. Emsig füllt er Glas um Glas. Ein guter Tag für ihn heute. Heute wird viel Bier getrunken. Immerhin, weit über fünfzig Kehlen wollen ihren Durst stillen. Günther, der Sohn der Wirtsleute, muss mit aushelfen. In einer Tour schleppt er die vollen Gläser zu den Tischen. Schweißperlen stehen auf seiner Stirn. Bei der künftigen Lichtmeß wird Günther der älteste Küchenbursche sein. Endlich kommt er auch zu uns an den Tisch. Er sieht auf uns herab und fragt: „Seid ihr die Neuen?" Wir antworten mit einem zaghaften „Ja!" und nicken mit den Köpfen. Zu groß ist der Respekt vor dem Älteren.

„Was wollt ihr trinken?", fragt er barsch. Wir sehen uns gegenseitig an und zucken mit den Schultern. Klaus, der unter uns als Wortführer gilt, antwortet selbstbewusst: „Bier!" Alle anderen nicken zaghaft.

„Ihr spinnt wohl!", sagt Günther mit lauter Stimme. Wieder sind alle Blicke auf uns gerichtet.

„Seid ihr schon sechzehn?"

„Nee!", antwortet einer trotzig.

„Na also! Dann dürft ihr auch noch kein Bier trinken", sagt Günther so laut, dass es alle verstehen. Am Nebentisch wird gelacht.

„Also! Was soll ich bringen?" ruft Günther nun ungeduldig.

„Dann trinke ich eben eine Vita", sagt Klaus fast etwas beleidigt und meint damit Vita Cola. Uns bleibt nichts anderes übrig, als uns der Bestellung anzuschließen, denn außer roter und grüner Fassbrause gibt es nichts anderes Alkoholfreies. Günther nickt zufrieden. Indem er mit dem Finger auf jeden einzelnen zeigt, zählt er, wie viel Cola er bringen muss. Dann dreht er sich um und guckt zum Stammtisch. Dort sitzen die künftigen Küchenburschen.

„Sind jetzt alle da?", ruft er ihnen zu. Die Küchenburschen blicken prüfend in die Runde und nicken.

„Jawoll, alle da!", ruft einer.

Günther geht zur Eingangstür und hängt einen Zettel daran. „Geschlossene Veranstaltung" hat er draufgeschrieben. Dann verschließt er die Tür von innen. Schließlich soll keiner die Lichtmeßversammlung stören. Für heute ist seine Kellnerrolle beendet. Ab jetzt ist Günther ältester Küchenbursche.

Langsam wird es ruhig im Raum.

Auf leisen Sohlen kommt die Wirtin an unseren Tisch. In den Händen trägt sie ein Tablett. Darauf acht Bier.

„Dass ihr mir das ja nicht weitererzählt", flüstert sie. „Sonst setzt es was!", fügt sie noch drohend hinzu. „Ham mir uns verstanden?"

Wir nicken freudig und grinsen uns an.

„Prost!", ruft einer vom Nachbartisch. Wir heben zaghaft unsere Gläser und antworten mit einem ebenso zaghaften „Prost!" Wir sind jetzt in die Lichtmeßgesellschaft aufgenommen.

Günther erhebt sich von seinem Platz.

„So!", ruft er. „Ich mache jetzt die Namenskontrolle, ob alle vom letzten Mal noch da sind." Er beginnt, die Namen zu verlesen, und die Aufgerufenen antworten mit einem „Bin da!" oder „Ist hier!". Manchmal antwortet auch ein anderer: „Ist heute nicht da! Macht aber wieder mit." Jedes Mal setzt Günther auf seiner Liste einen Haken.

„So, nun die Neuen!", ruft er. Er zeigt auf unseren Tisch und ruft: „Du da! Wie heißt du und wann bist du geboren?" Damit meint er meinen linken Tischnachbarn. Der steht auf und sagt: „Jürgen, 1951."

„Kannste mal ein bisschen lauter reden?"

„Jürgen ...", wiederholt mein Nachbar.

„Na also! Warum nicht gleich so?"

Einer der Küchenburschen notiert sich alles.

„Der Nächste!", ruft Günther wieder. So geht es, bis wir Neuen in die Liste eingetragen sind.

Nun heißt es warten. Die Küchenburschen legen jetzt fest, wer welche Figur zur Lichtmeß darzustellen hat. Dabei wird das Geburtsdatum zu Rate gezogen. Weil die Lichtmeßfiguren streng hierarchisch geordnet sind, müssen wir Neuen, weil jüngsten, uns hinten anstellen. Die Ältesten sind die Küchenburschen. Die sind für den ganzen Ablauf der Lichtmeß verantwortlich. Der Rest bildet, immer jünger werdend, das Gefolge.

Die Einteilung nimmt viel Zeit in Anspruch. Unser Bier haben wir längst ausgetrunken. Ein zweites bekommen wir nicht. Selbst wenn wir Himmel und Hölle in Bewegung setzen würden. Die Älteren der Lichtmeßgesellschaft achten streng darauf, dass ihre Jüngsten nicht über die Stränge schlagen. Man erzieht sich gegenseitig, und keiner wagt aufzumucken. Wir überbrücken die Zeit mit Gesprächen über die Schule und die Lehrer, über die Mädchen und das nächste Fußballspiel.

Endlich haben die Küchenburschen alles geordnet. Wieder erhebt sich Günther. Augenblicklich wird es leise im Gastraum.

„So, ich bitte mal um Ruhe!", ruft er mit lauter Stimme. Mit Spannung erwarten jetzt alle, welche Rolle sie zur Lichtmeß übernehmen werden. „Also, Bändermann wird diesmal … Werner machen!" Ein anerkennendes Raunen ertönt. Einige klopfen auf den Tisch. Immerhin, der Bändermann ist die wichtigste, respektabelste und zugleich schillerndste Figur der ganzen Lichtmeß.

„Weiter", fährt Günther fort. „Registrator ist … Hartmut. Wieder ertönt ein anerkennendes „Ah" und „Oh". Wieder wird auf den Tisch geklopft. So geht es immer weiter. Immer wenn Günther einen Namen und die dazugehörige Figur aufruft, wird geklatscht, gelacht und gejohlt.

Dann sind wir an der Reihe. Weil ich von den Neuen zufälligerweise der älteste bin, der nächste ist nur drei Tage jünger, werde ich zuerst aufgerufen. „Schwarzmacher Nummer zwölf", verkündet Günther. Ich bin freudig überrascht. Damit habe ich nicht gerechnet. Mit einer Rolle als Pritscher hatte ich fest gerechnet. Dass ich aber gleich zwei Stufen auf einmal überspringen würde, hatte ich nicht geglaubt. Mein Freund wird aufgerufen. „Pritscher", verkündet Günther. Dann Jürgen. Der ist fast der Jüngste und wird zur „Eierfrau" verdonnert.

Endlich ist auch dem Letzten seine Rolle zugewiesen worden. Während wir noch fröhlich diskutieren, hat die Wirtin die Tür wieder aufgeschlossen. Mit ihrer übergroßen Geldbörse kommt sie an unseren Tisch. Unmissverständlich macht sie uns klar, dass wir zu bezahlen und zu verschwinden haben. Dabei ist es noch nicht mal zweiundzwanzig Uhr. Aber so ist das eben auf dem Dorf.

Zu Hause werde ich schon sehnlichst erwartet. Vor allem meine Mutter will wissen, was ich zur Lichtmeß machen werde.

„Schwarzmacher", antworte ich. „Die Lichtmeßgesellschaft ist diesmal groß und die anderen Jungs sind alle jünger."

„Na, Prost Mahlzeit", sagt mein Vater und meint damit, dass in den kommenden Wochen viel Arbeit auf uns zukommt. Aber was soll's. Das Schwarzmacherkostüm ist am aufwendigsten herzurichten.

„Das schaffen wir schon", beruhigt ihn meine Mutter. Damit ist das Thema für heute beendet.

An diesem Abend dauert es lange, ehe ich einschlafe. Ich bin freudig aufgeregt. Vieles geht mir durch den Kopf. Wo bekomme ich das Kostüm her? Wo das viele Buntpapier? Und vieles andere mehr. In Gedanken sehe ich mich schon den jungen Mädchen hinterherjagen, um ihnen schwarze Striche ins Gesicht zu malen. Ach ja! Was ist das eigentlich für eine schwarze Schmiere? Morgen werde ich die Freunde fragen.

Gleich am nächsten Tag mache ich mich schlau. Wir treffen uns nach der Schule und diskutieren über den vergangenen Abend. Aber wirklich bringt mich das nicht weiter. Den ersten Tipp erhalte ich von meinem Vater. Ich solle doch mal bei den Bauern fragen. Die hätten die Kostüme und würden sie jedes Jahr verborgen. Er nennt mir zwei, drei Namen, bei denen ich nachfragen soll. Bereits beim ersten habe ich Glück. „Jacke und Hut habe ich", sagt der Mann. „Das andere musst du dir woanders besorgen." Er steigt auf den Dachboden und kommt mit den Sachen zurück. Ich muss schlucken. Alles sieht schlimmer aus als gedacht. Meine Hoffnung, das Kostüm nur ausbessern zu müssen, hat sich zerschlagen. Das ganze Kostüm muss von Grund erneuert werden. Dazu muss es aber erst einmal entstaubt und gelüftet werden. Nun muss ich mich noch um eine Hose kümmern. Wieder habe ich Glück. Zwei Häuser weiter in der Nachbarschaft ist eine Hose vorhanden. Der Mann der Familie war vor vielen Jahren selbst Schwarzmacher gewesen. Die Hose ist eine Stiefelhose, ein altes Uniformteil aus dem letzten Krieg. Jetzt ist sie doch noch zu etwas Sinnvollem zu gebrauchen. Nach einer Woche habe ich alles beisammen.

Inzwischen hat ein neues Jahr begonnen. Anfang Januar kann es mit der Herrichtung des Kostüms endlich losgehen. Zuerst muss die alte Dekoration von Hut und Jacke entfernt werden. Die alte ist nur noch als Vorlage zu gebrauchen. Fast jeden Abend sitze ich nun in meinem Zimmer und werkele am Schwarzmacherkostüm herum. Die Rockschöße und die Ärmel müssen mit buntem Flechtwerk aus Papier verziert werden. Bunte Rosetten aus Pappe und Papier werden auf Brust und Rücken genäht. Meine Mutter hilft, sooft sie kann. Ich glaube, dass sie dabei sein will, wenn ihr Sohn den nächsten Schritt vom Kind zum Erwachsenen macht. Irgendwie verstehe ich sie.

Nach drei Wochen kann ich schon deutliche Fortschritte erkennen. So manchen Trick habe ich mir bei den anderen abgeguckt. Mein Freund hat es als Pritscher wesentlich einfacher. Sein Kostüm macht nicht halb so viel Arbeit wie meines. Ein weißes Hemd und eine weiße Hose, ein paar farbige Rosetten aufgenäht, fertig.

Der Schwarzmacherhut verlangt noch mal alles von mir. Der muss vollkommen neu aufgearbeitet werden. Außerdem muss der fest auf dem Kopf sitzen. Ein neuer Kinnriemen muss her. Gar nicht so einfach. Doch wieder lässt mich das Glück nicht im Stich. Der Schuhmacher aus dem Dorf hilft. Und noch ein Problem taucht auf. Alle Lichtmeßteilnehmer müssen, bis auf wenige Ausnahmen, ihr Gesicht hinter einer Maske verbergen. Woher welche bekommen. So etwas ist in der DDR ein Artikel mit Seltenheitswert. Der Zufall kommt zu Hilfe. In der nahen Großstadt hat einer welche entdeckt. Kurzerhand kauft er gleich für alle welche ein. So ist das nun mal auf dem Dorf.

Morgen ist der große Tag. Ich bin aufgeregt wie noch nie. Das fertige Kostüm hängt sauber und akkurat hergerichtet in meinem Zimmer. Nur eins fehlt noch. Die schwarze Schmiere. Ohne die ist ein Schwarzmacher nichts wert. Vorige Woche hatte mein Vater vorsorglich das Ofenrohr vom Küchenherd gereinigt. Den anfallenden Ruß hatte er in einer Büchse aufgefangen. Gemeinsam mit meinem Freund mixen wir die Schmiere zusammen. Zum Ruß kommen Wasser und etwas Senf. Alles wird verrührt, bis eine cremige Paste entsteht. Mit diesem letzten Ritual steht meinem Schwarzmacherdasein nichts mehr im Weg. Morgen früh gegen vier Uhr werden wir geweckt. Da heißt es, zeitig ins Bett zu gehen. An Schlafen ist jedoch nicht zu denken. In meinem Kopf fahren die Gedanken Karussell. Irgendwann schlafe ich dann doch ein.

Ein Trompetensignal reißt mich aus meinem kurzen Schlaf. Es ist soweit. Als ich in die Küche komme, deckt meine Mutter schon den Frühstückstisch. Ich müsse ordentlich essen, meint sie, der Tag wird anstrengend und lang werden. Ich bekomme aber fast gar nichts runter. Mein Bauch ist voller Schmetterlinge.

Bereits seit den frühen Morgenstunden ziehen junge Burschen, als Zigeuner verkleidet, durchs Dorf. Sie machen in den Straßen Rabatz, um die Einwohner zu wecken und den Beginn des Festes anzukündigen.

Fünf Uhr. Ganz vorsichtig ziehe ich mein Kostüm über. Damit nichts kaputtgeht, hilft meine Mutter. Nach einer halben Stunde ist das geschafft. Vater öffnet mir das Hoftor, dann muss ich allein weiter.

Es ist noch dunkel. Das Dorf schläft noch. Nur hier und da sind einzelne Fenster erleuchtet. Dahinter bereitet sich auch jemand auf das große Fest vor. Es ist kurz vor sechs Uhr, als ich durch den Hintereingang die Gaststube „Zur Linde" betrete. Jetzt kann es losgehen.

Pünktlich um 6.45 Uhr formiert sich dann der bunte Zug der Lichtmeßgesellschaft vor dem Gasthof zum Umzug durchs Dorf. Voran der Bändermann – die prächtigste und mit seinen vielen bunten Bändern den nahenden Frühling verkörpernde Figur. Ihm folgen die anderen Lichtmeßfiguren nach strenger, überlieferter Hierarchie. Der Registrator, die Handelsmänner und der Guckkastenmann, die Vögel und Wurststangenträger. Am Ende des Zuges rangieren die Schwarzmacher und Pritscher.

Auf dem Bäckerplatz, wo der Umzug endet, lodert das große Feuer. Unter den Klängen der Lichtmeßkapelle zieht der Erbsbär an der Kette des Bärenführers, und „zweibeinige" Pferde ziehen, angetrieben vom Kutscher, einen Pflug durch

das Feuer, so dass die Funken in den noch dunklen Morgen-
himmel sprühen.

Anschließend schwärmen die Schwarzmacher und Pritscher aus und machen Jagd auf „Jungfrauen", um sie mit einem Rußstrich zu schwärzen. Diesmal bin auch ich dabei.

3. Einberufung

In vielen deutschen Haushalten hängt noch in den siebziger
Jahren ein Bild, das einen Familienangehörigen in Wehr-
machtsuniform zeigt. Auch bei uns hängt noch so ein Bild.
Mein Vater in der Uniform der Kriegsmarine. Als Kind habe
ich es mir oft angesehen. Jetzt bin ich achtzehn und will auch
zur See fahren.

„Wenn Sie zur Handelsflotte wollen, dann ist es besser,
wenn Sie drei Jahre bei der Volksmarine Ihren Wehrdienst
ableisten", erklärt mir ein Oberst beim Wehrkreiskommando.
Wehrdienst. Für die meisten jungen Leute der DDR ein lästi-
ges Übel. Achtzehn Monate Grundwehrdienst und nicht einen
Monat mehr lautet bei vielen die Devise. Wer länger gehen
will, wird meist von seinen Freunden nur mitleidig belächelt.
Plötzlich hat man keine Freunde mehr. Ich, der von allen Seiten sozialistisch erzogene Bürger, ohne Westfernsehen und
ohne Westverwandtschaft, beuge mich dem Rat des Genossen
Oberst. In der Zeit, in der ich lebe, lässt der Staat nicht jeden
in die weite Welt ziehen. Vor einem halben Jahr habe ich es
schon einmal versucht. Bei einer zivilen Reederei habe ich
mich als Motorenwärter beworben. Die Antwort kommt
prompt. Absage.

Keine Begründung. Einfach abgelehnt. Ich bin enttäuscht.
Sicher, der Staat hat sich um seine Bürger gesorgt. Einen Be-

ruf, wenn auch nicht immer den Traumberuf, kann jeder erlernen. Einen Arbeitsplatz, wenn auch nicht immer den gewünschten, hat auch jeder. Aber zu welchem Preis? Zuerst, so will es die Staatsführung und deren mächtige Partei, soll jeder junge Mann nach der Berufsausbildung seinen Wehrdienst ableisten. Ist doch Ehrensache, gibt man mir zu verstehen. „Warum denn zur See fahren? Hier! Hier bauen wir eine neue und gerechtere Welt auf. Wozu also Seemann werden? Dann kommst du vielleicht gar nicht mehr wieder." Und dann misstrauisch: „Bleibst vielleicht in Hamburg oder Bremen. Nein, dein Platz ist hier. Hier im Staat der Arbeiter und Bauern." Ich bleibe hartnäckig. Wenn nicht so, dann eben so, denke ich und melde mich freiwillig zur Marine. Das kann mir nun keiner verwehren. Der Dienst bei den Seestreitkräften scheint mir der einfachere Weg zu sein, um mein großes Ziel zu erreichen.

„Sie haben sich am 05.05.1970, um 08.00 Uhr, in der Flottenschule in Parow zum Antritt Ihres Wehrdienstes zu melden! Mitzubringen sind ..." steht auf der grünen Karte, die Mitte April 1970 bei uns im Briefkasten liegt. Ganz unten die Unterschrift und das Siegel vom Kommandeur des Wehrkreiskommandos. Diesen Brief habe ich schon sehnsüchtig erwartet. Mein lang gehegter Jugendtraum soll sich erfüllen. Ich will zur See fahren. Raus aus der Enge des Elternhauses und rein in die weite Welt. Andere Länder kennenlernen und andere Menschen.

„Warum steht hier: Rasierzeug, Zahnbürste und Becher doppelt?", frage ich Mutter. Die hebt die Schultern und schüttelt den Kopf. „Keine Ahnung. Frag Vater. Der war im Krieg bei den Soldaten." Ich beschließe, meine Freunde aus dem Dorf zu fragen. „Ist doch klar, Mann, fürs Sturmgepäck", sagt der lange Rudi zu mir, „einmal kommt in den Spind und einmal in das Sturmgepäck." Sturmgepäck, wundere ich mich. Ich will doch zur Marine, nicht zur Infanterie. Während ich mir noch den Kopf darüber zerbreche, hat Mutter schon stillschweigend alles besorgt.

Am Abend vor der Einberufung stehe ich mit einer großen schwarzen Reisetasche auf dem Bahnhofsvorplatz in Halle. Mit mir Hunderte andere junge Männer mit Koffer oder
Tasche. Auch sie haben den Einberufungsbefehl in der Tasche.
Auch sie müssen einrücken, wenn Vater Staat zur Fahne ruft.
Ehrendienst nennt man das. Ehrendienst ist Ehrensache,
hämmerte uns die allmächtige Partei in die Köpfe. Ehrensache,
dass man so ein Ereignis auch feiern muss. Manch einer hat
noch immer eine Schnapsflasche von der Feier in der Hand
und kommt mit leicht wankenden Schritten daher. Andere
haben ihre Freundin mitgebracht und nehmen liebevoll tränen-
reichen Abschied. Auf großen Schildern steht mit schwarzer
Farbe der jeweilige Zielort geschrieben. Eine perfekt organi-
sierte Aktion ist die Einberufung der Wehrpflichtigen, die
zweimal im Jahr stattfindet. Ein Sonderzug der Reichsbahn
fährt deshalb extra quer durch die Republik, von Karl-Marx-
Stadt nach Stralsund und hält an all den Bahnhöfen, wo die
künftigen Soldaten dienen müssen. Nach fast vierundzwanzig
Stunden Bahnfahrt verlassen ich und alle anderen künftigen
Matrosen todmüde den Zug. Vom stundenlangen Sitzen auf
den unbequemen Bänken schmerzt der Körper. In den Abtei-
len wurde gefeiert. An Schlafen ist nicht zu denken. Eine ganze
Armada von Bussen bringt die angehenden Matrosen vom
Bahnhof in die Kaserne. Als die Busse das Tor mit dem geöff-
neten Schlagbaum passieren, fühle ich es kribbeln im Bauch.
Jetzt bin ich in einer neuen, einer anderen Welt angekommen.

Die Flottenschule mit ihrem weitläufigen Gelände gab es
schon, als man meinte, dass Deutschlands Zukunft auf dem
Wasser liegt, und im Tausendjährigen Reich war hier ein Mari-
nefliegergeschwader stationiert. Fünf, aus dunkelroten Ziegel-
steinen errichtete große Gebäude sind für die kommenden
sechs Monate Unterkunft für die angehenden Matrosen. Die
Kommandeure bezeichnen sie hingebungsvoll als „Betonkreuzer". In gleichmäßigem Abstand verteilen sie sich um den
Exerzierplatz. Die Neuankömmlinge, es sind ihrer tausend,
werden, je nach Ausbildungsrichtung, auf die Gebäude verteilt.

Ein „Betonkreuzer" für zukünftige Nautiker und einer für Maschinisten. Für Funker, für Artilleristen und so weiter. Noch in Zivilkleidung, aber schon im Gleichschritt marschieren sie in die für sie vorgesehene Unterkunft. Im Zimmer des langen zweistöckigen Gebäudes für künftige Maschinisten, in das man mich einweist, stehen zehn Betten. Immer zwei übereinander aus Metall mit einem tristen, grauen Anstrich. Am Tisch in der Mitte sitzen bereits acht Neue und spielen fröhlich Karten. Ich bin Nummer neun und werde mit großem „Hallo" begrüßt.

„Komm, setz dich mit her", sagt einer im grauen Sportanzug im unverkennbar norddeutschen Dialekt. „Wie heißt du? Ich heiße Bertram." Damit reicht er mir zum Gruß die Hand. „Tilo", sage ich trocken und setze mich auf einen freien Schemel. „Ja also, Tilo, du kannst es dir noch aussuchen, wo du schlafen willst. Dort oben in der Ecke oder hier unten gleich neben der Tür." Ich entscheide mich für die Ecke. „Woher kommst du?" Ein kleiner Schmächtiger mit lustigen Augen will das wissen. „Aus der Nähe von Halle", antworte ich. „Wenn ich euch den Namen des Dorfes sage, wisst ihr sowieso nicht, wo das liegt", sage ich. „Das ist Sachsen", legt der mit dem norddeutschen Dialekt einfach fest. „Kannst du Karten spielen? Mau-Mau?" „Ja klar", antworte ich und schon fliegen mir ein paar Spielkarten zu. Zwei Minuten später geht erneut die Tür auf. Bewohner Nummer zehn tritt ein. Ein junger Mann, etwas dicklich und mit lustigen Augen. Verschämt lächelnd schaut er in die Runde. „Derbsch", sagt er. „Hans-Günter Derbsch heiße ich." Dabei spricht er das „e" wie ein lang gezogenes „ä" aus. Für einen Moment ist absolute Ruhe im Zimmer. Dann brüllen alle vor Lachen. Der Norddeutsche lacht am lautesten. „Noch ä Sagse", schreit er, immer noch lachend. Dabei haut er mit der flachen Hand auf die Tischplatte. „Nee, ich bin aus Thüringen", verteidigt sich Hans-Günter. Wieder brüllt die Meute vor Lachen. „Set di hen", ruft Bertram, und schon schiebt er auch Hans-Günter ein paar Spielkarten zu.

Fünf Minuten später wird die Tür aufgerissen. Einer in Matrosenuniform, einsachtzig groß, tritt ein. An den Ärmeln, rechts und links, sind goldene Winkel aufgenäht. „Achtung!", schreit einer aus der Runde. Alle springen wie angestochen von ihren Hockern auf und nehmen eine stramme Haltung an. Außer mir und Hans-Günter. Wir bleiben sitzen. Wir sind die Einzigen, die noch Zivilsachen tragen. Der Goldbewinkelte ist geschockt. „Und Sie? Brauchen Sie eine Extraeinladung?", herrscht er uns an. „Ich bin Hans-Günter Derbsch aus ..." Weiter kommt er nicht.

„Das heißt Matrose Derbsch", schreit der Goldbewinkelte. „Genosse, seit Mitternacht sind Sie Genosse Matrose Derbsch! Haben Sie mich verstanden, Matrose Derbsch?"

„Jawohl", antwortet Hans-Günter, nun ebenfalls im forschen Ton. „Und Sie?", dabei schaut er mich herausfordernd an.

„Ma ... Matrose Buschendorf", stottere ich verschüchtert. Alle prusten durch die Nase. „Na also", sagt der Lange im ruhigeren Tonfall, „geht doch. Ich bin Unteroffiziersschüler Jansen und für die nächsten sechs Wochen Ihr Gruppenführer und Ausbilder. Weitermachen!" Und schon ist er wieder verschwunden.

Alle setzen sich wie auf Kommando wieder hin. Was war das, denke ich. Ein Spuk? Zeit zum Nachdenken bleibt nicht, denn schon drückt mir wieder jemand Karten in die Hand. Die Regeln sind einfach. Wer verliert, muss sich einen Stahlhelm aufsetzen. Nach zwei Runden stülpt mir einer lachend den Helm über. Das nächste Spiel gewinne ich, denke ich noch, als erneut die Tür aufgerissen wird. „Achtung!", ruft einer und alle springen wieder auf. Außer mir. Ich sitze auf meinem Hocker, noch immer den Helm auf dem Kopf. Alle um mich herum grinsen. Jansen schaut mich entsetzt an. „Was ist mit Ihnen?", geifert er, „es wurde Achtung gerufen." Ich schaue Jansen fragend an. Was meint der damit? Noch ehe ich etwas sagen kann, sagt Jansen mit verkniffenen Augen: „Keine Sorge, Sie lernen das auch noch." Damit macht er auf dem Absatz kehrt und verlässt mit hochrotem Gesicht und einem knappen „Weitermachen" das Zimmer.

Eine halbe Stunde später. Wieder kommt Jansen ins Zimmer gestürmt. Diesmal klappt alles wie am Schnürchen. Jansen lächelt zufrieden. „Matrose Derbsch, Matrose Buschendorf! Mitkommen zum Einkleiden." Gehorsam traben wir dem Unteroffiziersschüler hinterher. In der großen Sporthalle der Flottenschule werden die Neuen eingekleidet. Hinter langen Tischen, die wie ein Ladentisch aneinandergereiht sind, liegen, fein säuberlich aufgestapelt, Berge von Kleidung. Unterwäsche, Strümpfe und Uniformen kann ich erkennen. In einer langen Reihe ziehen wir neu einberufenen Matrosen an den Tischen vorbei, um unsere Kleidung Stück für Stück in Empfang zu nehmen. Zuvor bekommt jeder einen großen Seesack aus derbem Segeltuch. Darin kann man einen ganzen Mann verschwinden lassen, denke ich.

„Welche Größe haben Sie?" Eine Frau aus der Verwaltung lächelt mich freundlich an. Ich werde rot und zucke ahnungslos mit den Schultern. „Sechs oder sieben, ich weiß nicht." Die Frau mustert mich kurz. Dann nimmt sie zweimal Unterwäsche und legt sie vor mir auf den Tisch. „Größe sechs", sagt sie und, „der Nächste!" Hastig packe ich die Kleider in den Seesack und gehe an den nächsten Tisch. Hier bekomme ich Strümpfe. „Schuhgröße? … der Nächste!" So geht es weiter, bis ich alles beisammen habe. Bordanzug blau, Bordanzug weiß, Dienstuniform Sommer, Dienstuniform Winter und Sportkleidung. Bei der schmucken Ausgehuniform ist mir ein Offizier behilflich. Die muss perfekt sitzen.

Ich habe Mühe, alles in dem großen Seesack unterzubringen. Zum Schluss bekommt jeder noch Schuhe, Stiefel und den obligatorischen Stahlhelm. Schwer bepackt, den Seesack auf dem Rücken, marschiere ich mit Hans-Günter zurück zur Unterkunft.

Wir werden mit großem Hallo empfangen. Ich wuchte meinen Seesack auf mein Bett und setze mich erschöpft auf einen Schemel. Die anderen sind noch immer beim Kartenspiel. Noch nie in meinem Leben musste ich meine Sachen in den Kleiderschrank räumen. Das hatte bisher immer Mutter gemacht. Von jetzt an muss ich mich dieser Herausforderung selbst stellen. Kein leichtes Unterfangen, wie sich herausstellt. Bertram, der Norddeutsche, öffnet seinen Spind und lässt mich einen Blick hineinwerfen. „Sieh her! So muss es aussehen, wenn alles fertig ist." Ich bin beeindruckt. Die ganzen Klamotten sollen da hineinpassen? Aber Bertram zeigt sich als Kumpel und zeigt mir, wie ich die Wäsche falten muss, damit alles in den Schrank passt. Nach einer Stunde ist es geschafft. Alles ist akkurat, ja, fast millimetergenau im Spind verstaut. „Sie lernen das auch noch!" Wieder kommt mir dieser Satz ins Gedächtnis. Ich begreife: Hier werde ich noch viel lernen müssen. Ich habe wie alle anderen den grauen Sportanzug angezogen und meine Zivilsachen in der Reisetasche verstaut. Nun unterscheidet mich äußerlich nichts mehr von den anderen.

Der neue Tag ist gerade mal sechs Stunden alt, als ein langer gellender Pfiff ertönt. „Reise, Reise. Alles aufstehen!", brüllt der Unteroffizier vom Dienst auf dem Flur. Und kurz danach: „Einheit klarmachen zum Frühsport. Anzugsordnung rote Sporthose. Oberkörper frei!" Mit einem Schlag bin ich wach. Wie alle anderen springe ich aus dem Bett. Ich muss aufpassen, meinem Untermann nicht auf den Rücken zu springen. Wie die aufgescheuchten Hühner stürzen wir zu den Spinden und reißen hastig die Sportsachen heraus. Schon ertönt lautstark wieder die Stimme des UvD: „Einheit rrraustreten zum Frühsport!" Im Laufschritt stürzen wir aus den Zimmern und hasten hinaus auf den Appellplatz. „Tempo, Tempo bitte!", schreit ein Obermaat. „Da bin ich ja schon fertig, bevor es angefangen hat", keucht mein Nebenmann, völlig außer Atem. Zum Antworten bleibt mir keine Zeit. „Reechts um, im Laufschritt marsch, marsch", ertönt das Kommando, und schon setzen sich einhundertfünfzig Mann in Bewegung. Im schnellen Tempo geht es durch das Gelände der Flottenschule. Vorbei an den anderen Unterkunftsgebäuden bis hinunter zum Hafen. Dort liegen die Schulschiffe der Flottenschule. Einige

Matrosen haben sich an Deck versammelt und schauen uns lachend zu. „He, ihr Dachse, Tempo. Nicht so müde", rufen sie zu uns herüber. „Wenn ihr erst mal so lange dabei seid wie wir, braucht ihr keinen Frühsport mehr zu machen." Die Umstehenden lachen höhnisch. Langsam komme ich außer Atem. Aber stehenbleiben geht nicht. Arschbacken zusammenkneifen und weiter, war ein geflügelter Ausspruch. Jetzt zahlte sich aus, dass ich von Kindesbeinen an Sport getrieben habe.

Das sollte sich in meinem späteren Leben noch einmal wiederholen. Aber das ist eine ganz andere Geschichte.

4.   Am Ende der Welt

Es ist im Jahr 1971, und es ist Herbst. Ich stecke in einer schicken blauen Marineuniform und will mit meinen fast zwanzig Jahren das Land vor dem bösen Feind beschützen. Ein halbes Jahr Ausbildung liegt hinter mir. Von Begeisterung kann keine Rede sein, als mir der Ausbilder offenbart, dass mein künftiger Dienstort die 6. Flottille in Dranske sei. Dranske, der nördlichste Punkt der Insel Rügen. Das Ende der Welt, denke ich sofort. Das ist noch vornehm ausgedrückt. Das ändert auch nicht die Tatsache, dass dort die Schnellbootflottille stationiert ist. Die Elite der Marine.

Schon die Anreise im Sammeltransport lässt nichts Gutes ahnen. Die einzige Zufahrt führt über eine schmale Landenge. Rechts die Ostsee, links der Bodden. Irgendwann taucht aus dem Nichts ein Häuschen auf. Ein Schlagbaum sperrt die Straße. Aha, denke ich, die Wache. Der Wachhabende kurbelt den Schlagbaum hoch und winkt den vollbesetzten Bus weiterzufahren. Hinter uns senkt sich der rot-weiße Balken wieder. Jetzt gibt es kein Zurück. Nach weiteren zwei Kilometern Busfahrt sind wir am Ziel, und der Bus spuckt die frischgebackenen Matrosen aus. Es ist irre. In dem Moment denke ich an Landgang und Urlaub. Der Weg bis zur nächsten Kneipe muss unendlich lang sein, geht es mir durch den Kopf. Wenn es denn eine Kneipe gibt. Gibt es hier überhaupt einen Bahnhof? Das muss das Ende der Welt sein. Oder kommt da noch was?

Der Busfahrer wirft mir meinen Seesack zu und reißt mich aus meinen Gedanken zurück in die Wirklichkeit. Inzwischen ist es dunkel, und wir Neuen stehen in Reih und Glied auf der Hafenmole, neugierig beäugt von den Altgedienten. „Das Frischfleisch ist angekommen", ruft einer, was mit hämischem Lachen kommentiert wird. Hinter uns und vor uns erkenne ich zwei große Wohnschiffe. An denen wiederum haben jeweils sechs Schnellboote festgemacht. Also müssen wir in einem Hafen sein. Welches der Schiffe wird auf mich warten, denke ich. Aber es kommt alles anders.

Ein Offizier verteilt anhand einer Liste einen nach dem anderen von uns auf die Schiffe. Nur ich bleibe übrig. „Und Sie! Wer sind Sie", fragt mich der Offizier. „Matrose Buschendorf", antworte ich. „Buschendorf, Buschendorf? Steht nicht auf meiner Liste", sagt er und schüttelt unwillig den Kopf. „Das klären wir morgen. Heute Nacht schlafen Sie hier. Melden Sie sich beim Bootsmann. Der soll Ihnen eine Koje zuweisen. Alles klar?" „Jawohl", antworte ich und trabe los.

Der nächste Morgen bringt eine Überraschung. Nach dem Frühstück muss ich zum Stab der Flottille. Fast zwei Kilometer, den vollen Seesack auf dem Rücken, habe ich bis dahin zu laufen. Ich solle mich beim Wartungstrupp für die leichten Torpedoschnellboote melden, sagt man mir dort. Wartungstrupp? Das klingt nach Landei. Ich wollte doch zur See. Die Enttäuschung sitzt tief, und mein Beschützerwille bekommt einen ersten Knacks. Aber Befehl ist Befehl.

Mitten in einem Kiefernwäldchen auf der Halbinsel Bug empfängt mich ein graues zweigeschossiges Gebäude. Ein Obermaat erwartet mich bereits. „Komm mit", sagt er lässig und zeigt mir das Zimmer, das für den Rest der Dienstzeit meine Heimstatt sein soll. „Das ist deine Koje", sagt er und deutet auf ein schnödes Doppelstockbett. „Dein Spind steht dort. Kannst erst mal in Ruhe einräumen." Sagt's und verschwindet wieder. Meine Enttäuschung ist noch größer geworden. Den Traum von der Seefahrt kann ich begraben, denke ich und beginne, meinen Spind einzuräumen. Nach einer Weile geht die Tür auf. Ein Matrose im Kolani kommt. „Du bist der Neue? Ich bin Andy. Eigentlich Andreas. Aber alle sagen nur Andy. Ich bringe dir deine Bettwäsche." Andy schläft unter mir. „Eigentlich wollte ich auf ein Schiff oder ein Boot", sage ich zu ihm. „Bist du doch", antwortet er. „Du bist auf einem Steinkreuzer." Ich sehe ihn verblüfft an. „Hast recht. Auf Steinkreuzer hätte ich selbst kommen können". Schnell ist das Bett bezogen und der Spind eingeräumt. Andy hilft mir dabei. „So, jetzt zeige ich dir noch deine zukünftige Tätigkeit", sagt er. Gehorsam folge ich ihm. Ein ausgetretener Weg führt wieder durch den Kiefernwald. Soweit ich sehen kann, nur Bäume ringsum. Der scharfe Seewind hat den Kiefern ein bizarres Aussehen gegeben. Nach fünfhundert Metern taucht wie aus dem Nichts ein riesiges Gebäude ohne Fenster auf. Andy steuert genau darauf zu. Durch eine kleine Seitentür gelangen wir ins Innere. Wir stehen in einer riesigen Halle, die die Größe eines Flugzeughangars hat. Unzählige Scheinwerfer an der Decke erhellen die Szenerie. Die Giebelseite besteht aus unzähligen hohen Schiebetoren. „Das war zu Adolfs Zeiten ein Flugzeughangar", erklärt Andy. Also doch. „Heute werden hier im Winter die leichten Torpedoschnellboote untergestellt", erklärt Andy. Tatsächlich stehen einige dieser grauen Ostseeflitzer aufgebockt und akkurat ausgerichtet in der Halle. Werde ich hier doch noch zum Seefahrer, durchzuckt es mich?

In einer abgedunkelten Ecke der Halle sehe ich zwei Matrosen auf ausgedienten Schnellbootsitzen hocken. Ihre Mützen haben sie tief ins Gesicht gezogen. Sie scheinen zu schlafen. „Das sind Gunther und Stefan", sagt Andy. „Die haben heute Dienst." Dienst? Fragend schaue ich Andy an. „Wir sind der Wartungszug für die LTS-Boote. Und Wartung heißt in erster

Linie warten", erklärt er und grinst. Gunther und Stefan sind bereits Stabsmatrosen, wie die zwei goldenen Balken auf ihren Schulterstücken verraten. Sie fühlen sich scheinbar von unserer Anwesenheit gestört. „Was wollt ihr Dachse", knurrt Gunther. „Das ist der Neue", antwortet Andy. „Die Tore hier vorn sollen geöffnet werden."

„Das gennt ihr alleene machen. Wir sind seit gestern E-gas", erwidert jetzt Stefan im feinsten Sächsisch. Uns bleibt nichts weiter übrig. Entlassungskandidaten haben ungeschriebene Sonderrechte, weil sie nur noch sechs Monate dienen müssen. Sie dürfen sich deshalb vor manch unliebsamen Aufgaben drücken. Gemeinsam mit Andy wuchten wir einige der schweren Stahltore auf. Sonnenlicht flutet in die Halle. Aus der Warteecke ist lautes Geschimpfe zu hören. Das stört uns aber nicht.

Vor der Halle stehend, lasse ich meinen Blicken freien Lauf. Die Herbstsonne scheint und hat ihren täglichen Höhepunkt erreicht. Erst jetzt lässt sich die riesige Dimension des Stützpunktes der 6. Flottille erkennen. Hundert Meter vor uns ist das Hafenbecken mit einem riesigen Kran. Links sind einige Werkstattgebäude zu erkennen. Zwischen der Halle und dem Hafen verläuft eine Straße. „Da geht es zum Hafen Südbug", erklärt Andy und zeigt mit dem Arm nach rechts. In der Ferne erkenne ich die Konturen von Schnellbooten. „Danach kommt nur noch dichter Kiefernwald und dahinter die Ostsee." Also doch das Ende der Welt. Hier soll ich für dreißig Monate meinen Wehrdienst leisten? Das Land beschützen? Nee, das ist nicht das, was ich wollte. Seefahrt geht anders, denke ich, und irgendwie macht sich Traurigkeit in mir breit. Das sollte aber nicht so bleiben.

Sieben Monate sind inzwischen vergangen. Der Sommer schickt sich an, den Frühling abzulösen, als ich von meinem Kommandeur ein Versetzungsschreiben erhalte. Zur 6. Flottille. Entmagnetisierungsstation Lauterbach/Rügen steht auf dem Marschbefehl. Mein Seesack ist schnell gepackt, und ein LKW bringt mich bis zum nächsten Bahnhof.

Verschwitzt, den schweren Seesack auf dem Rücken, komme ich nach vier Stunden Bahnfahrt in einem kleinen Fischerdorf am Greifswalder Bodden an. Eine Asphaltstraße zieht sich durch den Ort. Rechts kleine Anwesen, links eine Fischräucherei. Aus einer kleinen Werkstatt dringen Hammerschläge. Ein Schweißbrenner zischt. Fünfzig Meter weiter ist der Hafen. Dem gegenüber befindet sich ein Konsumladen und gleich daneben eine Gaststätte. Das war es. Weiter hinten wieder schmucke Häuser. Die Straße, so scheint es, führt weiter ins Nirgendwo. Bin ich wieder am Ende der Welt? Ich setze mich auf meinen Seesack und schaue hinüber zum Hafen. Ein paar Fischkutter liegen einsam an einem Holzsteg. Was um alles in der Welt habe ich getan, dass man mich hierhergeschickt hat. Von einem Ende der Welt an das andere. Vom Norden in den Süden der Insel Rügen. Wenigstens eine Kneipe und einen Konsum haben die hier, tröste ich mich. Ich beschließe, hinüber zum Hafen zu gehen. Vielleicht wissen die Fischer, wo die Dienststelle im Ort ist. Während ich noch gedankenversunken mit meinem Schicksal hadere, geht hinter mir die Tür der Baracke auf. Ein älterer Uniformierter tritt heraus und schaut interessiert zu mir herüber. Die Fischer, die eben noch ihre Netze für den nächsten Fang vorbereiten, halten in ihrer Arbeit inne und harren der Dinge, die da vermutlich kommen werden. Der Marineuniformierte kommt auf mich zu. Seiner Statur gemäß mehr gewackelt als gegangen. Groß, breitschultrig und mit Bauchansatz. Zwei Winkel am Arm verraten den Berufssoldaten. Dienstgrad Stabsobermeister. „Wen oder was suchen Sie, Genosse Matrose", spricht er mich typisch norddeutschen Dialekt an.

„Ich bin zur EM-Station versetzt worden", antworte ich etwas unsicher und erhebe mich. Der Stabsobermeister zieht seine Schultern hoch und schnieft durch die Nase.

„So", sagt er und gibt sich militärisch. „Na, dann stehn Se erst grade. Dann machen Se ordentlich Meldung und stelln sich vor, wie sich das jehört, und dann sehn wir weiter. Hamm wir uns verstanden?"

33

„Jawohl", antworte ich und versuche, so gut es geht, strammzustehen. „Wie heißt das", fährt er mich an. „Jawohl, Genosse Stabsobermeister!", wiederhole ich. „Na also", knurrt er und dreht sich um und winkt mir, ihm zu folgen. Meinen ersten Anschiss habe ich damit erst mal weg. Ich folge ihm wie ein braves Hündchen. Hinter mir höre ich es lachen, und im Konsum amüsieren sich mehrere Frauen über das ungleiche Paar, das vor der Schaufensterscheibe vorbeiläuft. Wahrscheinlich haben die uns auch beobachtet, mutmaße ich. Mit dem schweren Seesack auf meinem Rücken komme ich mir wie ein Gepäckträger vor. Ich habe das Gefühl, dass sich das halbe Dorf über diese Szene köstlich amüsiert.

In der Baracke winkt der Stabsobermeister einen Matrosen heran. „Hier, der neue Jenosse schläft mit in eurem Zimmer. Zeig ihm seinen Spind und was sonst noch nötich is", sagt er zu ihm. „Jawohl", antwortet Bummi. Dann sagt er zu mir: „Komm mit!" Und er läuft mit seinen Dackelbeinen vor mir her in den hinteren Teil der Baracke.

Fünf mal fünf Meter misst das Zimmer. Ein kleines Fenster lässt nur spärlich Tageslicht herein. Endlich kann ich meinen Seesack von den Schultern nehmen. Vier Betten, vier Schränke, dazu ein Tisch und vier Stühle sind das ganze Mobiliar, mit dem das Zimmer ausgestattet ist. An den weiß getünchten Wänden hängen kleine Regale für Persönliches. Liebevoll von den Mitbewohnern in Handarbeit geschaffen. „Da ist deine Koje, und dort steht dein Spind", sagt der Matrose und deutet mit der Hand auf die Möbel. „Ich heiße Guntram. Kannst aber Bummi zu mir sagen!" Wohl wegen seiner Hamsterbacken und der Knollennase, vermute ich. Dazu seine Dackelbeine. Das passt zu ihm. Ich erzähle, was soeben passiert ist. Bummi lacht. „Typisch Ernst", sagt er, immer noch lachend. „Das ist unser Hauptfeld. Der hält hier den Laden zusammen. Am besten ist, wenn du dich mit dem gut stellst. Da kann dir nichts passiern." Ich beschließe, seinen Rat zu beherzigen. „Wir entmagnetisieren hier die Schiffe unserer Marine", erklärt mir Bummi später. „Draußen auf See ist eine Messstation. Da fahren wir immer mit unserer Barkasse raus, wenn Schiffe kommen." Barkasse? Auf See? Der Traum vom Seemann blitzt in mir auf. Vielleicht ist es hier doch nicht so schlecht, sage ich mir.

Pünktlich achtzehn Uhr trifft sich alles im Speiseraum. Ich werde mehr oder weniger lässig mit „Du" begrüßt.

„Na, haben Sie schon unseren Ernst kennengelernt?", fragt ein Obermaat. „Jawohl!", antworte ich militärisch korrekt.

„Na, na! Mal nicht so forsch. Hier wird nicht so heiß gegessen", erwidert einer. Man lacht über meine Verunsicherung. Ein anderer, zwei Winkel am Arm verraten den Zwölfender, reicht mir die Hand und sagt: „Topp!" Ich stutze. „Ich bin Matthias Topp! Obermeister und EK!" Jetzt verstehe ich. „Matrose Buschendorf", sage ich zaghaft. „Na dann, Buschi, willkommen!" Ziemlich familiär das Ganze, vermute ich. Damit sollte ich nicht unrecht haben.

Am anderen Morgen das übliche militärische Tam-Tam. Wecken, Morgentoilette und Bettenbau wie üblich. Frühsport – Fehlanzeige! Zum Frühstück gibt es frische Brötchen vom Dorfbäcker. Da hätte ich vor ein paar Tagen nicht einmal im Traum daran gedacht. Inzwischen ist Hauptfeldwebel Ernst gekommen. Wie üblich schnüffelt er zuerst in alle Ecken, bevor er knurrend in seinem Zimmer verschwindet. Punkt acht kommt der Kommandeur der Truppe. Dienstgrad Kapitänleutnant! Hauptfeldwebel Ernst lässt die Mannschaft im Korridor antreten. „Stillstann!" Meldung, … keine Vorkommnisse! „Danke! Guten Morgen, Genossen! Wegtreten!" Der Alte verschwindet in seinem Zimmer. Hauptfeldwebel Ernst verteilt die Arbeit. Baracke fegen, Toiletten reinigen und Hof aufräumen. Nach einer Stunde kommt der Alte aus seinem Zimmer. „Ich brauche drei Mann draußen auf der Station", sagt er zum Hauptfeldwebel. Dem gefällt das gar nicht. Knurrend ruft er drei Namen auf. Ich bin auch dabei. Dann ruft er nach dem Koch. „Der Chef fährt raus auf Station. Machen Se mal ʼne Einkaufsliste. Wir jehn dann innen Konsum." „Jawohl, Genosse Stabsobermeister!", antwortet er forsch und lacht. Jetzt lacht auch der Hauptfeldwebel. „Da sind die vor Mittag nicht wieder zurück", raunt mir Bummi zu. Ich schaue ihn ungläubig an. „Wir sind hier auf dem Dorf", klärt er mich auf. Aber diese Erfahrung sollte ich auch noch machen. Das ist aber eine andere Geschichte. Jetzt geht es erst mal auf See. Wenn ich hier den Rest meiner Dienstzeit verbringe, denke ich, dann hatte ich wahrscheinlich doch das große Los gezogen.

5. Die Insel

Robinson Crusoe lebte viele Jahre einsam auf einer unbewohnten Insel. Allein mit sich und der Natur, bis er schließlich von Piraten befreit wurde. Aber das liegt viele Jahre zurück, und wie es wirklich war, weiß keiner.

Zu Beginn meiner Seefahrerzeit lebte auch ich auf einer Insel. Nicht so lange wie Robinson. Auch nicht unter südlichem Himmel, mit Palmen und tropischem Regenwald. Nein, meine Insel war von Menschenhand errichtet. Ein Steinhaus mit einer hölzernen Plattform ringsum. Das war meine Insel. Das ganze Konstrukt ruhte auf mächtigen Baumpfählen, die man tief in den Grund des Greifswalder Bodden gerammt hatte. Regelmäßig, aller vier bis fünf Wochen, brachte mich eine Barkasse für eine Woche auf die Insel. Mit allem Nötigen, was man so braucht, um nicht zu verhungern und zu verdursten. Bei Sturm und Regen, bei sengender Hitze und grimmiger Kälte. Wochentags und feiertags. Sieben Tage und sieben Nächte. Da kann eine Woche Inselleben schon sehr lang werden. Wie es wirklich werden sollte, ahnte ich da noch nicht. Ich war am anderen Ende der Welt angekommen. Das sah auf den ersten Blick gar nicht so schlecht aus. Wenn ich hier den

Rest meiner Dienstzeit verbringe, frohlocke ich, dann hatte ich wahrscheinlich doch das große Los gezogen.

„Matrose Buschendorf! Sie fahren mit raus zur Station", sagt Hauptfeldwebel Ernst bereits am nächsten Tag zu mir. „Damit Sie alles kennenlernen." „Prima! Dann kannste gleich nächste Woche meinen Dienst übernehmen", freut sich der dünne Spieszcek. Der blässliche Stabsmatrose mit den eingefallenen Wangen ist einer von den Längerdienenden. Noch fünf Monate muss er abschrubben, danach will er Schweißtechnik studieren.

Im Hafen liegt eine graue Barkasse, das Verbindungsboot zur EM-Station. Der Motor tuckert im Leerlauf. Wir verstauen technische Geräte und Werkzeug. Der Koch bringt etwas Proviant an Bord, den der Hauptfeldwebel im Konsum nebenan noch schnell besorgt hat. Kaum ist alles verstaut, werden die Leinen losgeworfen. „Haalt! Ich muss noch mit!", brüllt eine Stimme. Der Alte kommt den Bootssteg entlanggeeilt. Der Bootsführer, Obermeister Topp, stoppt die Maschine, und mit einem beherzten Sprung wirft sich der Alte an Bord. Der Motor dröhnt wieder auf, und zügig verlassen wir den Hafen. Das Wetter ist sommerlich. Blauer Himmel, Sonnenschein und eine leichte Brise aus Nordost. Nie hätte ich mir meine erste Seefahrt so schön vorgestellt. Ich stehe auf dem Achterdeck, die Hände tief in den Hosentaschen und lasse alles auf mich einwirken. Neben mir steht Bummi. Eigentlich heißt er Wolfgang und kommt aus Dessau. Bummi ist Anlagenschlosser von Beruf. Hier ist er Motorengast. So nennt man den für Schiffsmotoren zuständigen Matrosen.

„Wie weit ist es?", frage ich. „'ne reichliche Dreiviertelstunde", antwortet er.

Kurz nach der Hafenausfahrt kommt uns ein Fischkutter entgegen. Der Kutterkapitän winkt uns zu, und wir winken zurück. „Moin, Heini! Haste guten Fang gemacht?", ruft der Alte hinüber. „Jo, jo, bin zufrieden", kommt als Antwort zurück, und zum Beweis hält er einen großen Hecht hoch.

Die Barkasse hat jetzt Fahrt aufgenommen. Der Motor tuckert gleichmäßig, und mit voller Kraft rauscht das kleine Boot seinem Ziel entgegen. Ich habe Zeit, mich umzusehen. Malerisch schön ist die Südküste der Insel Rügen. Sanft ansteigende Hügel mit kleinen Wäldchen. Dazwischen gelbe Felder. Der Raps steht zu dieser Jahreszeit in der Blüte. Keine Seemeile vor dem Hafen liegt die Insel Vilm. Erholungsinsel für die Regierung, hatten mir die anderen Mitbewohner beim Abendessen erzählt. Der Ulbricht käme jedes Jahr für zwei Wochen hierher. Manchmal auch andere Minister mit ihren Familien. Dann würde in dem kleinen Dorf der Ausnahmezustand herrschen.

Die Barkasse ändert jetzt leicht ihren Kurs. Die Insel bleibt an Steuerbord. „Da drüben, das ist Haus Goor", ruft Bummi durch den Motorenlärm und zeigt in die Richtung, wo zwischen den Bäumen ein weißes Schloss zu erkennen ist. „Das ist ein Ferienheim vom Stahlwerk", erklärt er mir. Im Sommer gibt's dort immer hübsche Weiber. Urlauberinnen! Du verstehst?" Bummi macht eine zweideutige Geste. Ich muss lachen. Das kann ja heiter werden, denke ich. Bin ich hier wirklich im Paradies gelandet?

Nach zwanzig Minuten ändert die Barkasse wieder ihren Kurs. Voraus der Horizont ist jetzt nur noch ein Strich. Vor uns liegt der Greifswalder Bodden und dahinter die offene See. Der Bootsführer winkt mich zu sich ins Ruderhaus. „Da vorn ist unsere Insel", sagt er. So sehr ich meine Augen anstrenge – ich kann nichts sehen. Er reicht mir sein Fernglas herüber. „Da vorn, der dunkle Punkt", sagt er und zeigt mit dem Arm in die Richtung. Jetzt kann ich die Insel sehen. Schemenhaft erkenne ich ein flaches Gebäude mit einem Turm. Es scheint auf unzähligen Stützen zu stehen. Mitten im Wasser. Nach weiteren fünfzehn Minuten erkenne ich Details. Es ist tatsächlich ein gemauertes Gebäude. Fast wie ein Wohnhaus mit Fenstern und Türen. Gleich daneben ist ein etwas größeres Haus mit einem Tor, das einer Scheune ähnelt. Davor steht ein Mensch mit nacktem Oberkörper. Die Hände tief in den Hosentaschen

starrt er zu uns herüber, als suche er jemanden. „Tuut – tuut!"
Der Bootsführer gibt mit dem Typhon ein Signal. Eine ver-
borgene Information, so scheint es, denn der Mensch auf der
Plattform verschwindet auf der Stelle in eben jenem Haus.
Nach kurzer Zeit erscheint er wieder. Diesmal in korrekter
Dienstuniform. Aha, denke ich. Das war das Signal, dass der
Alte mit an Bord ist. „Das ist der lange Thiel", erklärt mir der
Bootsführer. „Obermaat! Das ist ein ruhiger Beamter. Der hat
zurzeit Dienst hier draußen. Eine Woche. Von Montag bis
Montag." Ich sehe ihn fragend an. „Jeder ist mal dran. Aber
nur die Matrosen und Maate."

Nach fünf weiteren Minuten legt die Barkasse an. Geschickt manövriert Bootsführer Topp die Barkasse an die Insel. Ein heikles Unterfangen, wie mir scheint. Wie eine Nussschale schlingert sie auf den Wellen. Hoch über uns auf der
Plattform fängt der lange Thiel die Leinen, macht sie an den
dicken Pfählen fest und stellt sich in Positur. Über eine Leiter
erklimmt zuerst der Alte die Plattform. Der lange Thiel knallt
die Hacken zusammen, legt die Hand an seine Mütze und will
Meldung machen. Der Alte grüßt lässig und winkt ab. „Na,
Thiel! Alles in Ordnung?" „Jawoll", antwortet der ebenso lässig. „Na, dann wollmer mal", sagt der Alte und eilt ins Haus.
Inzwischen haben wir auch die Plattform erklommen. Der
Obermaat begrüßt die Angekommenen, je nach Dienstgrad
mehr oder weniger lässig. „Du bist der Neue?", fragt er mich.
„Ja!", antworte ich. „Na, dann willkommen." Sagt's und eilt
den anderen hinterher. Allein und verloren stehe ich plötzlich
da. Wie Robinson auf seiner Insel. Ich sehe mich um und
nehme erste Eindrücke auf. Das Gebäude, von dem der Putz
zu bröckeln beginnt, und die Plattform aus dicken Holzbohlen.
All das steht auf dicken Baumpfählen, die tief in den Grund
des Greifswalder Bodden gerammt wurden. Von der Plattform
bis zur Wasseroberfläche sind es drei Meter. Bis zur Küste
schätze ich, ist es eine reichliche Seemeile. Auf der anderen
Seite ist schemenhaft die Insel Usedom zu erkennen.

Bummi kommt. „Ich will dir mal alles zeigen", sagt er und winkt mir, ihm zu folgen.

„Jedes Schiff erzeugt ein magnetisches Störfeld, dass Magnetminen zur Explosion bringen", erklärt er während unseres Rundganges. „Unsere Arbeit hier ist daher die Reduzierung der Störfelder, um das Zünden der Minen zu verhindern, wenn das Schiff darüberfährt." Er zeigt hinaus auf das Gewässer zwischen uns und dem Festland: „Da, wo du die Bojen siehst, ist eine Überlaufmessstrecke. Auf dem Grund sind große Kabelschleifen verlegt, die das Magnetfeld des Schiffes messen. Über die müssen die Schiffe fahren. Es gibt hier eine Nord-Süd- und eine Ost-West-Strecke. Wir vermessen das Magnetfeld der Schiffe. Nach dessen Größe wird deren magnetische Eigenschutzanlage justiert, um das Schiff gegen Minen mit Magnetzündern zu schützen." Unser Rundgang führt uns zum hinteren Teil der Inselplattform. Hier tuckert ein mobiles Stromaggregat. „Das Seekabel zum Festland ist kaputt", erklärt Bummi. „Wenn du hier draußen bist, musst du dafür sorgen, dass es nicht stehenbleibt. Sonst ist hier Pumpe." Dann betreten wir das Haus. Auch hier erkennt man, dass alles schon bessere Tage erlebt hat. Durch einen Korridor kommen wir in ein kleines Zimmer. Zwei Betten übereinander, ein kleiner Tisch und ein schmaler Schrank sind das ganze Mobiliar. Auf dem Tisch steht ein Feldtelefon. Die einzige Verbindung zur Dienststelle in Lauterbach. „Hier schlafen wir, wenn wir hier draußen Dienst haben", sagt Bummi. „Bis vor einigen Jahren war hier eine ganze Mannschaft untergebracht." Er zeigt mir den Speiseraum und einen weiteren Schlafraum, in dem bis zu sieben Mann untergebracht waren. Eine Warmwasserheizung sorgt im Winter für warme Räume. Geheizt wird mit Kohle, die in einem Holzverschlag gelagert ist. „Heute sind wir ganz allein auf uns gestellt", erzählt Bummi. Ein zwei mal zwei Meter großer Raum mit Herd, Kühlschrank und Spülbecken dient als Küche. Der lange Thiel ist gerade dabei, die mitgebrachte Verpflegung zu verstauen.

„Na, Langer, was gibt's denn heute zu essen!" Der Alte hat seinen Kopf zur Tür hereingesteckt. „Wahrscheinlich Gulasch", sagt Thiel und zeigt auf zwei Büchsen. „Na, dann mal los!", sagt der Alte. „Ich bekomme langsam Hunger." Jetzt scheucht uns der Lange aus der Küche. „Wenn ihr nichts zu tun habt, dann schält schon mal Kartoffeln." Nur widerwillig kommen wir dem nach.

Tuuuut – tuuuut! ertönt das Typhon eines Schiffes. Alles läuft nach draußen. Wir lassen Kartoffeln Kartoffeln sein und eilen hinterher. Ein Minensucher steuert mit langsamer Fahrt auf die Insel zu. „Das ist das angekündigte Schiff aus Peenemünde", klärt mich Bootsführer Topp auf. „Der soll heute vermessen werden. Komm, hilf mal beim Festmachen!" Langsam schiebt sich das große Schiff an die Insel. Kommandos erschallen an Bord. Der Maschinentelegraf klingelt, und die Schiffsschrauben wühlen beim Vor-und-zurück-Manöver das Wasser auf. Das ganze Schiff scheint jedes Mal zu beben. „Keine Sorge! Hier sind zehn Meter Wassertiefe", ruft Bummi mir zu. Die Festmacherleinen fliegen herüber. Der Kommandant gibt per Lautsprecher seine Befehle, dann liegt das Schiff fest. Bug und Heck ragen weit über die Insel hinaus. Ich bin beeindruckt. Es ist das erste Mal, dass ich einem solch großen Schiff so nahe bin. Warum darf ich nicht auf so einem Schiff fahren, frage ich mich. Wieder kommt Wehmut in mir auf. Zum Träumen bleibt keine Zeit. Unser Alter weist den Kommandeur des Minensuchers ein, und nach zehn Minuten legt das Schiff wieder ab, um seine Fahrt über die Kabelschleifen zu beginnen. Von Ost nach West und wieder zurück. Immer zwischen den Bojen durch. Runde um Runde dreht das Schiff. Stunden vergehen. Per Sprechfunk verständigen sich die beiden Kommandanten. Inzwischen ist der lange Thiel mit dem Mittagsmahl fertig. Wie angekündigt, gibt es Gulasch. Dazu Pellkartoffeln. „Weil ihr keine Kartoffeln geschält habt", sagt er mürrisch. „Außerdem bin ich EK! Da brauch' ich mich nicht mit solchen niederen Arbeiten abzutun." Dem Alten ist das egal. Hauptsache, es schmeckt, und er wird satt. Er nutzt die Zeit, während der Minensucher zu einer neuen Runde wendet, und verschlingt eine Portion. „Den Gurkensalat esse ich später", ruft er in Richtung Küche und verschwindet wieder im Messraum. Eine Stunde später ist alles vorbei. Der Minensucher hat Kurs auf seinen Stützpunkt genommen, und wir rüsten uns ebenfalls zur Rückfahrt. Der lange Thiel hat Bummi und mich, kraft seines Dienstgrades und seiner Stellung als EK, zum Geschirrspülen verdonnert. Erfreut sind wir nicht, aber was bleibt uns übrig. Zähneknirschend fügen wir uns.

Der Alte macht noch einen Rundgang um seine Insel. Kritisiert hier und da, was ihm nicht gefällt und weist an, die Mängel zu beseitigen. „Übermorgen sind wir wieder da", sagt er zu Thiel. „Wenn noch was gebraucht wird, rufen Sie den Hauptfeldwebel an." Dann steigt er die Leiter hinab auf die Barkasse. Bootsführer Topp lässt den Motor aufdröhnen, und mit voller Fahrt geht es wieder zurück nach Lauterbach. Der lange Thiel schaut uns noch eine Weile nach.

Zwei Wochen später. Wieder fahren wir hinaus zur Station. Nur bleibe ich diesmal draußen, wenn die anderen zurückfahren. Eine ganze Woche lang. Nach gründlichen Einweisungen hat der Kommandeur befunden, dass ich in den Dienstablauf integriert werden kann. Ich bin aufgeregt, und es kribbelt im Bauch. Habe ich alles dabei. Wechselsachen, Verpflegung, ein Buch und Schreibzeug. Mindestens dreimal werden die anderen in dieser Woche hinauskommen. Da ist es nicht ganz so einsam, tröste ich mich. Der lange Thiel ist diesmal der Bootsführer. Bummi hatte recht, als er sagte, dass Thiel ein ruhiger Zeitgenosse sei. Kaum dass wir auf der Überfahrt miteinander geredet haben. Stammt aus Wismar und ist von Beruf Schiffbauer. Ein Fischkopp eben.

Diesmal empfängt uns der dünne Spieszcek. Das Sommerwetter der vergangenen Tage hat seine Haut nicht gebräunt. Er wird wohl immer der blässliche Stabsmatrose mit den eingefallenen Wangen bleiben. „Willkommen, willkommen", kräht er von oben herab, als die Barkasse an den dicken Pfählen festmacht. „Mein letzter Dienst. In acht Wochen ist

Schluss. Nie wieder Insel! Nie wieder Lauterbach!" Ich erklimme die Plattform, und Thiel hilft mir, mein Gepäck hochzubringen. Spieszcek hüpft aufgebracht vor Freude wie ein Kasper hin und her. Seine pralle Tasche steht schon an der Leiter. Die Begrüßung fällt knapp aus. Ein schneller Rundgang. Bestandskontrolle, zu erledigende Aufgaben und so weiter. Dienst übernommen, Unterschrift. Das war es. Ich bin ruhig geworden. Jetzt wird es ernst. Denke ich. Spieszcek kann es derweil kaum erwarten, endlich von hier wegzukommen. „Ach ja", sagt er zum Schluss, „übermorgen kommt der Tanker und bringt Trinkwasser. Weißt ja, wie das gemacht wird." „Hmm, hmm", kommt es leise über meine Lippen. Wir verabschieden uns. „Lasse dir die Zeit nicht lang werden", sagt Thiel und klettert hinunter zur Barkasse. Spieszcek hinterdrein. „He, Thiel!", ruft Spieszcek und lacht. „Ist bei dir alles klar? Noch acht Wochen, dann ist Schicht im Schacht. Ich gehe heute erst mal einen saufen. Kommst du mit?" „Quatsch mir nicht die Fransen vom Teppich", antwortet der Obermaat lakonisch. Zwei Minuten später nimmt die Barkasse Fahrt auf. Noch ein kurzes Winken, dann sind alle verschwunden.

Wie verloren stehe ich plötzlich da. Einsam und ganz allein. Langsam geht die Sonne unter. Nicht mehr lange, dann ist sie hinter der Insel Vilm verschwunden. Angst macht sich breit. Was ist, wenn was passiert, frage ich mich. Oder wenn jemand kommt. Die MPi und die Leuchtpistole im Panzerschrank erzeugen nicht gerade ein sicheres Gefühl. Aber wer sollte schon kommen, verwerfe ich die Gedanken. Ich mache einen Rundgang. Mit dem Fernglas suche ich die See ab. Nichts zu sehen. Weit am Horizont ein Segelboot. Sonst nichts. Das Stromaggregat tuckert gleichmäßig. Spritkontrolle ist nicht notwendig, weil Spieszcek den Tank heute erst aufgefüllt hat. Das Telefon klingelt. Am anderen Ende meldet sich der Hauptfeldwebel: „Ist die Barkasse schon auf dem Rückweg?", will er wissen. Ich bejahe es. „Warum melden Sie das nicht gleich?", schnarrt er durch die Leitung mich an. „Habe ich vergessen, Genosse Stabsobermeister." „Vergessen! Passen

Sie mal auf, dass wir Sie da draußen nicht vergessen. Und nehmen Se Haltung an, wenn ich mit Ihnen rede! Klar?" Im Hintergrund höre ich es lachen. Der will mich verscheißern, schießt es mir durch den Kopf. „Alles klar!", antworte ich. Na, das fängt ja gut an, denke ich.

Inzwischen ist es dunkel. Ich schalte die Rundumbeleuchtung ein und mache wieder einen Rundgang. Die Wellen plätschern leise. Alles ist ruhig. Auf dem Festland sieht man gelegentlich einen Lichtschein. Wahrscheinlich von einem fahrenden Auto. Im Osten ist das Leuchtfeuer von der Insel Ruden zu erkennen, und die Fahrwassertonnen nach Lauterbach blinken gleichmäßig. Im Aufenthaltsraum steht ein Fernsehgerät. Ich belege mir zwei Scheiben Brot mit Dosenwurst. Dazu eine saure Gurke und mache es mir vor dem Fernsehgerät bequem. Es dauert nicht lange, da bin ich eingeschlafen. Ich weiß nicht, wie ich so gesessen habe. Plötzlich schrecke ich hoch. Hat da nicht was geklappert? Schweiß tritt auf meine Stirn, und ich wage kaum zu atmen. Verdammt! Wenn jetzt einer kommt. Ich lösche das Licht im Haus und schaue hinaus. Nichts zu sehen. Aber da war doch was? Quatsch, da war nichts. Dann hole ich doch die MPi aus dem Schrank. Man kann ja nicht wissen. Wieder ein Rundgang. Kein Mensch zu sehen. Angsthase, sage ich mir. Wahrscheinlich weiß der böse Feind nicht mal, dass es hier so eine Insel gibt, beruhige ich mich. Das passiert mir noch zweimal. Kurz vor Mitternacht klingelt wieder das Telefon. Bummi meldet sich: „Alles in Ordnung bei dir draußen?", fragt er. „Ich muss hier drinnen Wache schieben. Die anderen sind nebenan in der Kneipe. Der Alte und der Stabsobermeister auch". Ich erzähle Bummi, was ich erlebt habe. Er lacht und sagt: „Da gewöhnst du dich dran. Das ist uns allen so gegangen. Leg dich schlafen. Ich melde mich, wenn was ist." „Okay! Gute Nacht!", antworte ich und lege den Hörer auf. Ich lege mich auf das Bett im Wachzimmer, behalte aber vorsichtshalber meine Uniform an. Die MPi wandert wieder in den Schrank. Aber das Seitengewehr bleibt in Reichweite. Sicher ist sicher.

Am nächsten Morgen weckt mich die Sonne. Ihre warmen Strahlen scheinen genau in mein Gesicht. Ich trete hinaus auf die Plattform. Die Sonne hat ihren täglichen Lauf begonnen. Alles ringsum ist in helles Sommersonnenlicht getaucht. Auf dem blauen Wasser kreuzen einige Segelboote, ein Kornfeld auf dem Festland gegenüber leuchtet goldgelb, und die Lauterbacher Fischer kehren aus ihrem Fanggebiet zurück. Bis hierher hört man das Tuckern der Motoren. Jetzt fällt mir ein, nach dem Stromaggregat zu sehen. Der Motor läuft noch. Ich muss wohl ziemlich fest geschlafen haben, dass ich den nicht gehört habe. Dann wird es Zeit für den morgendlichen Anruf. Diesmal meldet sich Obermeister Topp. „Alles klar!", sagt er, nachdem ich Meldung gemacht habe. Seine Stimme klingt müde. Muss wohl eine lange Nacht in der Kneipe gewesen sein, vermute ich. An diesem Tag käme keiner raus, lässt er mich wissen. Auch am nächsten und übernächsten Tag nicht. Er erinnert mich, dass morgen der Tanker mit dem Fischwasser käme und meint, ich solle ansonsten gut aufpassen. „Geh sparsam mit der Verpflegung um", gibt er mir noch als Hinweis. Das erinnert mich daran, dass ich noch nicht gefrühstückt habe. Ein Blick in den Kühlschrank genügt, um festzustellen, dass ich hier nicht dick werden kann. Butter, Margarine, Käse und Marmelade. Dazu einige Wurstkonserven und eine Packung Eier. Mehrere Gläser mit Fleisch und Tomatensoße sind auch vorhanden. Ein kleines Wandschränkchen enthält Tee und Kaffee. Reis und Makkaroni hatte mir Ernst mitgegeben, und mehrere Schachteln mit Trockensuppe sind von meinem Vorgänger noch übriggeblieben. In einer Nische liegt ein halbvoller Sack Kartoffeln, auf denen sich die ersten Keime zeigen. Na ja! Verhungern werde ich wahrscheinlich nicht hier draußen. Ansonsten ist die Küche gut ausgerüstet. Teller, Tassen und Besteck sind reichlich vorhanden. Töpfe und Pfannen stehen wohlgeordnet in einem Regal. Ich koche mir einen Kaffee. Von dem frischen Brot, welches Ernst gestern früh beim Bäcker kaufte, will ich mir zwei Scheiben abschneiden. Nur womit? Ein Brotmesser oder ähnliches Schneidwerkzeug?

Fehlanzeige! Bleibt nur eines vom Essbesteck. Das Unternehmen Brotscheibe ist eine Herausforderung. Mit einiger Mühe gelingt es mir, eine mehr oder weniger gleichmäßige Scheibe Brot abzuschneiden. Butter und Marmelade runden alles ab. Der erste Hunger ist erst einmal gestillt. Ein Kontrollgang um die Insel bringt keine neuen Erkenntnisse. Drei Meter unter der Plattform plätschern die Ostseewellen gegen die dicken Pfähle und aus Südwest bläst eine laue Brise. Das Stromaggregat braucht neue Nahrung. Den nötigen Dieselkraftstoff fülle ich aus dem großen Kraftstoffbunker in einen Kanister und betanke damit das Stromaggregat. Sonst ist nichts. In den vergangenen Wochen habe ich mich auf den Dienst und das Alleinsein hier draußen vorbereitet. Gelangweilt stecke ich die Hände in die Hosentaschen und lasse alles auf mich wirken. Seemannsprüfung sagt man dazu. Auf das Meer sehen und sich nichts denken. Ein Begriff, den die Fahrgastschiffskapitäne ihren Erholung suchenden Landeiern aus Sachsen und Thüringen beibringen. Eine halbe Stunde ist vergangen, da weht der Wind leise Musik an mein Ohr. Ich sehe in die Richtung und erkenne nicht weit von meiner Insel ein kleines, einem Fischkutter ähnlich sehendes, weißes Schiff. Durch das Fernglas erkenne ich darauf fröhlich winkende Urlauber. Die machen eine Rundfahrt um die Insel Vilm, um später zu Hause von ihrer großen Seefahrt zu erzählen. Wer weiß, was der Kapitän denen jetzt beim Anblick unserer Insel erzählt, denke ich. Vom Matrosengefängnis soll schon die Rede gewesen sein, hatte mir Bummi mal erzählt. Na ja! Wer's glaubt.

Ehe ich mich versehen habe, ist es bereits Mittag. Beutelsuppe steht auf meinem Speiseplan. Dazu ein Wurstbrot. Das muss reichen. Kaum habe ich den letzten Bissen meines Festmahls verspeist, klingelt das Telefon. Hauptfeldwebel Ernst meldet sich. Ohne Vorrede erklärt er mir, dass noch das alte Seekabel auf der Insel herumliegt. Damit mir das Inselleben nicht zu langweilig wird, soll ich schon mal beginnen, es in ein Meter große Stücke zu zerteilen. Natürlich müsste ich auch Kupfer, Blei und die anderen Bestandteile voneinander trennen. Dachte ich es mir doch. Ich hatte gleich geahnt, dass man mich hier nicht einfach herumgammeln lässt. Ade, Sommer, Sonne, Inselurlaub. Nichts da mit Erholung auf See und zwischendurch mal ein Schiff vermessen. Harte Arbeit ist angesagt. Mit einer Säge bewaffnet mache ich mich eine Stunde später ans Werk. Das zehn Zentimeter dicke Kabel zu zersägen ist wahrlich Knochenarbeit. Nach zwei Stunden liegen fünf Kabelteile säuberlich gestapelt auf der Plattform. Fünf Teile sind fünf Meter. Noch warten fünfhundert Meter Kabel darauf, zersägt zu werden. Der Schweiß läuft mir den Rücken herunter. Hände und Uniform sind dreckverschmiert. Leise Zweifel kommen auf, ob ich wirklich im Paradies gelandet bin. Nach weiteren fünf Stück ist Feierabend. Meine Arme schmerzen, und mein Magen sendet auch Signale, dass der Brennstoff verbraucht ist. Außerdem steht die Sonne schon tief im Westen. Morgen werde ich weitermachen, beschließe ich. Morgen kommt aber auch der Tanker. Der bringt etwas Abwechslung in den Tagesablauf. Vielleicht kommen auch bald wieder Schiffe zum Vermessen.

Den Rest des Tages verbringe ich mit Nichtstun. Ich genieße den Blick aufs Festland, träume den Segelbooten nach und überlege, was die in Lauterbach jetzt gerade machen. Bummi ist sicher den hübschen Urlauberinnen aus dem Ferienheim auf der Spur. Die anderen genießen vielleicht ein Bierchen in der Gaststätte nebenan. Nur ich sitze hier allein wie Robinson Crusoe. Da kommt Wehmut auf. Ich will mir nicht vorstellen, dass das mein Schicksal in den nächsten zwei Jahren sein soll. Und doch ist es so gekommen. Lauterbach und die Insel wurden zwei Jahre mein Schicksal. Viele Male verbrachte ich jeweils eine Woche auf der Insel. Im Sommer bei sengender Hitze, im Herbst bei Sturm und hohem Seegang und im Winter, wenn dickes Eis die Insel umgab. Dann bleibt nur noch das Telefon, um ab und zu menschliche Stimmen zu vernehmen. Aber Lauterbach und die Insel war nicht nur mein Schicksal. Lauterbach und die Insel war auch ein Stück meines Lebens. Die Truppe aus der Baracke und die Leute im Dorf mit ihren großen und kleinen Macken. Wir waren wie eine Familie. All das zusammen hat mein Leben nachhaltig bestimmt.

6. Sturmfahrt

Es ist lebensgefährlich, die See zu unterschätzen. Die See ist kein Tummelplatz für Leichtgläubige. Auch ich habe diese Erfahrung, wie viele vor mir, machen müssen.

Es herrscht Kalter Krieg. Der zum Versuchsschiff umgebaute schnelle Minensucher „Grimma" ist zu einer Reise ausgelaufen, die in dieser Zeit nicht alltäglich ist. Die Volksmarine rüstet sich für den Ernstfall. Man will vorbereitet zu sein, falls der böse Feind kommt. Deshalb schickt der Flottillenstab seine Stabsoffiziere zweimal im Jahr auf Navigationsbelehrungsfahrt. Im Stützpunkt Peenemünde sind die Stabsoffiziere von der ersten Minenräumbrigade an Bord gekommen. Die sollen diesmal ihre Kenntnisse in der Schiffsnavigation erneuern und die Gewässer der westlichen Ostsee kennenlernen.

Es ist der neunundzwanzigste April. Ein strahlend heller Frühlingstag. Nur gelegentlich zeigen sich hoch am Himmel einige Schleierwolken. Der Seewetterbericht meldet für die nächsten Tage gleichbleibendes Wetter. Sonnenschein mit Windstärke drei aus Südsüdwest über der westlichen Ostsee. Ideales Reisewetter für Stabsoffiziere, die meist ihre Zeit hinter dem Schreibtisch verbringen. Am ersten Tag der Reise geht es zunächst um die Insel Rügen in die westliche Ostsee. Dann weiter mit nördlichem Kurs durch den Großen Belt hinauf ins Kattegat, dem nördlichsten Punkt der Reise. Alles dänische Hoheitsgewässer. Feindesland also. Den Großen Belt passieren wir bei herrlichem Frühlingswetter. Über der dänischen Küste scheint die Sonne. Grüne Wiesen und gelbe Rapsfelder, alles zum Greifen nahe, wechseln einander ab. Vom Festland Dänemarks trägt der Wind den Duft des Frühlings herüber. Eine friedliche und heile Welt. Wenn da nicht ... Doch vom bösen Feind ist weit und breit nichts zu sehen.

Bei Sonnenuntergang ist der nördlichste Punkt der Reise erreicht. Im Kattegat gehen wir über Nacht vor Anker. Die Wachen werden verstärkt. Schließlich sind wir vom Feindesland nicht weit entfernt.

Wie geplant fahren wir am nächsten Morgen durch die Meerenge zwischen Schweden und Dänemark. Von da soll, um die Insel Bornholm herum, der polnische Hafen Ustka angesteuert werden. Im Sund herrscht reger Schiffsverkehr. Die Leute auf der Brücke müssen höllisch aufpassen. Für uns Ostdeutsche ist die Passage dieser Wasserstraße erhebend. In der Morgensonne leuchtet das Königsschloss vom dänischen Helsingør zu uns herüber. Hamlet lässt grüßen. Einige Seemeilen weiter passieren wir auf schwedischer Seite die Werftanlagen von Malmö. Riesige, farbenfrohe Schiffbauhallen und Trockendocks sind zu erkennen. Wir kommen aus dem Staunen nicht heraus. So ein buntes Bild kennen wir von den Werften in Wolgast, Stralsund und Rostock nicht.

Erst nach Mittag haben wir den Sund passiert und steuern, nun bereits wieder in der Ostsee, in östlicher Richtung auf die Bornholmstraße zu. Immer noch herrscht eitel Sonnenschein, aber der Wind hat an Stärke zugenommen. Rasmus, der Gott des Windes, ist erwacht. Er bläst jetzt zunehmend mit Stärke sieben und zaubert weiße Schaumkronen auf die Wellen. Unseren kleinen Minensucher lässt er unter dem strahlend blauen Himmel wie eine Erbse auf den Wellen tanzen. Mit ganzer Kraft muss die „Grimma" gegen die von Rasmus entfesselten Naturgewalten ankämpfen. Von Stunde zu Stunde wird der Wind stärker und mausert sich schließlich zu einem ausgewachsenen Sturm der Stärke neun. Größer und gröber kommen die Wellen jetzt auf uns zu. Immer wieder baut sich eine Wand aus Wasser vor uns auf, und immer wieder sticht die „Grimma" mit ihrem stählernen Bug in diese Wand, bis sie krachend zerbricht. Weiße Gischt prasselt auf das Deck. Millionen Wassertröpfchen funkeln in der Sonne und zaubern einen Regenbogen. Das Schiff sieht aus wie frisch gewaschen. Was für ein Anblick, den uns unsere alte Erde hier bietet. Und schon kommt die nächste Wand.

Die Stabsoffiziere haben sich längst unter Deck verkrochen. Schiff klarmachen zur Sturmfahrt, hat der Alte angeordnet. Auf dem Oberdeck wird es lebendig. Die Decksleute zurren an Deck alles fest, was bei der Schaukelei hin und her rutschen könnte. In den Maschinenräumen das gleiche Bild. Kisten mit Ersatzteilen und Werkzeug werden festgelascht. Es ist stickig warm. Die Luft ist angefüllt von heißem Öldunst. Die Motoren machen einen Höllenlärm und müssen jetzt halbstündlich kontrolliert werden. Das ist gar nicht so einfach bei der Schaukelei. Ich muss verdammt aufpassen, dass ich dabei nicht versehentlich an ein heißes Rohr greife. Hoffentlich werde ich nicht seekrank, schießt es mir dabei immer wieder durch den Kopf. Solange, wie ich hier unten beschäftigt bin, geht es mir gut. Wenn nur die verdammte Hitze und der Gestank nicht wären.

In der Kombüse geht es ähnlich wild zu. Der Koch ist gerade dabei, einen Topf mit Suppe auf dem Herd festzukeilen. Auf dem Boden liegen schon die ersten Scherben vom Geschirr. Essensdunst brodelt aus dem nur zwei mal zwei Meter großen Verschlag. In weiser Voraussicht hat der Koch seinen Speiseplan umgestellt. Statt belegter Brote gibt es Suppe. „Damit es beim Rückwärtsessen nicht so weh tut", scherzt er. Im Deckshaus stehen die Stabsoffiziere in den Gängen und löffeln die Suppe aus ihren Schüsseln. Jeder hat sich dabei irgendwie einen festen Stand gesucht. „Der hätte besser die Suppe in Flaschen servieren sollen", sagt einer mit Galgenhumor. Die Umstehenden lachen verhalten. Am Tisch mit Messer und Gabel zu hantieren, wäre bei der Schaukelei lebensgefährlich. Suppe löffeln ist aber auch nicht leicht. Schon zeigen sich erste Spuren auf den sauberen Uniformen.

Je mehr wir uns der Meerenge nähern, umso ruhiger wird jetzt wieder die See. Hier, im Windschatten der Insel Bornholm, hat Rasmus nicht die Macht, um haushohe Wellen aufzutürmen. Gegen die Insel kommt Rasmus nicht an. Die Insel bietet uns Schutz. An Bord wird es ruhiger. Die Herren Stabsoffiziere liegen inzwischen satt und zufrieden in ihren Kojen. Nur wir, die Crew, sind noch angespannt, denn die Wettervorhersage verheißt nichts Gutes. Der Sturm soll noch an Stärke zunehmen. Das heißt, uns steht noch ein Höllenritt quer über die Ostsee bevor. Eine innere Unruhe hat sich meiner bemächtigt. Wie gebannt sitze ich mit den beiden Maschinisten im Fahrstand und starre auf die Instrumente der E-Maschinen. Noch geht es mir gut. Erst in zwei Stunden ist Wachablösung. Noch zwei Stunden mit höchster Konzentration bei Hitze und Gestank muss ich aushalten. Das Schott zum Maschinenraum wird aufgestoßen. Der Pumpenwilly kommt vom Kontrollgang und grinst mich an. „Wenn dir schlecht wird", sagt er hämisch zu mir, „musst du dich in den Schatten einer Palme setzen." Alle grinsen mich an. „Du hast nur Scheiße im Kopp", erwidere ich missmutig. Der Pumpenwilly lacht.

Zwei Stunden später. Wir steuern mit Südostkurs die polnische Ostseeküste an. Bornholm liegt achteraus und Rasmus ist wieder in seinem Element. Als habe er nur auf uns gewartet. Es scheint ihm Spaß zu machen, unser Schiff wie eine Nussschale auf den Wellen tanzen zu lassen. Der Sturm trifft uns nun mit voller Wucht von Steuerbord. Tief neigt sie sich die alte Dame „Grimma" bei jeder Welle zur Seite. Wird sie sich wieder aufrichten, denke ich jedes Mal. Windstärke zehn haben sie jetzt auf der Brücke gemessen. Mit voller Kraft stampft das betagte Schiff in der aufgewühlten See. Unter Deck hört man das Knarren der Spanten. Brecher kommen über und überfluten das Deck. Bis hinauf zum Peildeck spritzt die See. Alle Maschinen verrichten Schwerstarbeit. Die Abgasrohre sind glühend heiß.

Nach vier Stunden ist meine Wache beendet. Die Ablösung kommt. Endlich vier Stunden Ruhe. Das Oberdeck darf längst keiner mehr betreten. Für solche Fälle gibt es unter Deck ein Schlechtwetterluk, um ins Mannschaftslogis zu gelangen. Auf Händen und Füßen zwänge ich mich durch die knapp einen Meter messende, runde Öffnung. Ein schier artistisches Unterfangen bei dem ständigen Auf und Ab. Hinter mir schlägt jemand das Luk zu. Aus, nun gibt kein Zurück.

Im Mannschaftslogis ist der Seegang deutlich stärker zu spüren. Wie im Fahrstuhl geht es auf und ab. Die „Grimma" schüttelt sich, wenn sie mit der Nase voran in ein Wellental sackt. Krachend kämpft Stahl gegen Wasser und Wasser gegen Stahl. In meinem Magen beginnt es zu rumoren. Das Luk zum Oberdeck ist geschlossen. Kein Hauch von frischer Luft weht herein. Es stinkt nach Schweiß und Zigarettenqualm. Ein Mix von Parfüm wabert durch den Raum. Eine bestialische Mischung. Aus der Kojenecke dringt lautes Schnarchen. Irgendwer furzt im Schlaf. In voller Montur klettere ich in meine Koje. An Schlafen ist nicht zu denken. Mir sitzt ein Kloß im Hals, und mein Magen beginnt zu rebellieren. „Hoffentlich muss ich jetzt nicht kotzen", denke ich immerzu. Eine halbe Stunde lang schaffe ich es, gegen Übelkeit im Magen und Gestank im Logis anzukämpfen. Dann kann ich nicht mehr. Ich brauche frische Luft. Ich springe aus meiner Koje, hetze den Niedergang zum Oberdeck hinauf und stoße das Luk auf. Augenblicklich schlägt mir kalter Wind ins Gesicht. Das Vorschiff rauscht gerade in rasender Fahrt nach unten. Genauso schnell kommt die Suppe hoch. Ein Schwall Erbrochenes klatscht aufs Deck und gleich danach ein zweiter. Doch schon der nächste Brecher wäscht das Deck wieder sauber. Gott sei Dank. Mein Magen krampft sich bei jeder Abwärtsbewegung zusammen. Schweiß läuft mir den Rücken herunter. Die überkommende See überschüttet meinen Kopf ständig mit Salzwasser. Verstohlen schaue ich hoch zur Brücke und habe auf einmal das Gefühl, dass die da oben mich sehen könnten. Die lachen sich jetzt bestimmt kaputt, stelle ich mir vor. Ich kann es förmlich sehen, wie die sich kaputtlachen. Aber das ist mir in diesem Moment scheißegal. Meine Kräfte beginnen nachzulassen. Wie ein nasser Sack hänge ich über dem Lukenrand. Immer wieder schüttelt mich der Würgereiz. Endlich ist mein Magen leer. Mit bitterem Geschmack auf der Zunge und weichen Knien klettere ich wieder zurück in meine Koje und falle total erschöpft in einen totenähnlichen Schlaf.

Kräftiges Rütteln weckt mich. Nur mühsam kann ich die Augen öffnen. Der Pumpenwilly steht neben meiner Koje und grinst mich an. „Reise, Reise, Seemann", ruft er und lacht. „Wach auf! Du bist gleich dran mit Wache." Langsam klettere ich aus meiner Koje. Mein Kopf dröhnt, und im Mund habe ich ein eigenartiges pelziges Gefühl. Durch das offene Luk strömt frische Luft. Die Sonne wirft einen schmalen Lichtstrahl ins Logis. Erst jetzt spüre ich die Ruhe im Schiff. Nur die E-Maschinen tuckern leise vor sich hin. Langsam steige ich hinauf zum Oberdeck. Der Sturm hat nachgelassen. In der Ferne kann ich die polnische Küste erkennen. Die „Grimma" liegt vor Anker und dümpelt gemächlich in der See. Noch immer unsicher auf den Beinen, schleiche ich übers Deck. Jetzt weiß ich, woher der Ausdruck Seemannsbeine kommt.

Im Waschraum halte meinen Kopf unter eiskaltes Wasser, bis auch der letzte Rest Müdigkeit verflogen ist. Vom Koch lasse ich mir ein trockenes Brötchen und eine große Tasse Kaffee geben. „Na, geht's wieder?", fragt er spöttisch grinsend. „Schade um meine schöne Suppe."

„Blödmann", antworte ich und drehe mich um. Meckerndes Gelächter schallt mir hinterher. Mit meinem Brötchen und dem Kaffee verhole ich mich auf das Achterdeck. Wie ein Labsal rinnt der Kaffee meine Kehle herunter. Tief sauge ich die frische Seeluft in meine Lungen und blinzele in die helle Morgensonne. Dann verschwinde ich wieder unter Deck. Vier Stunden Lärm, Dunst von heißem Öl und vierzig Grad Wärme erwarten mich.

7. Kollision vor Rügen

Das Meer ist groß und von schier unendlicher Weite. Wenn das Wetter schön ist, kann man viele Seemeilen weit sehen. Seit der Erfindung des Radars sogar bis weit hinter den Horizont. Man sieht dann sozusagen durch das elektronische Auge. Das Radar ist für die Seefahrt sehr hilfreich, bei Nebel und schlechter Sicht. Trotzdem kommt es immer mal wieder zu Kollisionen zwischen Schiffen und anderen schwimmenden Objekten. Wie, so wird der Laie fragen, können aber zwei Schiffe auf dem weiten Meer zusammenstoßen? Jedem fremden Schiff, das sich dem eigenen nähert, kann man doch rechtzeitig ausweichen, wenn es auf einen gefährlich zusteuert. In solch eine prekäre Situation kam das Motorschiff „Rügen" aus Wolgast.

Es war ein sonniger Septembertag, als auf dem Motorschiff „Rügen" die Leinen eingeholt werden. Das Ziel ist Danzig, wo sich der Stützpunkt der polnischen Flotte befindet. Wir sagten damals immer noch Danzig, obwohl die DDR-Obrigkeit auf die polnischen Namen Gdansk und Gdynia Wert legte.

Bereits zehn Minuten nach dem Ablegen passiert die „Rügen" die Wolgaster Brücke, die über den Peenestrom das Festland mit der Bäderinsel Usedom verbindet. Wie immer stehen auch diesmal wieder viele Urlauber am Brückengeländer, um den Seeleuten freudestrahlend zuzuwinken. Die Lords an Deck hielten Ausschau nach hübschen Urlauberinnen. Für drei Sekunden herrschte Glückseligkeit beim Anblick hübscher, braun gebrannter Urlauberinnen. Dann ist alles vorbei. Unaufhaltsam gleitet die „Rügen" den Fluss abwärts der offenen See entgegen. Vorbei an Wiesen und Weiden und schilfbegrenzten Ufern. Der Dieselmotor tuckert monoton. An Steuerbord wird der Marinestützpunkt Peenemünde passiert. Die alten Abschussrampen der V1 sind nur noch zu erahnen. Von hier ab verbreitert sich der Peenestrom zusehends, und bald sind Häuser, Bäume und Menschen nur noch mit dem Fernglas zu erkennen. Nach einer Stunde Flussfahrt ist an Backbord die Insel Rügen zu erkennen, und Steuerbord zeigt sich der Horizont bereits als eine gerade unendliche Linie. „Tonne Landtief rechts voraus!", ruft der Ausguck. Der Kapitän quittiert das mit einem Knurren, dass man als „okay" deuten könnte. Gleich darauf verschwindet er im Kartenraum. Nach fünf Minuten tauchte er wieder auf. Gerade in dem Moment, als die „Rügen" die Tonne passiert. Die offene See ist erreicht.

„Neuer Kurs 74 Grad", ruft er dem Rudergänger zu und sieht durchs Fernglas. Er wartet, bis der Rudergänger meldete: „74 Grad liegen an!". Dann greift er zum Mikrofon der Bordsprechanlage. „Revierfahrt beendet. Es fährt die zweite Wache!"

Auf der Brücke übernimmt der erste Steuermann das Kommando. Der Kapitän verzieht sich in seine Kammer. Es ist siebzehn Uhr. Drei Mann sind jetzt noch auf der Brücke. Der Erste, der Rudergänger und der Ausguck.

Ich habe es ebenfalls vorgezogen, in meine Kammer hinabzusteigen, um bis zum Wachbeginn noch etwas zu ruhen. Zusammen mit den beiden Maschinisten bewohne ich eine Dreimannkammer mittschiffs unter Deck. Ich mache es mir auf meiner Koje bequem. Leichtes Schaukeln bei Windstärke drei, dazu das leise und eintönige Grummeln der Diesel lassen mich bald einschlafen.

Ich muss wohl ziemlich fest geschlafen haben, denn als ich jäh erwache, liege ich auf dem Boden vor meiner Koje. Im Schiff ist absolute Stille. Dann höre ich schnelle Schritte und Rufe an Oberdeck. Sie lassen mich vollends wach werden. Blitzschnell greife ich meine Schuhe, Hemd und Hose habe ich Gott sei Dank angelassen, und eile den Niedergang zum Oberdeck hinauf. Gerade noch rechtzeitig, um zu sehen, wie sich eine schwarze, hohe Wand vor den Bug der „Rügen" vorbeischiebt. Die schwarze Wand war nichts anderes als die Bordwand eines mindestens zwanzigmal größeren Schiffes.

Neben mir stehen der Chief und die Maschinisten und starren die schwarze Wand an. Die Hauptmaschine ist gestoppt. Jetzt erst bemerke ich, dass ich meine Schuhe noch in der Hand habe. Ich eile auf die Brücke. Der Alte ist auch schon da und hat das Kommando wieder übernommen. Im gleichen Moment beginnt einer der beiden Hilfsdiesel wieder zu tuckern. Abseits steht der Rudergänger und hält sich den rechten Arm. Am Ruder steht jetzt ein anderer Matrose. Von der Brückennock sehe ich einen großen Frachter mit schwarzem Rumpf und weißen Aufbauten. Mindestens zwanzigtausend Bruttoregistertonnen schätze ich. „Balgenende" steht am Heck und darunter der Name des Heimathafens Rotterdam. Am Mast weht die Flagge Panamas. Deutlich ist an der aufgewühlten Hecksee zu erkennen, dass seine Maschine mit voller Kraft zurückläuft. Trotzdem entfernt er sich immer weiter von uns. Der Chief erscheint auf der Brücke. Keine Wassereinbrüche, meldet er. Nur einen zerfetzten Bug. Die aufgebrochene Stelle ist aber Gott sei Dank zwei Meter über der Wasserlinie. Aufatmen bei allen. Der Frachter mit seinen zwanzigtausend Bruttoregistertonnen hat uns am Bug gerammt. Dabei legte sich die „Rügen" stark auf die Seite, und ich stürzte aus meiner Koje. Bei 42 Grad war der Zeiger des Krängungsanzeigers stehengeblieben. Das ist fast die Grenze, bei der sich ein Schiff wieder aufrichten kann.

Mein Gott, wenn dieses Riesenschiff uns mittschiffs getroffen hätte, schoss es mir durch den Kopf. Aber darüber konnte ich erst viel später nachdenken.

Der Alte lässt die „Rügen" mit voller Kraft dem Frachter nachfahren. Das dauert, weil so ein Zwanzigtausendtonner nicht einfach mal so zum Stehen kommt. Mindestens fünf Seemeilen braucht er, obwohl seine Maschine mit voller Kraft rückwärts läuft. Je mehr wir uns nähern, umso deutlicher werden die Größenverhältnisse. „Wir, mit unseren läppischen dreihundertdreißig Tonnen, könnten glatt das Beiboot von dem sein", sagt der Alte und fügt hinzu: „Na wenigstens hat der auch was abgekriegt." Tatsächlich sieht man an seiner Backbordseite eine zehn Meter lange Kratzspur. Die stammt von unserem Bug. Einen breiten Streifen schwarzer Farbe haben wir ihm runtergeholt. Sogar die orangefarbene Grundierung schimmert stellenweise durch. An der Reling des Frachters stehen Seeleute aus scheinbar allen Teilen der Welt. Chinesen, Mulatten und Männer mit noch dunklerer Hautfarbe. Auch einige Europäer waren dabei. Allesamt in schmutziger und abgetragener Kleidung. Gesichter und Hände schwarz. Die „Balgenende" hatte Steinkohle geladen und die Decksleute sind gerade dabei, den Dreck, der beim Beladen danebengefallen ist, zu beseitigen. Das heißt mit einem großen Wasserschlauch spülen sie den Staub einfach über Bord. Endlich können wir die Leinen am Frachter festmachen. Einige von denen sehen uns erstaunt an. Andere wiederum lächeln und winken uns zu. Wir, als brave DDR-Bürger, verziehen keine Miene. Es ist schließlich ein kapitalistisches Schiff, und außerdem haben wir einige hohe Offiziere an Bord. Selbst ein zaghaftes Winken kann uns Ärger einbringen, obwohl die Kameradschaft auf See sprichwörtlich ist. Das war der Zeitpunkt, wo sich mein geistiger Horizont über die Seefahrt erweiterte. Auf See gelten andere Gesetze.

Der Alte und der Erste steigen an Bord des Frachters. Nach einer Weile kommen sie zurück in Begleitung eines Mannes. „Das ist der Kapitän", sagt der Erste, als er meinen fragenden Blick bemerkt. Nee, denke ich. Das glaube ich nicht. Denn statt einer schmucken dunkelblauen Uniform mit den vier obligatorischen goldenen Streifen an den Ärmeln trägt der Mann ein abgewetztes graues Jackett und eine Hose, die Falten hat wie eine Ziehharmonika. Dazu Schuhe, die mir zwei Nummern zu groß erscheinen. Zudem musste er sich in den letzten drei Tagen nicht rasiert haben. „Den hätte ich nie im Leben für den Kapitän gehalten", sage ich zu den umstehenden Matrosen. Meine Vorstellung von der internationalen Seefahrt bekommt einen Knacks. „Hallo, Sailers" grüßt er freundlich und steigt mit seinen Begleitern zu uns an Bord. Selbstbewusst und mit geschäftigem Blick betrachtet er die Schramme an der Bordwand seines Schiffes. Immer wieder schüttelt er ärgerlich den Kopf. Das bisschen Farbe, denke ich. Der soll sich nicht so haben. Unser Schaden ist viel größer. Nachdem er alles ausgiebig betrachtet hat, verschwinden alle in der Offiziersmesse. Endlich, nach einer Stunde, tauchen alle wieder auf. Der Kapitän des Frachters, ein Grieche, wie ich inzwischen erfahren habe, weist seine Leute an, uns beim Ablegen behilflich zu sein. Er wartet noch, bis wir weit genug entfernt sind, und nimmt wieder Fahrt auf. Der Alte vergewissert sich noch einmal beim Chief, ob wir mit dem zerfetzten Bug unser Ziel erreichen werden und geht dann wieder auf den alten Kurs.

Wie kam es nun zu dieser Kollision? Beide Schiffe kamen sich zu nahe. Für den Kapitän der „Balgenende" war die „Rügen" zu nahe. Laut Gesetz hat aber derjenige Vorfahrt, der von rechts kommt. Die „Balgenende" kam von rechts. Sie war aber verpflichtet, Kurs und Geschwindigkeit beizubehalten. Genau das hat der griechische Kapitän nicht gemacht, obwohl er Vorfahrt hatte. Von Stettin kommend war sein Zwanzigtausendtonner, randvoll mit Steinkohle aus dem schlesischen Kohlerevier, in nördlicher Richtung nach Schweden unterwegs. Die „Rügen" in östlicher Richtung nach Polen. Zwangsläufig mussten sich also beide Kurse kreuzen. Obwohl die Brückenwache der „Balgenende" unser Schiff gesehen haben musste, haben sie aber nicht bemerkt, dass die „Rügen" dabei war, die Vorfahrt zu gewähren. Deshalb hat er, um in der Fachsprache zu bleiben, das Manöver des letzten Augenblickes eingeleitet, um so eine Kollision zu vermeiden. Leider aber genau in die verkehrte Richtung. Der Bug des Zwanzigtausendtonners, so erzählte mir später der Erste, drehte sich langsam und unaufhörlich auf die „Rügen" zu. Als der Erste das erkannte, befahl er sofort: „Maschine volle Kraft zurück." Dennoch drehte der Frachter immer weiter auf uns zu. Die Kollision war jetzt nicht mehr zu vermeiden. Er rief den Alten auf die Brücke und bereitete die Maschinisten auf die Kollision vor. Die verließen fluchtartig den Maschinenraum und brachten sich auf dem Bootsdeck in Sicherheit. Nur der Erste Ingenieur blieb im Maschinenraum, um allein den Dieselmotor zu steuern.

Ob es Vorsehung war, Glück oder die blitzschnelle Reaktion des Ersten, wusste danach keiner zu sagen. Der Frachter erwischte uns am Bug und drückte uns zur Seite. Die „Rügen" krängte stark nach Backbord, aber darüber berichtete ich bereits. Der Rudergänger, der sich am Steuerrad festhielt, geriet beim Zusammenprall mit seinem Unterarm in dessen Speichen und brach sich dabei den Arm. Als mir der Erste das berichtete, fiel es mir wie Schuppen von den Augen: Hätte der Erste nicht sofort reagiert, dann wäre die „Rügen" mittschiffs getroffen worden. Mittschiffs statt am Bug wäre genau die Stelle gewesen, wo ich in der Koje lag und schlief.

Aber wäre und hätte? Dann hätte ich diese Geschichte niemals geschrieben.

8. Weihnacht auf See

Noch zwei Tage bis Weihnachten. Das Fest des Friedens und der Freude steht vor der Tür. Ich spüre von alledem nichts. Ich bin mit dem Versuchsschiff „Rügen" auf See statt zu Hause, wo ich schon vor einigen Tagen erwartet wurde. Warum ausgerechnet wir mit dem vor dem Weihnachtsfest nochmals herausschickt wurden, begreift keiner von der Besatzung. Musste das sein, fragen sich alle? Müssen diese elektronischen Geräte unbedingt noch vor Weihnachten getestet werden? Das hätte doch Zeit bis nach den Feiertagen. Seit einer Woche liegen wir vor der Insel Rügen. Das verschneite Kap Arkona ist in Sichtweite und sieht aus, wie mit einer Schicht Puderzucker überzogen. Malerisch, als sei es ein Weihnachtsgruß, ragt die Steilküste aus dem Wasser. Weihnachtsstimmung kommt dennoch nicht auf. Seit einer Woche immer der gleiche eintönige Tagesablauf. Messbojen aus dem Wasser fischen, Elektronik überprüfen und mit dem Bordkran an einen Minenleger übergeben. Dann warten, bis er diese wieder im Meer versenkt hat. Zweimal, dreimal am Tag. Nur gut, dass es zeitig dunkel wird, denken viele. In der Zeit dazwischen liegen wir vor Anker und gammeln vor uns hin. Der Bootsmann lässt uns Gott sei Dank in Ruhe und nervt nicht mit Rostklopfen und anderen geistig niederen Arbeiten.

Heute Nachmittag wurden die Tests beendet. Alle Apparaturen sind verstaut, und morgen früh, bei Sonnenaufgang, will der Kapitän den Anker hieven und Kurs zum Heimathafen nehmen lassen. Pünktlich elf Uhr wollen wir die Wolgast-Brücke passieren. Dann bleibt allen noch genug Zeit, um pünktlich Feierabend zu machen und sich auf das Weihnachtsfest einzustimmen. Wenn alles klappt, so habe ich ausgerechnet, schaffe ich den Nachtzug und könnte morgens früh am Heiligabend zu Hause ankommen.

Noch eine Nacht auf See. Die letzte in diesem Jahr. Ich habe zusammen mit dem ersten Steuermann Brückenwache. Von null bis vier Uhr. Hundewache. Auf dem Schiff ist es ruhig. Nur die Lichtmaschine tuckert gleichmäßig vor sich hin. Wer wachfrei hat, liegt in seiner Koje und schläft. Auf See ist es auch ruhig. Nur die Wellen plätschern leise an die Bordwand. Man könnte glauben, die See schläft auch. Der Himmel ist sternenklar, und das Mondlicht wirft einen spärlichen Lichtstrahl auf das Wasser. Gelegentlich ziehen ein paar dünne Wolken vorüber. Wir haben Windstärke drei und Temperaturen um die null Grad. Es ist erst zwei Uhr. Die „Rügen" liegt ruhig im Wasser. Der Erste sitzt schon seit einer Stunde nebenan im Funkraum vor seinen Geräten und hört die Seenotfrequenzen ab. Gemächlich drehe ich auf der Brücke meine Runden. Von Backbord nach Steuerbord und von Steuerbord nach Backbord. Fünf Meter hin – fünf Meter zurück. Ich weiß nicht, zum wievielten Mal schon. Mit dem Fernglas beobachte ich das Geschehen rundum. Backbord voraus schickt der Leuchtturm von Kap Arkona seinen Lichtstrahl über die See. An Steuerbord blinken im Wechsel ein paar Lichter auf. Das sind die Lichter der Fahrwassertonnen zum Hafen Saßnitz. Zwischendurch werfe ich einen Blick auf den Radarschirm. Die Küstenlinie ist deutlich zu erkennen. Die kleinen Lichtpunkte am rechten Bildrand sind die Leuchttonnen an Steuerbord. Bis zu dreißig Seemeilen weit kann man erkennen, was sich auf See bewegt oder nicht bewegt. Jetzt, eine Stunde nach Mitternacht, ist alles ruhig. Kein Schiff in Sicht. Friedliche Einsamkeit weit und breit. Noch zwei Tage bis Weihnachten.

Eine Stunde später. Ein Lichtpunkt bewegt sich auf dem Radarschirm. Ein Schiff zehn Meilen voraus. Der müsste mit dem Fernglas noch zu sehen sein, denke ich und hebe zur Kontrolle das Glas an die Augen. Tatsächlich kann ich zwei weiße und ein rotes Licht ausmachen, die sich langsam von rechts nach links bewegen. Ein Frachter, denke ich. Mit zwei weißen Lichtern muss das ein großer Pott sein. Wer weiß, wohin der will. Ob er Weihnachten im Hafen liegt? Oder schwimmt er da bereits auf dem Ozean? Noch eine ganze Weile behalte ich ihn im Blick. Hinter mir wird die Tür zum Funkraum aufgerissen. Der Erste erscheint mit verschlafenem Gesicht. Der war bestimmt eingepennt, mutmaße ich. „Ich geh mir mal 'nen Kaffee holen", brummt er. „Pass mal solange auf! Ich habe den Lautsprecher von der Funkanlage nach vorn geschaltet." Spricht's und verschwindet von der Brücke. In der nächsten Viertelstunde werde ich den bestimmt nicht wiedersehen.

Nun bin ich ganz allein auf der Brücke. Zu dem Tuckern der Lichtmaschine mischt sich jetzt noch das Sprachgewirr aus dem Äther. Englische und russische Wortfetzen dringen an mein Ohr. Dazwischen immer wieder das Zirpen von Morsezeichen. Wer soll sich da noch zurechtfinden? Plötzlich, ein kratzendes Geräusch im Lautsprecher: „We call all ships!", ertönt eine ferne Stimme. Und wieder: „We call all ships! Here is MS Victoria, here is MS Victoria!" Ich stehe wie erstarrt! Ein Notruf! Ausgerechnet jetzt, wo der Erste weg ist! Ich halte den Atem an. Doch dann sagt die ferne Stimme: „We wish you a merry Christmas and a happy New Year! " Mir fällt ein Stein vom Herzen. Kein Notruf! Gott sei Dank. Ein Weihnachtsgruß. Soviel verstehe ich mit meinen wenigen Englischkenntnissen. Von da draußen. Irgendwo aus der fernen Dunkelheit. Ob das der große Pott war, der den Funkspruch gesendet hat? Ich flitze ans Brückenfenster, hebe das Glas an die Augen und suche die Lichtpunkte. Zwei weiß, eins rot. Vergeblich. Dort, wo vor kurzem noch das fremde Schiff zu sehen war, ist nur Dunkelheit. Sonst nichts. „Danke, auch euch ein frohes Weihnachten", sage ich leise und meine Augen werden feucht. Plötzlich ist Weihnachten ganz nah.

Die Tür zur Brücke wird polternd aufgerissen. Der Erste kommt mit seinem Kaffee zurück. „War was", fragt er einsilbig. Verstohlen wische ich mir eine Träne weg. „Nö!", antworte ich, „war nix!" Aber morgen ist Weihnachten.

9. Deutsch-deutsche Vereinigung mit Rolf und Ulrike

Wieder einmal hatte uns ein Auftrag nach Gdansk geführt. Für ein Meeresforschungsinstitut sollten Unterwassermikrofone getestet werden. Das Motorschiff „Rügen" bot mit ihren Forschungslabors die besten Voraussetzungen. Wir hatten dazu die dazu notwendige Messtechnik und fünf Mitarbeiter des Instituts an Bord genommen. Es war eng auf dem ganzen Schiff. Trotzdem stand keiner dem anderen im Weg. Jeder hatte seine Aufgaben. Bei der Unternehmung begleiteten uns noch der Hochseeschlepper „Thale" und ein Minensucher. Auf dem Hochseeschlepper waren die Taucher mitsamt ihrer Technik untergebracht, und der Minensucher sollte uns vor neugierigen Blicken, von wem auch immer, bewahren. Eine gute Woche forschten wir schon. Morgens sechs Uhr auslaufen, abends achtzehn Uhr wieder zurück in den Hafen. Es war bereits Ende Oktober, und die Tage wurden immer kürzer. Dazu kamen die Herbststürme, die uns die Arbeit erschwerten.

Heute, es war ein Freitag, hatten die Forscher bereits am Nachmittag ihre Technik eingepackt und verstaut. Zum Abschluss der Reise wollten sie noch einen Stadtrundgang durch das altehrwürdige Danzig machen. Anderntags sollte es auf Heimreise gehen. Eine gute Gelegenheit für die Besatzung, auch mal an Land zu gehen.

Ich hatte mich deshalb mit Tom, der eigentlich Thomas hieß und Schiffselektriker auf der „Thale" war, verabredet.

„Kommst du mit auf ein Bier?", hatte er mich tags zuvor gefragt. „Na klar doch", war meine Antwort. Schnell waren wir uns über Ort und Zeitpunkt einig, und pünktlich, wie verabredet, trafen wir uns auf der Pier. Tom hatte noch Hein, den Bootsmann von der „Thale", im Schlepptau. Das gefiel mir gar nicht, denn vor Hein war kein Weiberrock sicher. So kam es, wie es kommen musste. Nach zwei Glas Bier, das bei den Polen scheußlich schmeckte, saß bei Hein eine junge blonde Schönheit auf dem Schoß. Das dritte war noch nicht leer, da tändelten die beiden Arm in Arm zum Ausgang. Tom machte eine wegwerfende Handbewegung.

„Eins trinken wir noch, und dann gehen wir auch", sagte er. „Morgen müssen wir wieder früh raus."

„So isses", antwortete ich, „und abends geht es Richtung Heimat."

Plötzlich sprach uns jemand von der Seite an: „Na, Seemänner. Genießt wohl euer Feierabendbier?" Die Stimme in unverkennbarem norddeutschen Dialekt gehörte zu einem Mann, groß, breitschultrig mit einem blonden Stoppelhaarschnitt. Ein Germane wie aus dem Bilderbuch. So einen hatten wir hier am wenigsten erwartet. „Darf ich mich zu euch setzen?"

Die Antwort wartete er gar nicht erst ab. Schon saß er zwischen uns am Tisch. Ein Kellner eilte herbei, und ehe wir uns versahen, standen drei Gläser Whiskey vor uns. Tom und ich schauten uns verdutzt an. Was wird das jetzt, schien einer den anderen zu fragen.

„Zum Wohl!", rief der Blonde, bevor wir was sagen konnten. „Ich heiße Rolf und komme aus Hamburg!" Wir zuckten zusammen. Kontakte zu Deutschen westlich der deutsch-deutschen Grenze waren uns nicht erlaubt. Genaugenommen waren sie uns streng verboten. Von wegen Spionage und so. Unseren Alten interessierte das nicht und die Jungs waren froh, wenn sie mal einen Seemann aus Hamburg oder Bremen trafen.

„Zum Wohl!", wiederholten wir also freundlich lächelnd.

„Von welchem Dampfer seid ihr? Ich bin Maschinist auf der ‚Ulrike'. Kleiner Motorfrachter, knapp tausend Tonnen", redete er ohne Pause weiter. „Morgen Abend geht es weiter nach Stockholm. So Gott will." Dabei lachte er.

„Ich bin von der ‚Rügen'", antwortete ich schnell. „Leider nur 350 Tonnen und morgen geht es nach Wolgast." Damit hoffte ich, seine Neugier gestillt zu haben. Dachte aber insgeheim, dass ich gern auch mal nach Stockholm fahren würde.

„Ah!", rief er. „Ihr seid Ostdeutsche!" Wir nickten.

„Schietkram", meinte er. „Egal ob Ost oder West. Wir sind alle Deutsche. Oder habe ich nicht recht?" Wir nickten wieder und wagten nicht zu widersprechen. Aber als Duckmäuser wollten wir auch nicht gelten. Tom winkte dem Kellner. Der, als er begriffen hatte, wer wir sind, kam mit Schallgeschwindigkeit angerannt. Tom hob, nun schon alkoholselig, lässig drei Finger und zeigte auf die leeren Whiskeygläser. Der Kellner verbeugte sich fast bis zum Boden.

„Sofort, Pan Capitan", rief er und flitzte los. Ich musste lauthals lachen.

„Mann, du kannst Karriere machen!", rief ich. „Drei Bier und ein Whiskey und schon Kapitän." Wir drei hielten uns jetzt die Bäuche vor Lachen.

„Die nächste Runde geht auf mich", sagte ich.

„Willst wohl auch Kapitän werden?", rief Tom, noch immer lachend.

„Wenn du dem Kerl auch einen Schnaps spendierst, nennt er dich Herr Admiral", rief jetzt Rolf dazwischen.

„Das wird billig!", rief ich, „die Polen saufen eh nur Wodka!" Wieder lachten wir lauthals.

Nach dem dritten Whiskey sagte Rolf:

„So, Jungs! Jetzt feiern wir deutsche Vereinigung."

Wieder sah ich Tom an. Er hatte glänzende Augen und grinste. „Nee, nee, nicht hier", wehrte Rolf mit schwerer Zunge ab. Ich kenne da eine prima Stripteasebar. Da geht richtig was los, sage ich euch." Rolf zückte seine Geldbörse, warf lässig drei Scheine in DM-Währung auf den Tisch und winkte uns, ihm zu folgen. Der Kellner rannte, sich immer wieder tief verbeugend, hinter uns her. An der Garderobe half er uns in unsere Mäntel.

„Dobrze, Panowie, dobrze, Pan Capitan", rief er immer wieder und schüttelte uns dankbar die Hand. Ein Taxi fuhr vor, und wir stiegen ein. Der Kellner wechselte mit dem Fahrer einige Worte. Der nickte, und schon ging es ab. Nach zwei Minuten hielt er vor einem rot erleuchteten Eingangsportal. Davor stand ein Kerl in roter Livree. Wieder wechselte ein Schein den Besitzer. Rolf schien in Spendierlaune zu sein. Wir gingen hinein und standen plötzlich in einem nur spärlich beleuchteten Saal. Sofort kam ein Kellner. Diesmal im Frack und mit weißen Handschuhen.

„Bitte, meine Cherren", flüsterte er und begleitete uns an einen Tisch. Kaum saßen wir, da standen schon drei Sektgläser und eine Flasche Sekt, natürlich eisgekühlt, auf unserem Tisch. Der Kellner mit den weißen Handschuhen goss uns die Gläser voll.

Mein Blick hatte sich schon leicht getrübt, und so erkannte ich nur vage, was sich auf der Bühne abspielte. Eine hübsche Blondine mit enormer Oberweite bewegte sich tanzend zur Musik. Dabei zog sie, obwohl nur spärlich bekleidet, ein

Kleidungsstück nach dem anderen aus. Wir beiden Ostdeutschen waren fasziniert. Als sie sich des letzten Teils entledigen wollte und unsere Augen immer größer wurden, rief Rolf plötzlich: „Prost, Jungs!"

„Prost, Rolf!", erwiderten wir lauthals mit schwerer Zunge.

Wir stießen mit unseren Gläsern an und kicherten. Sofort kam ein Kellner und bedeutete uns, leise zu sein. Das Licht auf der Bühne ging aus, und die Musik verstummte. Die Dame war weg. Schade, ich hatte nichts gesehen. Wieder goss der Kellner das Glas voll.

„Auf Deutschland!", rief jetzt Rolf und schüttete sich das ganze Glas Sekt auf einmal hinter. Wir taten es ihm gleich, denn wir wollten zeigen, dass ostdeutsche Seeleute genauso saufen können wie ihre Berufskollegen aus dem Westen.

Auf einmal begann Rolf zu singen: „Deutschland, Deutschland über alles …" Viel weiter kam er aber nicht. Drei Kellner standen plötzlich an unserem Tisch. Sie sagten kein Wort. Aber ihre Blicke sagten alles. Sie mussten uns wohl schon eine ganze Weile beobachtet haben, denn sie hielten bereits unsere Mäntel in den Händen. Es dauerte ein paar Sekunden, bis wir kapierten. Am Ausgang stand ein Mann in blaugrauer Uniform und sah zu uns herüber. Rolf bezahlte stillschweigend, und wankenden Schrittes verließen wir das Lokal. Der Uniformierte verfolgte uns mit seinen Blicken. Bereit, sofort einzugreifen. Irgendwie fuhr wieder ein Taxi vor, und irgendwie wurde ich am Morgen in meiner Koje wach. Mein Kopf dröhnte wie hundert Kesselpauken. Was war bloß geschehen. Ich fühlte mich wie ausgespuckt. Alle sahen mich mitleidig an. Oder war es Schadenfreude? Ich schwieg eisern. Am Abend fragte ich meinen Freund Tom. Der wusste auch nicht viel mehr. Nur so viel, dass Rolf, der Schiffsmaschinist aus Hamburg, am Liegeplatz drei aus dem Taxi stieg und die Gangway zu einem Motorfrachter mit dem Namen „Ulrike" emporgeklettert war. Die deutsch-deutsche Vereinigung hatte im Vollrausch geendet. Das wurde mir nach und nach bewusst.

Und sie hatte Schaden angerichtet in den Köpfen der Polen. Hoffentlich blieb der ohne Folgen, dachte ich immer wieder.

Unser Auslauftermin stand nun endgültig fest. Pünktlich um achtzehn Uhr des nächsten Tages machten wir die Leinen los und nahmen Kurs auf die Hafenausfahrt. Es war bereits dunkel, aber der Leuchtturm auf der Halbinsel Hel wies uns den Weg. Der uns begleitende Hochseeschlepper und der Minensucher legten kurz danach ebenfalls ab. Ich stand auf der Brücke und beobachtete den ein- und auslaufenden Schiffsverkehr. Irgendwo am Liegeplatz drei, unter einem der vielen Kräne, musste der westdeutsche Motorfrachter „Ulrike" liegen. Die wollten ebenfalls noch heute Abend weg. Nach Stockholm, hatte Rolf erzählt. Ich konnte aber nichts entdecken. Der Liegeplatz schien leer zu sein.

Eine halbe Stunde später, wir hatten gerade an Backbord den Leuchtturm passiert und wollten auf Kurs Wolgast gehen, knarrte das UKW-Gerät. „Condor zwei für Condor eins, bitte kommen", ertönte eine Stimme. Ich erkannte sofort, das war die Stimme vom Schlepperkapitän. Der Alte runzelte die Stirn und griff zum Mikrofon. „Hier Condor eins! Wat haste denn, Klaus?", fragte der Alte unwirsch. „Wi hän mal grad 'ne Kollision mit 'nem Küstenfrachter", antwortete Klaus entgegen allen Sprechfunkregeln. „Auch das noch", stöhnte der Alte, weil er sich voll auf den Schiffsverkehr in der Hafeneinfahrt konzentrierte, was bei ihm immer zu starker Nervosität führte. „Das hat uns gerade noch gefehlt!" Er drückte die Sprechtaste und fragte: „Mit wem biste denn zusammengerauscht, Menschenskind?"

„Muss moal kieken", kam als Antwort. Wieder stöhnte der Alte und wischte sich mit der Hand über sein Gesicht. „Ich kann doch hier nicht ankern!", rief er angstvoll. Schweißperlen traten auf seine Stirn.

Nach einer Weile meldete sich Klaus: „Motorschiff ,Ulrike' aus Hamburg!"

Ich zuckte zusammen und verdrückte mich in eine Ecke. Noch eine deutsch-deutsche Vereinigung, dachte ich. Der Schaden war aber zu reparieren.

10. Die letzte Reise

„Ruder backbord 20 Grad! Maschine ganz langsam voraus!" Laut und deutlich gibt Kapitän Schröder seine Kommandos. „Ruder backbord 20 Grad", wiederholt der Rudergänger. „Maschine ganz langsam voraus!", wiederholt auch der Erste Offizier am Maschinentelegrafen. Uwe, den an Bord jeder nur Ataman nennt, dreht das mannshohe, hölzerne Steuerrad drei Umdrehungen nach backbord. „Ruder liegt backbord 20", ruft er jetzt dem Kapitän zu. Unter lautem Zischen strömt Pressluft in den Motor und beginnt, die sechs großen Kolben in ihr stetiges Auf und Ab zu versetzen. Das Schiff durchzieht ein leichtes Vibrieren, und die rotierende Schiffsschraube wirbelt Wasser und Schlamm vom Hafenbecken auf.

„Maschine läuft ganz langsam voraus!", ruft der Erste. Der Kapitän, den an Bord jeder nur den „Alten" nennt, macht ein angespanntes Gesicht. Aus der Brückennock überwacht er das Ablegen. Langsam wird der Abstand zwischen Bordwand und Hafenkante immer breiter. Der Bug des Schiffes dreht sich in Richtung Hafenausfahrt. Am Mast steigt mit lautem Knattern die blaue Flagge mit den schwarz-rot-goldenen Mittelstreifen empor, und der Schornstein spuckt im Takt dunkle Abgaswolken in den Himmel. Ganz langsam gleitet das Schiff aus dem Hafen der kleinen Reparaturwerft. In gut vierundzwanzig Stunden soll es in Wolgast festmachen.

An der Steuerbordseite der Brücke, abseits vom Trubel, stehe ich. Als Schiffselektriker müsste ich eigentlich vom Ablegen und bis zum Erreichen der offenen See unten im Maschinenraum hocken und „den Stromfluss überwachen", wie der Chief immer scherzhaft sagt. Aber heute ist das anders. Heute muss der Chief selbst „den Stromfluss überwachen". Für mich hat heute die letzte Reise begonnen. Danach heuere ich ab. Wenn das Schiff morgen festgemacht hat, werde ich mich von meiner Crew verabschieden und die Heimreise antreten. Für immer. Deshalb will ich auf meiner letzten Reise die Romantik der Seefahrt genießen. Mit dem Fernglas beobachte ich das Geschehen im Hafen und an Land.

Freiheit auf See? Das ist nur eine Floskel. Das Leben auf See ist harte Arbeit und ständige Verantwortungsbereitschaft. Bei Tag und Nacht, bei Wind und Wetter muss ein Seemann seinen Mann stehen. Nicht der Handel, nein, der Hunger hat die Menschen einst auf See getrieben. Den Menschen gibt die See Arbeit und Brot. Sie ist kein Tummelplatz für Leichtgläubige. Trotzdem, die See ist ein Magnet für viele. Das ist bis heute so. Aber einmal kommt der Tag, da ist Schluss. Einmal kommt jeder Seemann im letzten Hafen an. Dann packt er seinen Seesack und geht von Bord. Früher oder später. Wenn ihm das nicht rechtzeitig gelingt, schafft er es nie. Dann bleibt er ein Leben lang Seemann. Bis ihn eines Tages das Rheuma oder steife Gelenke bewegungsunfähig machen. Dann muss er Abschied nehmen. Für immer. Dann heißt es Seefahrt ade.

Auf See unentbehrlich, aber an Land nicht zu gebrauchen. Dieser Satz ist so alt wie die Seefahrt. Tausende Seeleute haben in früheren Jahren die Bitternis dieses Satzes gespürt. Ein halbes Leben lang haben sie am Ruder gestanden oder sind in die Takelage geklettert. Manche haben es vom Schiffsjungen zum Kapitän geschafft. Zweiundzwanzig Knoten kann ein Seemann schlagen und bei Sturm hoch oben im Mast Segel bergen. Er kennt die ewig raue See der Biskaya, die Untiefen im Öresund und die sengende Hitze am Äquator. Aber an Land ist das alles nutzlos. An Land braucht man andere Fertigkeiten.

Als der Engländer Fulton den ersten Dampfer über den Atlantik schickte, ergab sich eine Chance. Aus einigen Matrosen wurden Heizer, Maschinisten und Mechaniker. Später auch Elektrotechniker, Turbinenspezialisten und Elektroniker. Ehrbare Berufe, die auch an Land gefragt sind.

Die Profiteure von Fultons Erfindung hausen im Schiff ganz unten. Im Maschinenraum. Hier unten ist das Reich der Maschinisten, Heizer und Elektriker. Das Reich der Männer mit den ehrbaren Landberufen, die man auch die schwarze Gang nennt. Angesichts schwarzer ölverschmierter Hände und Gesichter nennen die Decksleute mit vornehmer Reserviertheit die Maschinenleute nur die Schwarzen. Sich selber bezeichnen die Nautiker und Matrosen als die Weißen.

Hier unten, zwei Meter unter der Wasserlinie, ist von der Geschäftigkeit an Deck nichts zu spüren. Die Dieselmotoren laufen ruhig und gleichmäßig. Während oben an Deck der kalte Herbststurm weht, ist es hier unten im Maschinenraum warm. Die Quecksilbersäule ist bis an die 45-Grad-Marke geklettert und der Lärm, den die Diesel verursachen, stört die Maschinisten schon lange nicht mehr. Gehörschützer halten den Lärm und die Rufe vom Chief von ihren Ohren fern. Würde der Chief seinen Mannen etwas zubrüllen, es würde ihm nicht helfen. Im Maschinenraum ist es lauter, als ein Chief brüllen kann. Eine Verständigung ist nur mit Fingern, Händen und Armen möglich. Die Schwarzen beherrschen davon ein ganzes Vokabular. Deren ölverschmierte Hände können über zehn Meter Entfernung erzählen, wenn die Ventile geschmiert werden müssen oder Druckluft an Deck benötigt wird. Sie kennen die Zeichen für Meer, Arbeit und Frauen und können sich mit ihren Händen zweideutige Witze erzählen. Sie können loben und tadeln. Sie können Freude und Enttäuschung in Handbewegungen verwandeln. Maschinisten tragen ihre Seele in den Händen.

„Genau auf die Mitte der Hafenausfahrt zu Ataman", sagt der Alte jetzt etwas gelassener und hebt das Fernglas an die Augen. Geradezu majestätisch, wie er so dasteht, denke ich und muss lächeln, obwohl ich den Alten nicht besonders mag. Eins fünfundachtzig groß, breite Schultern und schwarzes volles Haar. Dazu die vier goldenen Kapitänsstreifen an den Ärmeln seiner Jacke. Wie ein Kreuzfahrtschiffskapitän aus dem Reiseprospekt.

Der Wind aus nordwestlicher Richtung hat an Stärke zugenommen. Auf dem dunkelgrauen Wasser des Hafenbeckens haben sich bereits kleine Wellen gebildet. Weiße Schaumstreifen, wie mit dem Lineal gezogen, durchziehen das Hafenbecken in Windrichtung. Von den Wellenkämmen spritzt Wasser.

„Okay, recht so steuern", ruft der Alte jetzt. „Recht so", echot Ataman. Die Freude, dass es endlich wieder rausgeht, steht dem Alten ins Gesicht geschrieben. Sechs Monate lag das Schiff in der Werft, wo es grundlegend repariert und modernisiert wurde. Sechs Monate kein Wasser unter dem Kiel. Das zehrte an seinen Nerven. Oft war der Alte nicht zu genießen. Aber die Reparatur war notwendig. Neue Aggregate mussten eingebaut werden, das elektrische Bordnetz wurde erneuert und die Unterkünfte für die Besatzung modernisiert. Viel Arbeit. Nicht nur für die Werftleute. Auch wir mussten mächtig mit ran. Der Rost, der überall am Schiff nagte, musste abgekratzt werden. Eimerweise wurden Mennige und Ölfarbe verpönt, bis auch der letzte Fleck Rost beseitigt war. Das Klopfen der Rosthämmer dröhnte wochenlang durch das Schiff. Todmüde fielen die Männer abends in ihre Kojen. Geschafft vom Lärm der Rosthämmer und vom Gestank der Farbe.

Die letzten Wochen waren nochmals von Hektik geprägt. Der Auslauftermin musste zweimal verschoben werden, weil die Werft ihre Termine nicht halten konnte. Lieferschwierigkeiten, wie so oft in diesen Zeiten, für elektronische Geräte, Farbe und Schmierstoffe wurden als Ursache genannt.

Zum Schluss hat die ganze Besatzung, vom Kapitän bis zum Matrosen, Hand angelegt, um dem Schiff einen neuen nebelgrauen Anstrich zu verpassen. Überall stehen noch immer leere Fässer und Farbkübel an Deck. Jetzt erstrahlt der alte Zossen wieder im neuen Glanz.

Schröder strahlt auch. „Endlich ist die Werftzeit vorbei", freut sich Schröder. „Freust du dich auch, Ataman?" Dabei klopft er Uwe freundschaftlich auf die Schulter. Der lächelt nur und schaut den Alten verschmitzt an. „Na klar doch", antwortet er. „Der kann es gar nicht erwarten, nach Hause zu kommen", meldet sich der Erste zu Wort. „Stimmt's Ataman?"

Der Wind, der sich inzwischen zu einem ausgewachsenen Sturm gemausert hat, bläst kräftig aus nordwestlicher Richtung. Die Wellen zerschellen am Bug und beginnen am Schiff zu rütteln. Wie wenn man mit dem Auto über Kopfsteinpflaster fährt. Es ist die Ouvertüre zur Oper. Das Vorspiel zu dem, was uns auf der offenen See erwarten wird. „Wenn wir draußen sind, werden wir ordentlich eins vor die Hose bekommen." Mit diesen Worten kommt der Erste aus dem Funkraum, in dem er für einen Moment verschwunden war. „Windstärke acht bis neun aus Nordnordwest, hat der Seewetterbericht gerade gemeldet."

„Da können wir uns ja auf was gefasst machen", antwortet Schröder. Er greift zum Mikrofon und ruft über die Bordsprechanlage: „Bootsmann, wir haben eine Sturmwarnung reinbekommen. Lassen Sie alles seefest machen."

Sofort beginnen der Bootsmann und seine Matrosen, klar Schiff zu machen. Fässer und Kübel werden verstaut, der Ladebaum festgezurrt und die Luke zum Laderaum abgedichtet. Dann verschwinden sie wieder unter Deck. Zwei Mann bleiben für den Notfall am Ankerspill. Das ist Vorschrift. Manchmal, wenn eine etwas größere Welle gegen den Bug schlägt, spritzt das Wasser bis an Deck. Dann ziehen die Männer, die an der Ankerwinde stehen, den Kopf ein und fluchen auf Wind, Meer und die Vorschrift.

„Ruder Steuerbord 20" kommandiert Schröder, als sie das Leuchtfeuer an der Hafeneinfahrt passieren. „Schön in die Fahrrinne des Seekanals, Ataman." Mehr braucht der Alte nicht zu sagen. Ataman steuert das Schiff so sicher wie ein Auto auf der Straße. Das macht ihm an Bord keiner nach. Sacht gleitet die „Rügen" in den Seekanal, der den großen Handelshafen mit der offenen See verbindet. Noch fünf Seemeilen, dann ist die offene See erreicht.

Der Wind trifft jetzt mit seiner ganzen Kraft auf die Backbordseite des Schiffes. Ataman hat es schwer, das Schiff auf Kurs zu halten. Immer wieder dreht er das Steuerrad mal nach rechts und dann wieder nach links. Schweißperlen bilden sich auf seiner Stirn. Ataman verrichtet Schwerstarbeit.

Im Seekanal ist ein Verkehr wie auf der Autobahn. Da müssen die Männer auf der Brücke höllisch aufpassen. Ständig laufen Schiffe aus und ein. Gerade passiert ein schwedischer Holzfrachter, hochbeladen mit dicken Baumstämmen aus Schwedens Wäldern, unser Schiff. Fünfhundert Meter voraus hält ein moderner Hecktrawler der Hochseefischerei Kurs auf die offene See.

„Die fahren hoch zu den Neufundlandbänken, Klaus", sagt Schröder. „Nee, Fritz", antwortet der Erste, über den Bildschirm des Radargerätes gebeugt. „Jetzt, im Herbst, gehen die nach Afrika runter. Angola, die Ecke." Der Erste weiß das ganz genau. Der Erste war in seinem früheren Leben selbst Kapitän. Auf einem Fischtrawler ist er kreuz und quer über den Atlantik geschippert und hat den Fischen nachgestellt. Der Alte verzieht mürrisch sein Gesicht.

Ataman hat keine Zeit, darüber nachzudenken, ob ein Fischereischiff vor die Küste Afrikas oder hinauf zu den Neufundlandbänken will. Ataman muss sich auf das Steuern konzentrieren. Ein Abdriften aus der Fahrrinne hätte fatale Folgen. Ataman muss weiter Schwerstarbeit verrichten.

Nach einem Jahr als Decksmann auf dem Motorschiff „Rügen" bietet sich für mich die Chance auf einen ehrbaren Landberuf. An Bord braucht man dringend einen Elektriker. Einen Spezialisten, wenn der Generator nervös wird, weil die Decksleute versäumen, mehr Strom zu bestellen oder weil der Ladekran streikt, wenn der Bootsmann eine Kiste oder ein Fass zu viel angeschlagen hat. Deshalb darf ich eine Ausbildung zum Elektromonteur beginnen. Auf der Peene-Werft in Wolgast drücke ich drei Jahre lang die Schulbank. Seitdem nennt man mich an Bord „den Elektrischen". Tagsüber werden auf der Werft junge Leute zum Schiffbauer und Spezialisten für neueste Schiffselektronik ausgebildet. Abends drücke ich dreimal in der Woche bis spät in die Nacht die Schulbank der Berufsschule.

Inzwischen hängt das „Facharbeiterzeugnis zum Elektromonteur" säuberlich eingerahmt über meiner Koje. Sechs Monate später fasse ich dann den Entschluss, die Seefahrt an den Nagel zu hängen. Der Alte ist sauer, als ich ihm die Kündigung überbringe, aber das ändert nichts an meinem Entschluss.

Als Decksmann habe ich angeheuert, als Elektromonteur werde ich im letzten Hafen von Bord gehen. Acht Jahre auf See sind genug. Im großen Chemiewerk, gleich hinter dem Grundstück meines Elternhauses, habe ich Arbeit gefunden.

Lärmend wird das Schott zur Brücke geöffnet. Ein Tablett mit Kaffeetassen balancierend, betritt der Koch schwer atmend die Brücke. „Kapitän, der Kaffee", kräht er laut mit seiner Fistelstimme. Dann stellt er eilig das Tablett auf dem Schrank mit den Signalflaggen ab. Hatte sich die Miene des Alten wegen der Besserwisserei vom Steuermann verdüstert, so hellt sie sich jetzt sofort wieder auf. Kaffee, das Getränk Nummer eins aller seefahrenden Menschen. Kaffee für die Leute auf der Brücke ist beim Einlaufen und beim Auslaufen Tradition. Dann lacht die Sonne auf der Brücke. Vergessen sind die Anstrengungen der vergangenen Reise. Der Alte setzt sein Sonntagsgesicht auf und spendiert eine Runde Zigaretten.

„Hm, wie das duftet", sagt Schröder und reibt sich freudestrahlend die Hände. „Gut gemacht, Koch", lobt er. Doch der hört heute das Lob nicht mehr. Harry ist schon wieder auf dem Weg in seine Kombüse. Auch er muss bei Sturmwarnung Vorbereitungen vor hohen Wellen und tiefen Wellentälern treffen.

Mit dem Fernglas betrachte ich das gegenüberliegende Ufer des Seekanals, die Uferpromenade mit dem geschäftigen Treiben und die vertraute Silhouette der Stadt. Die Menschen, darunter die letzten Urlauber, die die klare Herbstluft an der See noch genießen wollen. Tief haben sie sich in ihre Anoraks vergraben. Einige Unerschrockene wagen einen Spaziergang auf die weit ins Meer ragende Mole. Dorthin, wo auf der Spitze noch der alte Leuchtturm steht. Ein Relikt aus einer Zeit, wo Schiffe aus Holz und Seeleute aus Eisen waren.

Die Wellen, die der scharfe Nordwest vor sich hertreibt, schlagen mit voller Wucht gegen den aufgeschütteten Steinwall. Meterhoch spritzt die Gischt. In den nächsten Minuten wird uns die ganze Wucht dieser Wellen treffen. Die „Rügen" ist solide gebaut. Ein starker Motor und der Mann am Ruder werden nicht zulassen, dass wir zum Spielball der Natur werden.

In einer Woche beginne ich dort eine Tätigkeit als Elektromonteur – ein ehrbarer Landberuf.

11. Schnelle elektrische Hilfe

Es ist morgens fünf Minuten nach sechs. Meine Schicht hat gerade begonnen, als in der Elektrozentrale des Chemiekombinates zum ersten Mal das Telefon klingelt. Etwas mürrisch wegen der frühen Stunde greife ich zum Telefonhörer: „Ja, bitte!"

„Hallo, bin ich dort beim Störungsdienst", ertönt eine männliche Stimme. „Wir brauchen einen Elektriker. Bei uns ist die Treppenhausbeleuchtung ausgefallen."

„Wo?", frage ich und runzele die Stirn. Und gleich danach: „Ich komme!"

Nicht gerade erfreut, aber zügig packe ich meine Werkzeugtasche auf mein Fahrrad und kontrolliere vorsichtshalber, ob die passenden Sicherungen dabei sind. Was anderes als die Sicherung kann es nicht sein, denke ich und schwinge mich in den Sattel meines betagten, klapprigen und extra für mich hergerichteten Fahrrades. Um diese Zeit ist es noch dunkel, und das neblig feuchte Wetter lässt mich frösteln. Obwohl ich mich warm angezogen habe, kriecht die Kälte durch alle Knopflöcher. Die dicht bei dicht stehenden Chemieanlagen sind durch gigantische Rohrbrücken miteinander verbunden. In dem Gewirr von Rohrleitungen zischt, pfeift und poltert es. Das Kopfsteinpflaster der Werkstraßen ist schmierig glatt und ich muss aufpassen, dass ich mit meinem Fahrrad nicht ausrutsche und stürze. Das hätte mir an diesem tristen Novembertag noch gefehlt. Noch sind die Werkstraßen leer. Die tägliche Betriebsamkeit hat noch nicht eingesetzt. Knapp einen Kilometer ist es bis zu meinem ersten Einsatzort heute. Bau 85. Ein Bad. Ein Bad ist ein Gebäude mit riesigen Umkleideräumen und Duschen in jeder Etage. Drei Etagen hoch. Die ersten Arbeiter der Tagschicht kommen bereits zur Arbeit. Von Minute zu Minute werden es mehr. Aus allen Richtungen strömen die Männer und Frauen, die Kragen ihrer Jacken und Mäntel hochgestellt, hinein. Verwandelt, alle den gleichen blauen Arbeitsanzug tragend, kommen sie wieder heraus. Sich in alle Richtungen zerstreuend, streben sie ihrem Arbeitsplatz zu. Erst in einer halben Stunde beginnt es, hell zu werden. Wenn dann im dunklen Treppenhaus jemand stürzt, gibt es Ärger. Nichts ist schlimmer, als den Unmut der Kollegen noch vor Arbeitsbeginn hervorzurufen, hatte mir mein Meister an meinem ersten Arbeitstag eingebläut. Ich trete fester in die Pedale. Das klotzig dunkelgraue Gebäude, drei Etagen hoch, empfängt mich. Als ich vom Fahrrad steige, spüre ich die Kälte nicht mehr. Der Anrufer, ein Arbeiter, der für die Sauberkeit verantwortlich ist und sich Bademeister nennen darf, erwartet mich bereits.

„Da ist sicher 'ne Sicherung kaputt", ruft er mir schon von weitem zu.

„Ganz bestimmt. Ich sehe gleich mal nach", antworte ich und schraube den Deckel am Sicherungskasten ab. Seine Vorahnung war richtig. Eine von den drei Sicherungen, die mit „Treppenhaus" beschriftet sind, ist durchgebrannt. Ruckzuck ist sie ausgewechselt. Das Licht flammt wieder auf. Keine Viertelstunde ist seit dem Anruf vergangen. Der sogenannte Bademeister kann sich wieder seinem Wassereimer und Schrubber zuwenden. Von seinem Büro aus rufe ich in der Zentrale an. Dort meldet sich der Schichtleiter. „Ist erledigt", sage ich lakonisch, „war nur eine Sicherung." Und: „Ist sonst noch was?" „Ja, du musst gleich in die Hauptwerkstatt. Drehbank Nummer zwölf ist defekt. Und danach musst du in die Klempnerei fahren. Die haben ein Problem mit ihrer Abkantbank. Haste alles verstanden?"

„Alles klar! Bin schon unterwegs", antworte ich. Weiter geht's. Wird sicher heute kein ruhiger Tag werden, mutmaße ich. Also schwinge ich mich wieder aufs Fahrrad. Werkzeugtasche, Ersatzteile, alles dabei. Diesmal geht es in die entgegengesetzte Richtung. Die Drehbank steht in der ersten Etage. Mit meiner schweren Tasche steige ich die zwei Treppen hinauf. Unter meinem Schutzhelm bilden sich erste Schweißtropfen. „Drehbank zwölf?" „Ganz hinten in der Ecke", sagt einer und zeigt mit der Hand in die Richtung. Die Drehbank steht still. Ein Werkstück ist eingespannt. Vom Dreher aber keine Spur. Ich entdecke ihn auf einem Stuhl. Versteckt hinter einer Ecke. Dort ist er vor dem Blick seines Meisters sicher. Sein Gesicht ist von einer Zeitung verdeckt. Der lässt es sich schon am Morgen gutgehen, denke ich und rufe laut: „Guten Morgen!" Erschrocken lässt er die Zeitung sinken. Das Gesicht eines älteren Mannes mit bereits schneeweißem Haar kommt zum Vorschein. „Du bist ja schon da!", entgegnet er mürrisch statt eines Grußes. Ich verkneife mir die Antwort und frage stattdessen: „Wo klemmt es denn?"

„Der Schlitten geht wieder mal nicht", antwortet er, macht aber keine Anstalten aufzustehen. Das macht mich ärgerlich. „Zeig mal!", sage ich zum Trotz, obwohl ich bereits ahne, wo der Fehler liegt. Unwillig legt der Alte seine Zeitung beiseite, erhebt sich langsam, stöhnt und flucht leise vor sich hin. Er setzt die Maschine in Gang und führt mir die Nichtfunktion vor. „Okay!", sage ich und öffne meine Werkzeugtasche. Mit geübten Griffen schraube ich den Deckel vom Gehäuse. Dahinter, das weiß ich, ist ein Endschalter montiert. Ein Griff und schon weiß ich, was Sache ist. Total verölt und verdreckt ist das Ding. Dem Dreher, der es sich gerade wieder bequem gemacht hat, rufe ich zu: „Kannste mir mal 'nen sauberen Lappen besorgen?" Wieder erhebt er sich mürrisch. Ich kann mir ein Grinsen nicht verkneifen. In der Zwischenzeit schraube ich den Schalter ab. Ein Metallspan vom Drehen blockiert seine Funktion. Kleinigkeit! Dem Patienten wird es gleich wieder gutgehen, denke ich. Der Alte kommt mit einem sauberen Lappen zurück. „Na, haste den Fehler gefunden, oder dauert's noch 'ne Weile?", fragt er spitzfindig. „Bin gleich fertig", sage ich und nehme ihm den Lappen aus der Hand. „So", sage ich nach fünf Minuten, „mach mal 'nen Probelauf." Gehorsam schaltet er die Maschine wieder an. Schlitten vor, Schlitten zurück. Okay, läuft! Deckel wieder zu. Hände waschen und Werkzeug zusammengepackt, ich muss mich sputen. Der nächste Patient wartet sicher schon. „Machs gut!", rufe ich dem Alten, schon im Weggehen, zu, und kurze Zeit später trete ich bereits wieder in die Pedale meines alten, aber geliebten Fahrrades.

Auf dem kürzesten Wege fahre ich in Richtung Klempnerei. Die Werkstraßen sind inzwischen belebt. Fahrradfahrer und Elektrokarren kommen mir entgegen. Dick vermummte Arbeiter hinter dem Lenkrad und Ersatzteile auf der Ladepritsche. Über und neben mir zischt und poltert es. Dampf tritt aus undichten Ventilen und nimmt mir für Sekunden die Sicht. Aus den kilometerlangen Rohrleitungen über mir tropft Wasser. Ob das wirklich nur Wasser ist? Geschickt weiche ich mit dem Fahrrad aus. Ich komme mir vor wie ein Notarzt. Nur, der ist für die Menschen da. Für alles, was mit elektrischem Strom angetrieben wird, bin ich der Gesundmacher, der Schadenbeheber, der Störungsbeseitiger.

„Könnt ihr nicht mal einen Elektriker herschicken! Bei uns funktioniert ein Lichtschalter nicht mehr", tönt es aus dem Telefonhörer in der Zentrale. Oder: „Bei uns im Materiallager brennt kein Licht. Schickt bitte mal einen Elektriker zu uns!"

Dann schwinge ich mich auf mein Fahrrad und eile zum „Unfallort". An der Lenkstange ist ein stabiler Gepäckträger für meine schwere, aus echtem Schweinsleder bestehende Werkzeugtasche. Die war in ihrem früheren Leben mal ein Schulranzen gewesen. Heute besteht ihr Inhalt nicht aus Heften und Büchern, sondern aus Was-werde-ich-eventuell-benötigen-Werkzeugen und Was-könnte-kaputt-sein-Ersatzteilen. Unverzichtbar für meine Arbeit. Einziger Unterschied: Der Notarzt kommt nicht mit dem Fahrrad. Manchmal werde ich auch richtig gefordert. Wenn zum Beispiel in der Hauptwerkstatt die große Drehbank ausgefallen ist und sich weder vorwärts noch rückwärts drehen will. Dann ist all mein Können gefragt. Dann muss ich suchen, prüfen und probieren. Solange, bis ich den Fehler gefunden habe, um das defekte Teil auszuwechseln oder zu reparieren. Und das ist nicht einfach, denn die Maschine kommt aus der Sowjetunion. Das heißt: Alles ist in russischer Sprache beschriftet, und der Schaltschrank ist so groß, dass er dem Schlafzimmerschrank zu Hause alle Ehre macht. Aber solche Störungen kommen nicht so oft vor.

In der Klempnerei erwartet mich fast das Gleiche wie eben an der Drehbank. Der Bediener sitzt gelangweilt auf seinem Stuhl, liest Zeitung und wartet auf mich. „Wird langsam Zeit, dass du kommst", ruft er schon von weitem. „Mach mal halblang", antworte ich, „denkst du, dass ich nichts anderes zu tun habe. Zeig mal, was kaputt ist!" Lange muss ich nicht suchen, dann habe ich den Fehler gefunden. Inzwischen hat sich der Werkstattmeister dazugesellt. Er begrüßt mich und sagt: „Du sollst mal gleich in der Zentrale anrufen." Also lege ich mein Werkzeug beiseite und folge ihm zum Telefon. „Unterbrich mal deine Arbeit", sagt mein Chef, „du musst mal schnell in die Kantine fahren. Bei denen ist was ausgefallen. Die können nicht weiterarbeiten."

„Was ist denn ausgefallen", frage ich.

„Weiß ich auch nicht. Hat der mir nicht gesagt. Die haben es aber eilig."

Na schön, denke ich. Wieder mal so ein Fall von „rate mal". Ich erkläre dem Werkstattmeister die Situation. Der ist alles andere als erfreut. „Aber du kommst doch wieder", fragt er besorgt. „Na klar!", sage ich und erkläre. „Wenn einer bei dir nicht arbeiten kann, ist das nicht so schlimm, wie wenn Hunderte von Arbeitern nichts zu essen bekommen." Er nickt und winkt resigniert ab.

Hurtig packe ich mein Werkzeug zusammen, und kurze Zeit später sitze ich wieder auf meinem Fahrrad. Im Eiltempo geht es wieder unter den tropfenden Rohren hindurch. Diesmal in Richtung Kantine. Plötzlich ist ein Höllenlärm über mir. Es wird gehämmert und geschweißt. Ein Funkenregen fällt herab. Hoch oben auf einer Rohrbrücke wird ein Rohr ausgetauscht. Weiter! Achtung, Gleise der Werkbahn kreuzen die Straße. Ich muss aufpassen, dass ich mit dem Fahrrad nicht dazwischen gerate. Aber all das ist inzwischen Gewohnheit. All das nehme ich nur noch im Unterbewusstsein wahr. Für mich zählt jetzt nur, so schnell wie möglich in die Kantine zu kommen. Für solche Fälle müsste eine blaue Rundumleuchte am Fahrrad sein, denke ich in diesem Augenblick. Ist sie aber nicht. Ein schneller Blick nach rechts und links und ohne zu bremsen, geht es über die Gleise. Total verschwitzt komme ich an.

„Komm mit!", sagt der Chefkoch und führt mich in die Großküche. Ein Schwall feuchtwarmer Luft strömt mir entgegen. Sofort beschlagen meine Brillengläser. Küchendämpfe wabern durch den Raum. Ein Betrieb wie im Ameisenhaufen. Zwischen den Pfannen und Kesseln wuseln weiße Gestalten umher. Männer und Frauen in weißer Kleidung. Weiße Mützen auf dem Kopf tragend. Alle sind mit irgendetwas beschäftigt. Laute Rufe schallen hin und her und Anweisungen werden gebrüllt.

„Erna!", brüllt jetzt der Chefkoch in das Gewusel. Und nochmals „Erna!" Eine ältere, kleine und dickliche Frau schaut herüber. „Der Elektriker ist da!", ruft der Chefkoch ihr zu und deutet mit dem Finger auf mich. Für ein paar Sekunden herrscht Ruhe. Nur aus den Pfannen und Kesseln zischt es leise. Alle heben ihre Kopf und schauen in meine Richtung. Erna legt die Fleischgabel, mit der sie gerade hantierte, beiseite und kommt merkwürdig wackelnd auf mich zu. Ich stehe wie auf dem Präsentierteller und komme mir vor wie einer aus einer anderen Welt. „Erna, der ist noch viel zu jung für dich", ruft plötzlich eine Frauenstimme. Schallendes Gelächter setzt schlagartig ein. Ich fühle, wie ich rot werde.

„Wenn de mit dem fertig bist, schicksten zu mir!", kommt es aus einer anderen Ecke. Wieder lachen alle und meine Röte im Gesicht wird um eine Nuance dunkler. Erna wischt ihre Hand an der nicht mehr ganz sauberen Schürze ab und reicht mir die Hand. „Tachchen", sagt sie und lächelt mich an.

„Tach", erwidere ich und schaue sie an. Jetzt bemerke ich, dass ihr Beine in schwarzen Gummistiefeln stecken. Ganz bestimmt sind die eine Nummer zu groß. Daher der wackelnde Gang.

„Wo brennt es denn?", frage ich.

„Die große Kippbratpfanne da drüben wird nicht mehr richtig heiß", dabei zeigt Erna mit der Hand in die Richtung, wo die Pfanne steht.

„Kommen Sie mal mit", fordert sie mich, mit der Hand winkend, auf. Ich folge ihr vorsichtig. Der Fußboden ist nass und rutschig. Behutsam setze ich einen Fuß vor den anderen. Scheele Frauenblicke verfolgen mich.

„Ich wollte Schnitzel braten, und mittendrin wurde die Pfanne kalt", erklärt Erna. „Aber wir haben ja Gott sei Dank noch eine in Reserve. Sonst hätten wir heute ein riesiges Problem gehabt." Ich verstehe. Wenn die Arbeiter heute ihr Essen nicht pünktlich bekommen, gibt es Tumulte. Ein Glück, dass die sich hier zu helfen wussten, denke ich. Eine erste äußerliche Begutachtung ergibt keine Auffälligkeiten. Auch der Elektroanschluss an der Pfanne ist in Ordnung. Werde mal die Sicherungen kontrollieren, überlege ich. Wieder geht es zurück über den rutschigen Fußboden. Hin zum Elektroraum, wo sich die Sicherungen befinden. Als ob ich es geahnt hätte. Alle drei sind durchgebrannt. Ein Fall für die Spezialisten also. Hier kann ich nicht mehr helfen. Ich schaukele zurück zu Erna, die sich inzwischen wieder mit ihren Schnitzeln beschäftigt. „Die Heizspiralen in der Pfanne sind kaputt. Das Ding muss in die Werkstatt", erkläre ich ihr und deute mit dem Finger auf das Gerät. „Na ja, wenn's sein muss", antwortet sie lakonisch. „Ich sage Bescheid, dass jemand aus der Werkstatt kommt", ergänze ich. Erna nickt gelangweilt. „Trotzdem, danke fürs Kommen", sagt Erna und lächelt mich wieder an. Mit meiner schweren Tasche strebe ich dem Ausgang zu. Gerade will ich aufs Fahrrad steigen, da kommt Erna um die Ecke gehuscht. In der Hand hält sie eine Tüte. „Hier!", ruft sie noch völlig außer Atem, „hier ist eine Kleinigkeit zu Mittag." Und sie drückt mir eine warme Tüte in die Hand. „Danke", sage ich völlig überrascht. Erna winkt bescheiden ab, blinzelt mir noch einmal zu und huscht wieder zurück an ihre Schnitzelpfanne. Ich wage einen neugierigen Blick. Ein Schnitzel, eine Boulette und ein Brötchen. Da kann ich meine Pausenbrote wieder mit nach Hause nehmen. Ich schaue auf meine Uhr. Gleich ist Mittag, stelle ich fest. Da kann ich mir etwas Zeit lassen. Die Abkantbank läuft mir nicht davon.

Wieder will ich mich auf mein Fahrrad schwingen, da kommt in rasanter Fahrt Karl, mein Kollege, um die Ecke. Karl ist mindestens einen Kopf größer als ich und bringt auch ein paar Kilo mehr auf die Waage. Sein volles, lockiges Haar und sein Vollbart lassen ihn hünenhaft erscheinen. Man muss befürchten, dass sein Fahrrad jeden Augenblick zusammenbricht. Karl lächelt immer. Aber Vorsicht! Karl sitzt der Schalk im Genick. Schon mancher ist auf seine Späße reingefallen. Einmal musste ich mit ihm gemeinsam in die Schneiderei fahren. Einige Lampen und Nähmaschinen hatten ihren Geist aufgegeben. An den Nähmaschinen saßen lauter junge Frauen. Der Schneidermeister erwartete uns schon. Er lief mit uns durch den Raum und erklärte uns, was alles defekt sei. „Ja, ja", sagt Karl immerzu, ließ aber keinen Blick von den Frauen. „Kriegen wir alles wieder hin, kriegen wir alles wieder hin", murmelte er immerzu. Dabei drehte er seinen Kopf ständig von links nach rechts und wieder zurück. Gesagt, getan, wir machten uns an die Arbeit. Karl richtete es so ein, dass ich die Lampen und er die Nähmaschinen reparierte. Nach einer halben Stunde, ich war gerade mit der letzten Lampe beschäftigt, war Karl weg. Ich entdeckte ihn unter einer der Nähmaschinen, den Fußschalter reparierend. Ich trat hinzu und hörte, wie er zu der Näherin sagte: „Bitte einschalten – stopp, noch einmal einschalten – stopp!" Nach einer Weile: „So, jetzt ist es in Ordnung." Umständlich kam er unter der Nähmaschine hervorgekrochen. Auf dem Rückweg in die Zentrale erzählte Karl: „An der Nähmaschine war nur eine Kleinigkeit kaputt. Aber die Näherin. Ich glaube, die hatte das Höschen von ihrer kleinen Schwester an."

Gerade im letzten Moment sieht Karl mich stehen. Er macht eine Vollbremsung, so dass das arme Fahrrad noch mehr geschunden wird.

„Kommste mit essen?", fragt er mich. Dankend lehne ich ab und verweise auf die Tüte von Erna. Er grient mich an und sagt: „Du kannst Schlag haben bei den Frauen." Dann tritt er wieder in die Pedale, dass es nur so kracht, und ist im nächsten Moment hinter der nächsten Ecke verschwunden. Im gemütlichen Tempo fahre ich zurück in die Klempnerei. Dort kann ich auch Mittag machen, überlege ich.

Die Abkantbank ist schnell repariert. Fast derselbe Fehler wie an Drehbank Nummer zwölf. Kein Problem für mich.

In der Zentrale warten sie schon sehnsüchtig auf meinen Rückruf.

„Mensch, wo steckst du denn?", ruft mein Chef lautstark. „Im Materiallager sind Steckdosen ausgefallen. Die haben schon dreimal angerufen."

„Mach mal keine Panik", antworte ich. „Kriege ich schon hin."

„Vorher musste aber noch in die Kesselschmiede. Das Drehgestell ist ausgefallen. Die können nicht weiterschweißen."

„Kein Problem, das liegt auf meinem Weg. Haste sonst noch was?", frage ich zurück.

„Nee, erst mal nicht!", brummelt er.

Na also, denke ich. Alles halb so schlimm. Zuerst in die Kesselschmiede und dann ins Materiallager. Die tun sich dort nur wichtig. Das sind die Augenblicke, wo ich selbst entscheiden kann, welche Störung zuerst beseitigt werden muss. Ein kleines Stück Freiheit im tristen sozialistischen Alltag. Da lasse ich mir von keinem reinreden. Störungen in den Küchen, Kantinen und Bädern stehen ganz oben auf der Liste. Da bleibt eben alles andere liegen. Und die Betroffenen? Die verstehen das. Jeder Arbeiter freut sich, wenn er unfreiwillig sein Werkzeug beiseitelegen kann.

Wie vermutet, sind es nur Kleinigkeiten, die für mich keine große Belastung sind. Da gab es schon Schlimmeres. Noch drei Störungen meldet mir mein Chef, ehe er mich mit dem Satz: „Kannst reinkommen!" erlöst. Inzwischen wird es allmählich dunkel. Langsam und vorsichtig trete ich in die Pedale. Acht Störungen heute sind genug, denke ich. Ein ganz normaler Tag. Auf der Rückfahrt in die Zentrale sehe ich bereits die ersten Arbeiter wieder in die Bäder laufen, obwohl die noch mindestens zehn Minuten Arbeitszeit haben. Im Sozialismus ist alles möglich, resümiere ich im Stillen. Für mich ist erst in zwei Stunden Feierabend. Dann kommt meine Ablösung. Bis dahin ist noch alles möglich.

In der Zentrale werde ich bereits vom „noch alles möglich" erwartet. Karl steht schon an der Tür und hält die Autoschlüssel in der Hand. „Wir müssen noch mal los", sagt er. „Aber diesmal mit dem Auto." Na Gott sei Dank, denke ich.

„Wohin?", frage ich.

„Raus in die Stadt, in einem der Werkshäuser ist das Kellerlicht ausgefallen." Für solcherlei Störungen haben wir ein Auto. Einen Barkas mit himmelblauer Lackierung und Benzinrationierung. Wenn das monatliche Kontingent erschöpft ist, bleibt wieder nur das Fahrrad.

Den Platz hinter dem Lenkrad überlasse ich Karl. Nach geschätzten zehn Kilometern auf dem Fahrrad, die ich heute zurückgelegt habe, werde ich mich jetzt chauffieren lassen. Außerdem kennt Karl Straße und Hausnummer. Dort werden wir bereits erwartet. Sechs Familien wohnen in dem Eingang. Einer von denen ist der Dreher von Nummer zwölf. Heute Morgen konnte es ihm nicht langsam genug gehen, jetzt wartet er schon sehnsüchtig. „Na", sage ich, als er mich erkennt. „Bei dir geht wohl heute alles kaputt." Er murmelt etwas vor sich hin, was sich wie „steinaltes Material" und „Vorkriegsware" anhört und verschwindet in seiner Wohnung.

Mit der Taschenlampe tasten wir uns die Kellertreppe hinunter. Keine einzige Lampe brennt. Karl schraubt schon den Sicherungskasten auf. Eine Sicherung ist defekt. Eine Kleinigkeit. Die wird ausgewechselt, dann geht es wieder zurück. „Patsch" macht es, als Karl eine neue Sicherung einschrauben will. Prost Mahlzeit, denke ich. Das hat uns gerade noch gefehlt. Wir schauen uns an und wissen sofort, eine von den vielen Lampen hat einen Kurzschluss. Und den müssen wir suchen. Das ist aufwendig. Ade, Feierabend. Einige neugierige Hausbewohner schauen uns an. Ihre Blicke sind „mal sehen, was die nun machen" zu deuten. Nee, so schnell geben wir nicht auf. Wozu sind wir Elektriker?

„Elektriker sind faul, wissen sich aber immer zu helfen", pflegt unser Chef stets zu sagen.

Also, dann wollen wir mal. Karl blinzelt mir schalkhaft zu, und in diesem Moment haben wir beide den gleichen Gedanken. Aus seinem Sammelsurium von Ersatzteilen entnimmt Karl ein Stück Messing, das in Form und Größe der Sicherung ähnelt. Das Teil wird jetzt eingesetzt. Interessiert verfolgen die Hausbewohner, die noch immer im dunklen Keller stehen, unser Tun. „Kann mal bitte jemand das Licht einschalten?", bittet Karl die Leute. In dem Wissen, was gleich passiert, suchen wir beide schnell Deckung hinter einem Mauervorsprung. Es gibt einen Knall, in einer der Lampen blitzt es auf und alle anderen Lampen brennen. Fehlersuche beendet. Die Lampe zu reparieren bleibt keine Zeit. „Wir sagen den Kollegen Bescheid, die reparieren die Lampe am Tag", sagen wir den Hausbewohnern und packen unser Werkzeug zusammen.

Zehn Minuten vor Feierabend sind wir zurück. Die Zeit reicht noch zum Händewaschen.

Nach und nach kommt unsere Ablösung. „Keine offenen Störungen!", sagen wir den Kollegen. Die sind zufrieden. „Tschüs und schöne Schicht" wünschen wir jedem per Handschlag und machen uns auf den Weg ins Bad. Gott sei Dank, das Licht im Treppenhaus brennt noch.

... und in der Nacht

Es ist ein Donnerstag mitten im kalten November. Es ist zwanzig Minuten nach siebzehn Uhr, als ich das Gelände des Chemiewerkes betrete. Langsam beginnt es, dunkel zu werden. Ausdruckslos sieht der Pförtner nach meinem Ausweis. Auf den Werkstraßen ist um diese Zeit kaum einer zu sehen. Die Arbeiter der Tagschicht sind längst zu Hause. Erst kurz vor dem Eingang zum Umkleidebau trifft man den einen oder anderen. Es sind immer die gleichen Gesichter. Man grüßt sich oder ruft sich ein paar Worte zu. Der Spind, in dem meine Arbeitssachen hängen, steht in der ersten Etage. Besser gesagt, es sind zwei Spinde. Einer für die Arbeitssachen und einer für die Wegkleidung. Karl ist auch schon da. „Wolln mer mal wieder", sagt er lakonisch. Ich nicke seufzend. „Müssen mer wohl", entgegne ich. Immer die gleichen Floskeln. Schweigend gehen wir hinüber zu einem alten Werkstattbau, der so groß ist wie ein halbes Fußballfeld. Es sind nur ein paar Schritte über die Straße bis dahin. In dem altehrwürdigen Bau befindet sich die Elektrozentrale. Besser gesagt, unser Stützpunkt außerhalb der regulären Arbeitszeit. Von hier aus starten wir, wenn wir zu einer Störung gerufen werden, in alle Richtungen des Werkes.

„Alles i.O.", empfangen uns die Kollegen der Schicht, die wir ablösen. Soll heißen, dass es keine offenen Störungen gibt.

Schon bald, im Minutentakt, kommen nach und nach meine Kollegen aus den anderen Produktionsabteilungen. Gemeinsam sind wir der Zentrale Störungsdienst, der nachts und an den Wochenenden für die Beseitigung elektrischer Störungen zuständig ist. Wir sind sozusagen die schnelle elektrische Hilfe in der Nacht. Wenig später kommt Dieter, unser Schichtleiter. Mit seiner Unterschrift im Störungsbuch ist der Schichtwechsel vollzogen.

Nun sind wir vollzählig. Ein Dispatcher, ein Schichtleiter und sieben Facharbeiter. Als C-Schicht sind wir in den kommenden zwölf Stunden die elektrischen Störungsbeseitiger. Diese beginnen für mich immer mit einer Routineaufgabe. Ich muss im Bau 98 den Paternoster ausschalten und den Haupteingang verschließen. Mit dem Fahrrad und einem großen Schlüsselbund in der Jackentasche mache ich mich auf den Weg. Bau 98 ist die Elektrohauptwerkstatt. Hier werden Schaltschränke und Schaltanlagen gebaut, repariert und montiert. Und hier beginnt man im ersten Lehrjahr mit der Ausbildung zum Elektromonteur. Generationen von Lehrlingen haben hier ihren Start ins elektrische Berufsleben vollzogen. Manch einer ist heute Meister oder hat es gar zum Ingenieur geschafft. Nach fünfzehn Minuten bin ich wieder zurück.

Inzwischen läuft die Kaffeemaschine und alle haben ihre gewohnten Plätze rund um den großen Tisch eingenommen. Aus meiner Tasche hole ich zwei Zeitschriften. Die habe ich bei der netten Frau am Zeitungskiosk vor dem Werktor erstanden. Die „NBI" und den „Eulenspiegel" legt sie immer für mich beiseite. Bückware sagt man in der DDR dazu.

Kurz darauf klingelt zum ersten Mal das Telefon beim Schichtleiter im Nebenraum. „Elektrostörungsdienst!", meldet der sich und lauscht gespannt in den Hörer. „Wohin? Bau 14?" Und danach: „Ja, es kommt einer vorbei!" Dann notiert er den Anruf im Störungsbuch. Gemächlich kommt er zu uns herüber und setzt sich mit an den großen Tisch. „Kaffee schon fertig?", fragt er und brennt sich eine Zigarette an. „Ist gleich durch", antwortet Robert.

„Erich und Tilo! Ihr fahrt nachher mal nach Bau 14", sagt Dieter nach dem ersten tiefen Zug an seiner Zigarette. „Ofen fünf auf Stufe zwei", ergänzt er. Erich, zu dessen Arbeitsbereich Bau 14 gehört, weiß sogleich Bescheid und will los. „Aber erst spieln mer 'ne Runde Skat", ergänzt Dieter mit lauter Stimme, die keinen Widerspruch zulässt. Alles lacht, und Erich setzt sich wieder hin. Dieter ist Schichtleiter und hat das Sagen. Was Dieter sagt, ist Gesetz. Kein Wenn und Aber. Bei jeder Gelegenheit betont er, dass er seinen Beruf erlernte, als das Werk noch der IG-Farben gehörte. „Bei der IG gab es das früher nicht!" ist sein meist gebrauchter Satz. Dann lachen wir alle.

Nach etwa fünfzehn Minuten, das Telefon hat noch nicht wieder geklingelt, machen wir uns endlich mit dem Fahrrad auf den Weg nach Bau 14. Eine stark ammoniakhaltige Gaswolke schlägt uns entgegen, als wir nach kurzer Fahrt Bau 14 betreten. Unwillkürlich halte ich mein Taschentuch vor Mund und Nase. Meine Augen beginnen zu tränen. Wer Bau 14 betritt, nimmt zuerst einen langen schmalen, aber hohen Raum wahr. An der Wand gegenüber sind mehrere Schreibpulte angebracht. Darüber Ventile und Schieber, einige Manometer und sonstige Messgeräte, mit denen der Produktionsprozess überwacht wird. Das Groteske ist, dass vor diesen Überwachungspulten Arbeiter sitzen. Männer und Frauen, die in zeitlich vorgeschriebenen Abständen die Werte auf den Messgeräten ablesen und in eine Kladde übertragen. Nebenher trinken sie Kaffee oder essen ihre Pausenbrote. Ihnen scheint der Gestank nichts mehr auszumachen. Sie grienen, als sie mich mit dem Taschentuch sehen. „Ist gut gegen Schnupfen!", ruft mir ein Arbeiter zu. Ich versuche zu lächeln. Leider habe ich aber gerade keinen Schnupfen. Ich will nur so schnell wie möglich wieder hier raus. Der Schichtmeister kommt uns entgegen und erklärt noch mal, was zu tun ist. Die sogenannten Öfen sind in Wirklichkeit stählerne Hochdruckbehälter, in denen Synthesegas erzeugt wird. Dreitausend Volt Hochspannung sind dazu nötig, und um einen gleichmäßigen Betrieb zu gewährleisten, müssen die von Zeit zu Zeit stufenweise hoch- oder runterreguliert werden. Erich und ich betreten den Schaltraum. Hier ist von dem Ammoniakgestank nicht so viel zu spüren. „Ofen fünf ist hier", sagt Erich und zeigt auf den entsprechenden Schalter. Einen Hochspannungsschalter kann man nicht einfach mal so ein- und ausschalten wie zu Hause das Licht. Da fließen mehr Ampere durch die Leitung. Um einen Schalter für dreitausend Volt zu betätigen, bedarf es einer gesonderten Ausbildung. Weil ich so eine Ausbildung habe, muss ich oft mit Erich nach Bau 14.

„Achtung! Ofen fünf. Leistungsschalter ausschalten", kommandiert Erich. Schließlich muss alles seine Ordnung haben. Ich drücke auf den Knopf, auf dem „Aus" steht. Wumm! Mit einem Donnern öffnen sich die Kontakte. „Leistungsschalter ist aus", antworte ich. Mit einer langen isolierten Stange stellt Erich die gewünschte Schaltstufe ein. Dann wird wieder zugeschaltet. Das geschieht diesmal von Hand. Mit erheblichem Kraftaufwand stemme ich den Schalthebel nach oben, bis er einrastet. Geschafft. Noch den Eintrag ins Schaltbuch, dann geht es zurück. Der frische Fahrtwind lässt mich wieder freier atmen.

Lautes Lachen dringt an unser Ohr, als wir wieder die Werkstatt betreten. Aha, denke ich, die Skatbrüder sind in Hochform. Der Raum mit dem großen Tisch ist angefüllt mit blauem Zigarettenqualm. Eine halbe Stunde ist vergangen, als ich mit Erich losgefahren bin. Es ist gleich zwanzig Uhr. Noch scheint keiner unsere Dienste zu benötigen, denn alle sind noch da. „Achtzehn – zwanzig – zwo", ruft Karl und schaut fragend in die Runde. „Passe", sagt Dieter. Heinz, der dritte Mann, schüttelt den Kopf, und Karl greift nach den zwei Karten auf dem Tisch. Im selben Moment klingelt das Telefon.

Ich bin froh, nicht mit Skat spielen zu müssen. Anfangs wurde ich sofort in den skatspielenden Kreis aufgenommen, aber nach zwei Runden wollte keiner mehr mit mir spielen. Fortan tat ich Telefondienst. „Du hast's richtch jemacht", neidet mir Heinz aus der Abteilung Forschung mein Tun.

„Ema dumm jestellt, reecht fors janze Läbn." Der glaubt tatsächlich, ich habe mich mit Absicht ungeschickt angestellt, aber Skat spielen ist wirklich nicht mein Ding. Doch unser Schichtleiter ist unerbittlich. Wer Skat spielen kann, muss Skat spielen. „Tilo, geh mal ran", ruft er mir demzufolge zu und wirft eine Karte auf den Tisch. Das muss er mir nicht zweimal sagen.

„Absperrbeleuchtung Straße L7 brennt nicht", sage ich kurz darauf zu ihm. „Fahre ma gleich hin. Bevor da was passiert", ruft er zurück und drischt den Schellen-Ober auf die Tischplatte. Wortlos ziehe ich wieder meine dicke Jacke an, packe meine Werkzeugtasche auf mein Fahrrad und kontrolliere vorsichtshalber, ob die passenden Sicherungen dabei sind. Was anderes als die Sicherung kann es nicht sein, denke ich und schwinge mich in den Sattel meines betagten, klapprigen Fahrrades. Vorsichtshalber stecke ich noch Ersatzglühlampen ein. Längst ist es dunkel, und die Werkstraßen sind leer. Ich trete fest in die Pedale, und bald wird mir warm. Das Zischen, Pfeifen und Poltern in dem Gewirr der Rohrbrücken klingt, so scheint es mir, in der Nacht ganz anders. Es ist jetzt fast unmöglich, den Tropfen aus den undichten Rohrleitungen auszuweichen. Meist ist es nur Wasser, aber man weiß ja nie. Mein Einsatzort ist dieses Mal am südlichen Ende des Werkes. Dort wartet zu meiner Überraschung die Polizei. Denen war bei ihrer Kontrollfahrt aufgefallen, dass die Absperrung einer Baugrube nicht vorschriftsmäßig beleuchtet ist. In der Nacht muss eine rote Lampe die Baustelle markieren, werde ich aufgeklärt. Zum Glück ist nur die Glühlampe defekt. Wie gut, dass ich mir noch welche in die Tasche gesteckt hatte. Das zahlt sich jetzt aus. Interessiert sehen die beiden Polizisten zu, wie ich die Glühlampe wechsle. „Haste noch eene mit", fragt mich der eine, als ich fertig bin. Natürlich habe ich, oder denken die, dass ich wegen jeder Glühlampe hin- und herfahre. „Ist noch eine kaputt?", frage ich. „Na ja, bei uns vorne an der Wache", bekomme ich zur Antwort. „Musst aber nicht hinfahren. Die kenn mir och alleene auswechseln." Aha, denke ich. Nachtigall ick hör dir trapsen. Aus meiner Tasche mit den Ersatzteilen hole ich eine verknautschte Schachtel mit einer Spezialglüh- lampe. „Hier", sage ich. „Aber erzählt es nicht weiter", bitte ich. „Klar, Kumpel und danke!" Dann fahren sie weiter. Auf dem Sockel der Glühlampe steht 60W/42V. Ein Schelm, wer Böses dabei denkt.

So, und nun stehe ich hier. Meine Arbeit ist beendet. Ich könnte zurückfahren. Einen Kilometer bis zur Werkstatt. Wenn ich Glück habe, ist nichts, wenn ich dort ankomme. Habe ich Pech, muss ich bestenfalls nochmals in dieselbe Rich- tung fahren. Ich entschließe mich, in die Hauptwerkstatt Bau 15 zu fahren. Die liegt auf halbem Weg, und ein kleiner Teil der Belegschaft arbeitet dort im gleichen Schichtrhythmus. Von da aus kann ich den Schichtleiter anrufen. „Nee, ist nichts! Kannst reinkommen", sagt er am Telefon. Also schwinge ich mich wieder in den Sattel und fahre zurück.

Doch es kommt anders. Karl wartet auf mich. „Wir müs- sen nach Dürrenberg ins Heizwerk", sagt er. „Das Kohleför- derband ist stehengeblieben." Das ist gut, denke ich. Für diese Art von Störfällen haben wir ein Auto. Einen Barkas. Him- melblau lackiert und mit deutlichen Gebrauchsspuren. Diese Art von Störungen betrachte ich immer als willkommene Ab- wechslung. Manchmal darf ich auch selbst fahren. Dann kommt erst recht Freude auf. „Kannst ruhig deine Jacke aus- ziehen", sagt Karl. „Ich spiele noch die Runde zu Ende." Na schön, denke ich. Die sozialistische Arbeitsmoral gibt's schon lange nicht mehr. „Da müssen die eben mal ihre Kohle mit der Schippe in den Ofen schaufeln", sagt der Schichtleiter lako- nisch. Am Spieltisch wird wiehernd gelacht, was meine Ansicht zur Arbeitsmoral bekräftigt.

Wieder klingelt das Telefon. „Hier ist Bau neunachtund- neunzig", meldet sich eine Stimme, „könnt ihr mal den Heinz herschicken. Eine Filterpresse ist ausgefallen."

„Ja, der kommt!", antworte ich und notiere die Störung. Und gleich danach: „Heinz, dein Lieblingsspielzeug ist kaputt. Sollst gleich mal hinkommen." Heinz brummelt etwas Unverständliches und schaut konzentriert auf die Skatkarten in seiner Hand. „Na los", sagt Erich ungeduldig zu ihm, „spiel aus!" Wieder brummelt Heinz vor sich hin.

Inzwischen ist es schon nach zweiundzwanzig Uhr. Wieder und wieder klingelt es. Ich höre, frage und notiere. „Na!", sagt der Schichtleiter. „Jetzt sind die wohl alle wach geworden." Ich höre kaum hin, weil ich am Schreiben bin. Als Antwort folgt ein erneutes Klingeln. Jetzt kommen die Störungsmeldungen im Minutentakt.

„Komm", sagt Karl, „wir müssen los!" Er hält den Autoschlüssel und die Papiere schon in der Hand. „Einmal Werkzeug reicht", sage ich und wuchte meine schwere Werkzeugtasche ins Auto. Der Tank ist noch halbvoll. „Reicht", sagt Karl und meint damit das monatliche Kontingent an Kraftstoff. Wenn das aufgebraucht sei, müssten wir laufen, erinnert uns immer wieder unser Schichtleiter. Deshalb dürfen wir nicht zu jeder Störung mit dem Auto fahren. Als wir uns dem Werktor nähern, tritt der wachhabende Polizist aus seinem Schutzhäuschen. Karl hält an und kurbelt die Seitenscheibe runter. „Störungsdienst nach Bad Dürrenberg", sagt er. Ich halte vorsichtshalber meinen Ausweis hoch. Der Polizist nickt und winkt uns weiterzufahren. Nach zehn Minuten sind wir im Heizwerk angekommen. „Habt euch aber viel Zeit gelassen", sagt der Mann vom Heizwerk schlecht gelaunt. „Na du bist doch nicht der Einzige, der auf uns wartet", entgegnet Karl. Der Mann winkt wortlos ab. Der Fehler ist schnell gefunden und noch schneller beseitigt. Eine Sicherung auswechseln, und das war es. Schon sind wir auf der Rückfahrt. Am Tor werden wir wortlos durchgewinkt.

„Seid ja schon wieder da", wundert sich Dieter. „War nur eine Kleinigkeit", antwortet Karl.

An Skatspielen ist nicht mehr zu denken. Heinz ist zu seiner Filterpresse gefahren, und Erich ist mit einem anderen wieder nach Bau 14.

„Du musst gleich noch mal weg", sagt Dieter zu mir. „Im Bau 15 ist 'ne Maschine ausgefallen." Hoffentlich nicht die gleiche wie neulich, denke ich. Und ziehe meine Jacke wieder an. „Nimm das Fahrrad! Das Auto gibt's nicht für die kurze Strecke", ruft Dieter mir zu. Das hätte er nicht extra betonen müssen. In Bau 15 ist es gespenstig leise. Der Arbeitslärm, der tagsüber herrscht, ist fast verebbt. Alle Arbeiter sind längst zu Hause. Nur ein paar Schichtarbeiter sind am Werkeln. Eine Fräsmaschine würde streiken, erklärt mir der Schichtleiter und begleitet mich dorthin. Wie neulich sitzt auch diesmal der Bediener, die Zeitung lesend, daneben. „Die will nicht mehr", sagt er und zeigt mit dem Finger auf die Maschine. Ich kontrolliere im Schaltkasten die Sicherungen. Die sind okay. Das sieht nicht gut aus. Der Bediener sieht meinen nachdenklichen Blick. „Na, wenn de den Fehler nich findst, ist nich so schlimm. Is sowieso bald Feierabend. Da muss morjen die Tagschicht ran." Ich fühle mich an meiner Ehre gekitzelt. Von wegen Tagschicht. Als ob ich den Fehler nicht selbst finden kann. Das wäre ja gelacht. In dreißig Minuten hat er Feierabend. Bis dahin läuft die Maschine wieder. In der Schaltkastentür steckt der Schaltplan. Ich falte ihn auseinander und lese und überlege. Vergleiche, prüfe und wackele hier und ziehe da. Nichts! Wieder sehe ich in den Schaltplan und suche nach möglichen Schadstellen in der Anlage. Wieder nichts! Ich komme ins Schwitzen. „Komm, mache Feierabend", sagt der Bediener. „Ich will heeme." Noch zehn Minuten bleiben mir. Und dann entdecke ich an einer Klemmleiste eine schwarze Stelle. Sieht aus wie eine Schweißstelle. Vorsichtig betrachte ich sie näher. Tatsächlich, an der Klemmleiste hat sich ein Draht gelockert. Der hatte die Stromzufuhr zur Steuerung unterbrochen. Schnell säubere ich die Kontaktstelle und klemme den Draht wieder fest. „So, los", sage ich dem Bediener, „schalte mal ein!" Er drückt auf den Knopf, die Relais klacken, und der Antriebsmotor beginnt, sich zu drehen. „Respekt!", sagt der Bediener. „Kannst Feierabend machen." „Nee nee", entgegne ich. „Morgen früh um sechse ist erst Feierabend für mich." „Du armer Hund. Ich mache heute nischt mehr." Damit erhebt er sich von seinem Stuhl, von dem aus er mir die ganze Zeit zugesehen hat, nimmt seine Tasche, murmelt ein kurzes „machs jut" und verschwindet.

„Du warst aber lange", empfängt mich mein Schichtleiter. „War etwas kompliziert, die Sache", antworte ich. „Aber Störung ist beseitigt." Dieter nickt abwesend und macht einen kräftigen Zug an seiner Zigarette, was heißen soll: Was anderes habe ich nicht erwartet.

Pause. Ich packe meine belegten Brote aus und ziehe mich mit meinen Zeitungen aus dem Bereich der Raucher zurück. Nach und nach kommen die anderen von ihren Störungen zurück. Es wird wieder laut um den großen Tisch. Noch eine Runde Skat hat Dieter verordnet. Dennoch, Stimmung kommt nicht mehr auf. Nach zwanzig Minuten kommt Heinz zu mir. „Du, mir missen nochma in den Süden fahren. Rote Erde." Auch das noch, denke ich. „Nehmt das Auto!", ruft Dieter mir zu. Das macht es interessant, freue ich mich. Da komme ich heute doch noch zu meiner Autofahrt. Ich lege die Zeitungen zur Seite und hole Fahrtenbuch und Autoschlüssel. Heinz steht schon in den Startlöchern. In den Süden fahren, wird der geneigte Leser jetzt fragen? Damit ist nicht das Land gemeint, wo die Zitronenbäume blühen. In den Süden fahren heißt umgangssprachlich, in den südlichen Werkteil fahren. Bis dahin sind es ein paar Kilometer. Die muss man nachts nicht mit dem Fahrrad bewältigen. Und rote Erde? Das ist ein Betrieb, in dem der Grundstoff für einen Katalysator hergestellt wird. Ein rotes Pulver. Inhaltsstoffe unbekannt. Alles Maschinen, Rohrleitungen, alles, sogar Tisch und Stuhl im Pausenraum, ist mit diesem roten Pulver, Inhaltsstoffe unbekannt, überzogen. Es riecht wie früher im Chemielabor meiner Schule. Ein Arbeiter bedient und überwacht das Ganze. Als wir die Anlage betreten, sind von ihm nur die Beine zu sehen. Sein Kopf steckt bis zum Oberkörper in einem großen Trichter. Seine Beine hängen über den Rand. Wir machen uns bemerkbar. Langsam kommt ein kleiner Mann zum Vorschein. Von oben bis unten mit diesem roten Pulver, Inhaltsstoffe unbekannt, bestäubt. Gelegentlich schimmert sein blauer Arbeitsanzug durch. Er deutet auf den Trichter und sagt: „Die Förderschnecke klemmt. Ich muss die erst freilegen." Das macht er mit seinen Händen. Hand für Hand holt er das rote Pulver, Inhaltsstoffe unbekannt, aus der Förderschnecke und füllt es in einen Eimer. Heinz und ich sehen uns an und schütteln verständnislos den Kopf. Später, im Schaltraum, sehen wir, dass die Sicherung für den Motorantrieb ausgelöst hat. Ein Fingerdruck und die Störung ist beseitigt. Für uns. Für den kleinen roten Mann noch nicht. Wir fahren schweigend zurück. „Kannst du dir vorstellen, dort zu arbeiten", bricht Heinz als Erster das Schweigen. Ich schüttele wortlos den Kopf. Nicht für Geld und gute Worte, denke ich mir.

„Macht eure Anzüge sauber", werden wir vom Schichtleiter empfangen. Tatsächlich haftet an unseren Arbeitsanzügen ebenfalls dieses rote Pulver. Inhaltsstoffe unbekannt.

Langsam geht es auf Mitternacht zu. Es ist ruhig geworden in den Räumen der Elektrozentrale. Einer macht sich Notizen, ein anderer liest Zeitung und wieder ein anderer lauscht der Musik aus dem Radio, das seit Schichtbeginn dudelt. Das Telefon schweigt.

Der neue Tag ist gerade mal zehn Minuten alt, als einer nach dem anderen verschwindet. Über unseren Räumen ist eine Empore mit einem langen Gang und diversen kleinen Verschlägen für allerlei Krimskrams. Krimskrams sind Wolldecken und Schaumstoffunterlagen zum Schlafen. Nach und nach holt jeder seine persönlichen Schlafsachen und sucht sich in der großen Werkstatt einen Schlafplatz. Werkbänke und große Werkzeugkisten werden bevorzugt. Nach kurzer Zeit kehrt Ruhe ein. Dieter, der Schichtleiter, raucht noch eine Zigarette, dann macht auch er es sich neben dem Telefon bequem. Zwei zusammengeschobene Werkzeugkisten bilden meine Ruhestätte. Eine Decke als Unterlage, eine zum Zudecken und ein ausrangiertes Sofakissen sorgen für Bequemlichkeit. Wenn ich Glück habe, kann ich bis kurz vor Schichtwechsel durchschlafen. In dieser Nacht habe ich kein Glück. Kaum bin ich eingeschlafen, höre ich im Unterbewusstsein das Tele-

fon klingeln. Wen wird es treffen, denke ich. „Tilo, Erich!",
ruft Dieter. Schlaftrunken wälze ich mich von meinen Kisten.
Auch Erich hat sich von seinem Lager erhoben. „Fahrt mal
alle beide nach Bau 14", sagt Dieter. „Die sagen euch dort, was
ihr machen sollt." Ein Schwall kaltes Wasser in Gesicht und
Nacken vertreibt die Müdigkeit. Dann radeln wir los. Wieder
schlägt mir der beißende Ammoniakgeruch beim Eintritt in
den Bau entgegen. Wieder bin ich fast am Ersticken. Nur der
Bedienungsmannschaft scheint das nichts auszumachen. Für
die ist das normal. „Ofen fünf auf Stufe drei und danach Ofen
zwei auf Stufe eins", erklärt uns der Schichtleiter. Wir verschwinden schnell wieder im Schaltraum und stellen das Gewünschte ein. Zwanzig Minuten später sind wir wieder zurück.
Erich meldet bei Dieter Vollzug, und schon liegen wir wieder
auf unserer Schlafstatt. Sofort schlafe ich ein. Wieder höre ich
das Telefon klingeln. Diesmal sind Heinz und Robert dran.
Glück gehabt. Noch dreimal klingelt in dieser Nacht das Telefon. Zweimal muss Erich und einmal muss Heinz raus. Ich
kann weiterschlafen. Wir wüssten gar nicht, wie gut es uns
geht, hält uns Dieter manchmal vor. „Bei der IG hätte es das
nicht gegeben" ist einer seiner Lieblingssätze. Im Stillen geben
wir ihm recht. Für die Arbeiter in der Produktion gibt es das
nicht. Von wegen Nachtschicht und Nachtruhe.

Morgens um fünf werden wir geweckt. Nicht von der We-
ckerklingel. Mit einem Besenstiel schlägt Dieter an eine Blech-
verkleidung. Das Donnern lässt selbst den tiefsten Schläfer
aufspringen. Jeder räumt seine Schlafsachen weg und erfrischt
sich mit kaltem Wasser Gesicht und Nacken. „Is noch Kaffee
da", brummelt Karl. „Ist alle", antwortet Dieter. Karl setzt
neuen Kaffee an. In dreißig Minuten kommt unsere Ablösung.
Da kann man noch in aller Ruhe eine Tasse trinken. Soviel
Zeit muss sein. Geduldig warten wir, bis die ablösende Schicht
kommt. Die lässt nicht lange auf sich warten. Andreas erscheint als Erster. Das ist das Startsignal für uns zum Auf-
bruch. Tschüss, Ade, bis bald. Im Umkleidebau wartet die
Dusche. Es ist fünfzehn Minuten nach sechs Uhr, als ich dem

Pförtner beim Verlassen des Werkes meinen Ausweis zeige. Er nickt unmerklich. Sein Gesicht ist ausdruckslos.

12. Mir schlachten

Zum Verständnis. Jede Region hat bekanntlich ihre eigenen sprachlichen Eigenheiten. Hier in der Gegend, wo ich aufgewachsen bin, wird oft mir und mich oder auch dir und dich verwechselt. „Ich komme bei dich", sagen die Leute, wenn sie zu jemandem gehen wollen, und umgekehrt sagen sie: „Komm doch mal bei mich!" Aber einmal im Jahr benutzen die Leute das Wort mir. Immer dann, wenn Schlachtezeit ist, sagen sie: „Mir schlachten!"

„Mir wolln schlachten", sagt Gert zu mir. „Alleine schaffen mir das aber nicht. Kannste mich nich helfen?" Klar konnte ich. Und die Aussicht, einmal dabei zu sein, wenn so ein lebendiges Schwein zu Wurst und anderen fleischigen Leckereien verwandelt wird, reizte mich ebenfalls. Als Kind habe ich manchmal bei dem einen oder anderen des Dorfes zugesehen, aber selbst mit zugepackt hatte ich noch nie. Schon der Gedanke, als Belohnung eine oder zwei Würste mit nach Hause nehmen zu dürfen, war verlockend.

Zwar war das Wurst- und Fleischangebot bei HO und KONSUM ausreichend, aber von Abwechslung im Angebot konnte zu damaliger Zeit keine Rede sein. Jedoch war Wurst frisch und noch dampfend aus dem Kessel schon damals etwas Besonderes. Da kam mal Abwechslung in den Speiseplan.

Noch ganz in Gedanken beginnt mir das Wasser im Mund zusammenzulaufen. Also sage ich dem Gert und seinem Schwein-zu-Wurst-Projekt zu. „Musst aber schon früh beizeiten da sein", hatte Gert mir noch zum Schluss gesagt. „So gegen sechse kommt der Schlachter. Un nich dass de im Sonntagsanzug kommst", fügt er noch lachend hinzu.

Gert ist ein Schulfreund und wohnt drei Straßen weiter. Ein kleines Gehöft mit Wohnhaus, Stall und Waschküche nennt er sein Eigen. Zwei Schweine, fünf Hühner und ein paar Kaninchen sorgen für Abwechslung auf dem Speiseplan seiner dreiköpfigen Familie. Dazu ein kleiner Garten hinter dem Haus, in dem Erbsen, Bohnen und anderes Gemüse gedeihen. Auch an Blumen wurde gedacht. Besser gesagt, hat seine Frau gedacht. Alles sieht sehr gepflegt aus.

Drei Tage später. Es ist noch stockdunkel, als ich bei Gert auf dem Hof stehe. Es ist bitterkalt. Minus sieben Grad zeigt das Thermometer an. Gert und seine Frau sind schon auf den Beinen. Der dreijährige Benno schläft noch fest. Im Stall quieken die Schweine und aus der Waschküche wabern dicke Dampfwolken. Eine Katze schleicht über den Hof. Gerade hat Gert begonnen, das Feuer unter dem Waschkessel zu entfachen. Nun füllen sie ihn mit Wasser, das sie eimerweise aus dem Wohnhaus heranschleppen. „Es geht gleich los!", ruft mir Gert zu. „Der Martin und der Udo kommen auch noch!"

Das Hoftor geht quietschend auf. Ein Mann schiebt sein knatterndes Moped herein, an dem hinten ein zweirädriger Wagen angehängt ist. Filzstiefel, Wattejacke und Pelzmütze schützen ihn vor der Kälte. Auf seinem Rücken trägt er einen alten Rucksack, der mal einem Soldaten aus dem letzten Krieg gehört haben muss. Er stellt sein Moped an die Hauswand und reibt sich fröstelnd die Hände. Gert geht auf ihn zu und reicht ihm die Hand. „Morchn Fritz", begrüßt er ihn. „Is alles klar bei dir? Willste erst mal n Schnaps?"

„Nee, lass mal", sagt Fritz. „Erst wenn das Schwein auf der Leiter hängt. Wo kann ich mich umziehen?"

„Komm mit", sagt Gert und winkt Fritz, ihm zu folgen.

Jetzt begreife ich, Fritz ist der Schlachter.

„Packe das mal aus un trag's in die Waschküche", sagt Fritz zu mir und zeigt auf die Gerätschaften, die in dem Mopedanhänger verstaut sind. Dann schlurft er Gert hinterher ins Wohnhaus.

Im Wagen liegen diverse Geräte, die man für die Wurstherstellung braucht. Einen Fleischwolf, eine Stopfmaschine und ein großes Schneidebrett schleppe ich nach und nach in die Waschküche. Da drinnen ist es warm und feucht. Durch den Wasserdampf kann man kaum die Hand vor Augen sehen. Ich komme ins Schwitzen. Als wie angekündigt Martin und Udo eintreffen, habe ich schon fast alles verstaut. Inzwischen hat Fritz sich umgezogen. Statt dicker Jacke und Pelzmütze trägt er nun ein grau-weiß gestreiftes Arbeitshemd, und auf dem Kopf thront eine weiße Mütze. Zum Schutz vor der Nässe hat er sich eine weiße Gummischürze umgehängt und seine Filzstiefel durch welche aus Gummi ersetzt. An seiner Hüfte baumelt ein lederner Köcher, aus dem die Griffe verschiedener Messer herausragen. Verwegen, fast wie ein Cowboy sieht Fritz damit aus. Verstohlen sehe ich an mir herunter. Zwar hatte ich Arbeitskleidung angezogen, aber an eine Schürze aus Gummi hatte ich nicht gedacht. Und Gummistiefel! Fehlanzeige!

„Na, dann wolln mer ma", ruft Fritz etwas belustigt. „Wo issn das Schwein?"

Gert und Fritz verschwinden im Stall. Das Quieken im Stall wird schlagartig lauter. Eins der beiden Schweine schreit nun ununterbrochen. Kurze Zeit später flitzt es wie ein geölter Blitz aus dem Stall. Gert und Fritz an einem Stick, der um eines der Hinterbeine gebunden ist, hinterher. Beide versuchen mit aller Kraft, das Schwein festzuhalten. Wir drei Helfer halten vorerst respektvoll Abstand. An einem Haken, der eigens für diese Zwecke fest in die Hauswand eingelassen ist, bindet Gert den Strick mitsamt dem Schwein fest. Das Schwein zerrt aus Leibeskräften daran und schreit markerschütternd. Ich bekomme eine Gänsehaut. Es scheint zu ahnen, welches Schicksal es erwartet. Fritz spricht beruhigend auf das Schwein ein, tätschelt dabei seinen Rücken. Fritz, der Schweineflüsterer, denke ich. Für einen Augenblick schließe ich meine Augen.

Tatsächlich scheint sich das Tier zu beruhigen. Aber Fritz ist nicht der Schweinetröster. Fritz ist der Schweinetöter. Hinter seinem Rücken hält er nämlich einen Gegenstand versteckt, der wie ein kurzes Rohr aussieht. An dem einen Ende ist ein kurzer Hebel und das andere Ende ist trichterförmig erweitert. Dann geht alles blitzschnell. Machs gut und gute Reise, wünsche ich dem Schwein. Dann setzt Fritz das trichterförmige Ende dem Schwein auf die Stirn und betätigt sogleich den Hebel. Es gibt einen trockenen Knall und augenblicklich fällt das Schwein tot um. Blitzschnell packt Fritz das tote Schwein am Vorderfuß, zieht es nach oben, und ein beherzter Schnitt mit einem seiner Messer durchtrennt die Halsschlagader des Schweins. Gert steht in Lauerstellung. Mit einer großen Schüssel in den Händen springt er hinzu und fängt das ausströmende Blut mit der Schüssel auf. Wir drei stehen wie bedeppert daneben und sehen zu, wie nun auch das letzte Leben aus dem Schwein entweicht und seine Seele gen Himmel fährt. Ich blinzele in den morgendlichen Himmel, an dem jetzt die ersten Sonnenstrahlen emporklettern. Ob seine Seele wirklich dorthin aufsteigt, frage ich mich. Haben Tiere ihren eigenen Himmel oder kommen sie in den gleichen wie wir Menschen? Wer weiß das schon? Zurückgekommen von da oben ist noch keiner. Und wenn! Wir könnten die Sprache der Schweine sowieso nicht verstehen.

„Das Blut brauchen wir nachher für die Blutwurst", ruft Gert uns zu und holt mich brutal aus meiner Gedankenwelt zurück in die Wirklichkeit. Mit einem großen Quirl rührt er das auslaufende Blut, damit es nicht gerinnt. Schweinehimmel, ja oder nein! Gert ist das egal. Hauptsache aus dem Schwein werden Wurst und andere fleischige Leckereien. Und nur das zählt.

13. Feuer, Wasser, Blasmusik – das Teichfest der Feuerwehr

Wo es Feuerwehren gibt, da wird auch gefeiert. Das war so, das ist so und das wird auch immer so sein. Feuerwehren sind zwar in erster Linie da, um Feuer zu löschen, aber wenn es in den Kehlen brennt, müssen die Kameraden auch diesen Brand löschen. Dazu braucht es viel Flüssigkeit, denn der Brand in der Kehle ist zuweilen ziemlich groß. Als Löschmittel für derartige Brände hat sich Bier, Wein und Schnaps bestens bewährt. Nun muss nur noch ein Grund gefunden werden, um zum Löschen auszurücken. Findet sich keiner, dann wird eben einer erfunden.

Die Hollowitzer Feuerwehr ist erfinderisch, wenn es gilt, einen Grund zum Feiern zu finden. Weil der Dorfanger außer von den Hollowitzer Enten und Gänsen auch als Löschwasserteich genutzt wird, kommt ein findiger Feuerwehrmann auf die Idee, dem Teich mit einem Fest zu huldigen. Eine grandiose Idee findet auch Feuerwehrhauptmann Lösche.

An einem schönen Sommertag finden sich die Kameraden und viele Hollowitzer Einwohner auf der Festwiese am Teich ein. Petrus meint es an diesem Tag gut und lässt die Sonne den ganzen Tag scheinen. Bereits am Nachmittag beginnt das Fest mit einem Platzkonzert der Hollowitzer Blaskapelle. Natürlich gibt es Kaffee und Kuchen, den die Hollowitzer Feuerwehrfrauen selbst gebacken haben. Vor allem die älteren Dorfbewohner lassen es sich richtig gutgehen. Auch für die kleinsten Hollowitzer ist bestens gesorgt. Ponyreiten, Hüpfburg und ein Karussell sind von den jüngsten Hollowitzern in Beschlag genommen worden. Nach und nach füllt sich der Platz. Es wird immer schwerer, einen Sitzplatz zu ergattern. Zur allgemeinen Belustigung spielt im Dorfanger die Männerriege vom Turnverein gegen eine Auswahl der Feuerwehr. Das Spiel entscheiden die Turner mit acht zu drei Toren für sich.

Was ist bei so einem Fest das Wichtigste? Natürlich, Essen und Trinken. Weil das die Hollowitzer wissen, haben sie Vorsorge getroffen. Der Dorfkrug hat einen mobilen Bierausschank aufgebaut und Bürgermeister Lamme ein Fass Bier spendiert. Gleich nebenan dreht sich seit Stunden ein Ochse am Spieß, der von den Hollowitzern bereits erwartungsfroh beliebäugelt wird. Über die Herkunft dieses einstmals stattlichen Tieres herrscht Unklarheit, weil niemand das Geheimnis preisgeben will. Tags darauf kann man im Lokalteil der Kreiszeitung lesen, dass im dreißig Kilometer entfernten Bolldorf ein Zuchtbulle entlaufen sein soll. Die Bevölkerung der umliegenden Gemeinden wird bei der Suche um Mithilfe gebeten. Hatte hier die Hollowitzer Feuerwehr ihre Hände im Spiel? Beweisen kann man das nie, weil das Beweisstück nicht mehr auffindbar ist.

Aber zurück zu unserer Feier. Bereits zum wiederholten Mal ist das Schalmeienorchester aus dem Nachbardorf zu Gast. Bis spät in die Nacht sorgen sie mit flotten Weisen für Stimmung. Es wird getanzt, gelacht und gejubelt. Bier und Wein fließen in Strömen. Gottfried, der Sohn vom Bauern Bär, stößt ein volles Bierglas um. Der Inhalt ergießt sich in den Schoß von Adele Meier. Die kreischt auf und nennt den Gottfried einen Suffkopp und Bauerntrampel. Alle Blicke sind sofort auf Adele und Gottfried gerichtet. Pechsteins Marie tanzt den ganzen Abend mit dem Horst vom Turnverein, was wieder dazu führt, dass die Alten die Köpfe zusammenstecken und tuscheln. Am Nachbartisch erhält Benno, der Dorfschmied, von seiner Frau eine schallende Ohrfeige, weil der in seiner Bierseligkeit dem Fräulein Mackenrot, Lehrerin an der hiesigen Schule, unter den Rock gefasst hat.

Mit Einbruch der Dunkelheit steuert das glanzvolle Fest seinem Höhepunkt entgegen. Nach dem Lampionumzug der Kleinsten beginnt die große Show, auf die alle mit Spannung gewartet haben. Keinen hält es jetzt mehr auf seinem Platz. Jeder sucht sich eine Stelle, die beste Aussicht verspricht. Mit einer Show aus Wasser und Licht, mit einem Feuerwerk und

einer Lasershow der Superlative ziehen die Männer der Hollowitzer Feuerwehr alle Register ihres Könnens. Das entlockt
den Hollowitzern immer wieder ein „Ah" und „Oh". Lautstar-
ker Beifall brandet mehrfach auf. Als auch die letzte Leuchtrakete am nächtlichen Himmel verglüht ist, wird weitergefeiert.
Das Schalmeienorchester beginnt wieder zu spielen und das
Tanzbein wird kräftig geschwungen. Die Tanzfläche füllt sich
von Mal zu Mal immer mehr. Manch einer nimmt das Ende
der Show zum Anlass, jetzt zum verschärften Saufen überzu-
gehen. Längst liegen die Kinder in ihren Betten. Fuhrmanns
Klaus meint in seinem Suff, jetzt sei er mal an der Reihe. Mit
kühnem Schwung setzt er sich auf eines der Schaukelpferde
vom Kinderkarussell. Das beginnt sich zu drehen, und Klaus
jubelt den Umstehenden zu, die vergeblich versuchen, ihn da
wieder herunterzuholen. Bald beginnt es sich auch im Kopf
von Klaus zu drehen. Gerade noch rechtzeitig hält das Karussell an, und in letzter Sekunde erreicht Klaus den nächsten
Busch.

Davon unbeeindruckt feiern die Hollowitzer weiter. Erst
bei Sonnenaufgang verlassen die letzten Hollowitzer den Fest-
platz. Zuvor hatten sich noch Arthur Friedrich wegen des
Fräuleins Mackenrot in die Wolle gekriegt. Die beiden Streit-
hähne hat Feuerwehrhauptmann Lösche kurzerhand in den
Teich geworfen. Am Morgen danach findet Horst, der Turner,
als er von Pechsteins Marie kommt, Klaus schlafend auf einer
Bank am Dorfteich. Auf das nächste Fest darf man gespannt
sein.

14. Wendezeiten

Irgendwann in den 80er Jahren sagt mein Chef, so nebenbei, beim obligatorischen Skatspiel in der Mittagspause: „Wenn die Kapitalisten hier wieder herkommen, sind wir unseren Arbeitsplatz los!" Dabei lacht er laut. Ich horche auf. Was sagt der da? Hat der 'ne Meise, schießt es mir durch den Kopf. Der meint doch nicht etwa die IG Farben? Denen hat das Leunawerk bis fünfundvierzig gehört. Manchmal hat er damit geprahlt, dass er seine Lehrzeit noch zu IG-Farben-Zeiten absolviert hat.

„Die Kapitalisten verschrotten alles und machen aus dem Werk einen Park", fügt er noch laut hinzu und drischt den Schellen-Ober auf die Tischplatte. Du Spinner, denke ich. Solange hier die SED das Sagen hat, kommt deine IG nicht hierher. „Kontra!", rief ein Mitspieler und grinst. Ich lehne mich zurück und sehe dem Spiel der anderen erwartungsvoll zu. Dass gerade der das sagt, wundert mich eigentlich nicht. Denn der ach so treue Parteiarbeiter ist ein eingefleischter Bayern-München-Fan. Unverständlich schüttele ich den Kopf. Der soll seine Gedanken mal lieber für sich behalten. Ich frage mich, wie so einer keinen Hehl daraus macht, dass die DDR bald untergehen würde. Und überhaupt. Der ist doch selbst ein Teil dieser Partei. Ein braver Parteigänger, dem es bestimmt nicht schlecht geht. Obwohl es in der DDR langsam zu brodeln beginnt, glaubt noch keiner, dass der so oft propagierte feste Machtblock dieser mächtigen Partei einmal auseinanderfällt. Auch ich nicht. Auch nicht, als sich erste Risse zeigen. Und doch ist es so gekommen.

Und heute? Alles ist so eingetreten, wie mein Chef es damals gesagt hatte. Die Kapitalisten sind wiedergekommen. Aus den zwei deutschen Staaten wurde ein Deutschland, und aus dem maroden Leunawerk nach und nach ein leistungsstarker „Chemiepark", der die Region heute prägt.

Manchmal denke ich noch heute an diesen Satz meines ehemaligen Chefs. Dann kommen mir unwillkürlich die Erinnerungen an die Montagsdemos in Leipzig ...

Es ist ein Montag im Oktober 1989. Zufällig habe ich Freischicht. Die Gelegenheit kann nicht günstiger sein, um nach Leipzig zu fahren. In Leipzig tue sich etwas, wird immer öfter hinter vorgehaltener Hand erzählt. Worte wie Nikolaikirche und Demo im Stadtzentrum machen die Runde. Ich bin neugierig und will mir unbedingt ansehen, was da passiert. Ein leichtes Angstgefühl breitet sich in mir aus, denn von Zusammenstößen mit der Polizei wird ebenfalls berichtet. Bereits am Nachmittag mache ich mich auf den Weg. Sicherheitshalber parke ich meinen „Trabbi", aus Angst vor einer Polizeisperre, im Stadtteil Grünau, weit ab vom Stadtzentrum. Die Straßenbahn bringt mich weiter bis zum Hauptbahnhof, und von dort ist das kurze Stück bis zur Nikolaikirche schnell zu Fuß zu erreichen. Auf dem Platz vor der Kirche ist alles ruhig. So, wie ich das von vergangenen Besuchen in Leipzig kenne. Nur hier und da stehen einige Polizisten. Sonst nichts. Enttäuscht gehe ich in eines der großen Kaufhäuser. Nach einer reichlichen Stunde stehe ich wieder auf dem Platz vor der Kirche. Etwas ängstlich beobachte ich die Umgebung und tue so, als mache ich einen Schaufensterbummel. Außer den Polizisten sind jetzt noch ein paar Herren zu erkennen, die sich irgendwie von den anderen Menschen unterschieden. Sei es in ihrer Kleidung oder ihrem Verhalten. Die sind irgendwie anders, denke ich. Am Abend, als es langsam dunkel wird, beginnt sich, erst zögerlich, dann immer schneller, der Platz mit Menschen zu füllen. Von allen Seiten, aus den angrenzenden Straßen kommen sie. Je mehr es werden, umso mehr demonstrieren sie ihr Selbstbewusstsein. Unruhe breitet sich in mir aus. Plötzlich erschallt ein lautes „Aah!", und alle schauen in eine Richtung. In einem Fenster gegenüber der Nikolaikirche hat jemand eine Kerze entzündet. Es wird lauter. Ist das ein Zeichen, denke ich. Ja, das ist es! Denn plötzlich beginnen in anderen Fenstern weitere Kerzen zu leuchten. Erst zwei, dann drei, dann immer mehr. Bis sie nicht mehr zu zählen sind. Und mit einem Mal ist der Platz vor der Nikolaikirche voller Menschen. Am Eingang entsteht Gedränge. Ich versuche erst gar nicht hereinzukommen. Sprechchöre sind von dort zu hören. Erst verhalten, dann immer lauter. „Wir sind das Volk!", höre ich es rufen. Dazu rhythmisches Händeklatschen. Schnell breiten sich die Sprechchöre aus. Immer mehr Menschen fallen ein, und immer lauter wird gerufen. Und ich stehe mittendrin. Ein Gefühl beschleicht mich, das ich schwer beschreiben kann. Es fühlt sich an wie eine Mischung aus Angst und Stolz. Angst, bei den Menschenmassen unter die Räder zu kommen, und Stolz, dabei zu sein, wenn eine neue Zeit eingeläutet wird. Nach und nach nimmt der Stolz überhand. Ja, ich bin stolz, bei einem so historischen Ereignis dabei zu sein.

Gefangen von der Situation, höre ich gar nicht, was die Menschen jetzt rufen. „Wir sind ein Volk!", höre ich, und alle stimmen ein. Moment mal, denke ich! Was passiert denn jetzt? Leise Angst beginnt sich wieder breitzumachen. Wohin soll denn die Reise gehen? Viel Zeit zum Nachdenken habe ich nicht. Die Menschenmassen setzen sich in Bewegung und formieren sich zum Demonstrationszug. Ich werde einfach mitgerissen. Erst langsam noch dicht gedrängt und zögerlich, dann immer fester auftretend, schreiten wir über den Innenstadtring. Am Opernhaus, am Hauptbahnhof vorüber, bis zum Hauptgebäude der Staatssicherheit. „Stasi in den Tagebau!", brüllen die Massen und strecken rhythmisch ihre Fäuste in den Leipziger Abendhimmel. Da wird mir bewusst, diese Menschen kann keiner mehr aufhalten. Das ist die Revolution. Die Polizei, die die Demonstration verhindern soll, beschränkt sich nur noch auf deren Absicherung, und von den verdächtig gekleideten Herren ist nichts mehr zu sehen. Immer wieder erschallen Sprechchöre. „Deutschland einig Vaterland", wird jetzt gerufen. Da wusste ich, wohin die Reise geht. Inzwischen bin ich inmitten tausender Menschen am großen Kaufhaus mit der Blechfassade angekommen. An der Blechbüchse, wie der Volksmund sagt. Von hier aus ist es nicht weit bis Grünau, überlege ich, und irgendwo wird schon eine Straßenbahn fahren. Zu Fuß mache ich mich auf den Weg. Nach etwa einem Kilometer sehe ich Leute an einer Haltestelle stehen. Ich frage nach der nächsten Bahn Richtung Grünau. „Ist grade weg", sagt ein Herr mit Baskenmütze. „In zwanzig Minuten kommt die nächste." Mir fällt ein Stein vom Herzen. Vier Haltestellen weiter steige ich aus. Ein Glück! Mein Trabi steht noch immer an der gleichen Stelle. Inzwischen geht es auf 22 Uhr zu. Es wird Zeit, denke ich. Morgen um vier Uhr klingelt der Wecker. Dann muss ich auf Tagschicht. Ich beschließe, meinen Trip nach Leipzig vorerst niemandem zu erzählen. Am Ende kostet es mich meine Stelle als Schichtarbeiter. Mir fällt der Satz meines Chefs wieder ein. Sollte der am Ende doch recht haben, frage ich mich. Hatte er. Zwar blieb die Revolution, so wie sie erwartet wurde, aus. Aber sie kam. Ohne Gewalt. Ihre Waffen waren leuchtende Kerzen und der Mut der Menschen, die begannen, sich die Freiheiten herauszunehmen, die man ihnen vorenthalten hatte. Das aus dem maroden Leunawerk nach und nach ein leistungsstarker „Chemiepark" wurde, hat mein Chef leider nicht mehr erlebt.

15. Krebs

Menschen sterben. Das ist die Wahrheit. Daran kommt man nicht vorbei. Als mich der Krebs fest in seinen Pranken hält, macht mich diese Wahrheit manchmal fertig. In meinem Leben habe ich gelernt, Probleme zu lösen und Hindernisse zu überwinden. Beim Krebs helfen mir diese Erfahrungen nicht.

Ich begreife allmählich: Auch starke Menschen bekommen Krebs, und oft sterben sie daran. Sehr oft. Ich weiß nicht, warum ich diese Krankheit habe. Aber ich weiß, dass sie aus mir einen anderen Menschen macht. Vielleicht ist der Krebs das Beste, was mir passieren kann, denke ich.

Die Innenansicht eines Krankenhauses kenne ich mit meinen erst 53 Jahren nur als Besucher. Nun muss ich erstmals als Patient ins Krankenhaus. Wegen starker Rückenschmerzen. Angst beschleicht mich, und ich fühle mich so hilflos. Einfache Dinge werden plötzlich wichtig. Wie zu wissen, wo die Toiletten sind und wo man seine Bekleidung unterbringt. Während ich noch darüber grübele, packt meine Frau kurzerhand die Sachen in einen freien Schrank. Ein Arzt kommt, und wir nehmen Abschied. Es kostet uns viel Kraft, die Gefühle zu unterdrücken.

Die erste Nacht im Krankenhaus! Im Bett gegenüber liegt ein schwerkranker Mann. Der schnarcht entsetzlich, und ich kann nicht einschlafen. Irgendwann, spät in der Nacht, besiegt meine Müdigkeit das Schnarchen.

Am nächsten Morgen, nach dem Frühstück, ist Visite. Vier Ärzte und drei Schwestern, einem weißen Kometenschweif ähnlich, rauschen ins Zimmer. Die Chefin wackelt ständig mit dem Kopf. Das sieht putzig aus. Sie fragen mich nach meinen Symptomen und meinem Befinden. Ihre Gesichter werden nachdenklich. Leise Beratung. Sie scheinen ratlos. Dann, alles Gute, Herr Buschendorf, kurzes Händeschütteln, und der Kometenschweif rauscht wieder aus dem Zimmer. Hier werde ich länger verweilen müssen, mutmaße ich, will mich aber nicht hängen lassen. Das heißt: Bewegung, sooft es geht.

Nach dem Mittagessen zerplatzt dieser Vorsatz wie eine Seifenblase. Eine Schwester kommt mit einem Infusionsständer. Daran hängt eine große Flasche mit Kochsalzlösung. Meine Nieren müssten gespült werden, erklärt sie. Also zurück ins Bett. Da liege ich nun mit ausgestecktem Arm und beobachte, wie die Flüssigkeit in meinen Körper tropft. Mir ist elend zumute. Ich versuche mir zusammenzureimen, warum ich hier auf dieser Station liege. Ob ich eine neue Niere brauche? Am nächsten Morgen ist wieder Visite. Wieder mit der Ärztin mit dem Wackelkopf. Sie sprechen leise über mich. Wortfetzen dringen an mein Ohr. Ich verstehe nur so viel, dass sie immer noch nicht wissen, was die Ursache für meine Rückenschmerzen ist. Ob sie denn schon wüssten, was es sein könnte, frage ich. Nein, sagt einer. Es müssten erst noch eine Reihe von Untersuchungen mit mir gemacht werden. Vielleicht morgen. Und nun? Die Angst wird zu meinem ständigen Begleiter. So vergeht auch dieser Tag.

Die nächsten Tage bekomme ich eine Infusion nach der anderen. Ist eine Flasche leer, wird gleich eine neue angeschlossen. Dazu muss ich immer wieder trinken, trinken und nochmals trinken. Die getrunkene Menge wird protokolliert.

Die Zeit vergeht. Tag für Tag dasselbe Spiel. Infusion, Untersuchung und wieder Infusion und wieder Untersuchung. Nach jeder Untersuchung das Gleiche. Nichts! Da ist nichts! Nichts Negatives. Jedes Mal bin ich erleichtert. Ich gewinne den Eindruck, die Ärzte suchen nach etwas Bestimmtem, können es aber nicht finden. Mein Aufenthalt in der Klinik dauert länger, als erwartet.

Die nächste Untersuchung. Der Chefarzt kommt persönlich, schüttelt mit dem Kopf und hebt ratlos die Schultern. Wieder nichts. Mir fällt eine Zentnerlast vom Herzen. Was ist nur mit mir los, grübele ich. Was ist das für eine Scheißkrankheit, und warum finden die nichts? Das Auf und Ab der Gefühle hinterlässt Wirkung. Ich spüre Angst in mir aufsteigen. Meine Augen werden feucht, und Tränen laufen über mein Gesicht. Heimweh macht sich jetzt breit. Am nächsten Morgen zur Visite kochen meine Emotionen über. Eine Ärztin setzt sich zu mir auf die Bettkante, schaut mich an und fragt nach meinem Befinden. Es gehe mir gut, sage ich mit erstickter Stimme und versuche zu lächeln. Sie nickt verständnisvoll und schaut mich fest an. Da bricht es aus mir heraus. Meine Tränen kann ich jetzt nicht mehr zurückhalten. Ich will nach Hause, flehe ich sie an. Sie wartet geduldig, bis ich mich beruhigt habe. Sie wisse noch nicht, was für eine Krankheit ich habe, sagt sie dann, aber ich sei ein schwerkranker Mann. Nun ist es raus!

Ich bin ein schwerkranker Mann. Was immer das heißen mag. Hoffentlich kein Krebs, schießt es mir durch den Kopf. Noch hat niemand das Wort ausgesprochen. Und wenn es doch so ist? Nein! Ich wehre mich gegen diesen Gedanken. Angsterfüllt und doch voller heimlicher Hoffnung sinke ich in mein Kissen.

Der nächste Morgen bringt dann Gewissheit. Zur Visite nimmt sich die Ärztin besonders viel Zeit für mich. Sie erklärt mir geduldig, um welche Krankheit es sich handelt. Es wurde eine bösartige Erkrankung des Knochenmarkes bei mir festgestellt. Ein sogenanntes Plasmozytom. Das kleine Fünkchen Hoffnung von gestern ist in diesem Augenblick erloschen. Also doch Krebs. Klar, eine bösartige Erkrankung ist immer Krebs. Ich habe es geahnt.

Nach einer Pause der Besinnung erklärt sie mir, dass ich gute Chancen habe, wieder gesund zu werden. Ich solle jetzt den Mut nicht verlieren. Tränen rinnen über mein Gesicht. Die Ärztin, die noch immer auf der Bettkante sitzt, hält meine Hand. Ich könne es schaffen, beschwört sie mich. Ich könne wieder ganz gesund werden, weil ich in einer guten Verfassung sei. Kein Wort bringe ich über meine Lippen. Die Ärztin drückt noch einmal fest meine Hand und verlässt das Zimmer. Ich drehe mich auf die Seite und weine still vor mich hin. Meine Gedanken gehen ins Unendliche. Früher, so glaube ich, habe ich gewusst, was Angst ist. Bis man mir sagt, ich hätte Krebs. Nun habe ich richtige Angst. Nicht so wie Angst vor der kalten Dusche. Nein! Die Angst vor dem Endgültigen ist wirkliche Angst.

Wozu habe ich eigentlich jahrelang Sport getrieben? Wozu habe ich mich Kilometer um Kilometer beim Laufen gequält? Wozu das alles? Mein Selbstvertrauen ist erschüttert. Einmal einen ganzen Marathon laufen ist mein Ziel. Und jetzt? Aus der Traum. Ade Laufsport! Ade Marathon! Allmählich begreife ich, dass diese Krankheit keine Unterschiede kennt und warum die Menschen Angst vor Krebs haben. Krebs steht für langsames unausweichliches Sterben.

Nach dem Mittagessen kommt der Chefarzt. Unter seinem weißen Kittel trägt er ein schwarzes T-Shirt. Ein Symbol für meine Zukunft, denke ich. Er kommt gleich zur Sache. Aber nur Wortfetzen wie „nicht typisch" und „gute Chancen" bleiben in meinem Gedächtnis haften. Ich höre noch etwas von „Chemotherapie" und „am besten sofort beginnen", aber mehr nicht. Ich nicke geistesabwesend.

Ein neuer Tag. Von einem Tag auf den anderen haben sich die Dinge neu sortiert. Was vorher wichtig war, rückt in den Hintergrund. Alles ordnet sich in unbedeutend und lebensentscheidend. Worüber hast du dich eigentlich mal aufgeregt, frage ich mich. War ich mit meinem Leben bisher zufrieden? Sicher, ich hätte manches besser machen können. Eintönig war mein Leben nicht. Ich bin einige Jahre zur See gefahren und habe eine Revolution miterlebt. Aber das interessiert den Krebs nicht. Für mich steht jetzt fest: Ich will nur noch leben. Ich plane mein Leben und nicht meinen Tod.

Sobald ein krebskranker Mensch weiß, mit welcher Krankheit er sich für den Rest seines Lebens herumschlagen muss, wird er durchlässig. Tausend Fragen schwirren durch meinen Kopf. Was erwartet mich noch? Was muss ich tun, um dieses Elend zu überwinden? Vielleicht sollte ich versuchen, die Zeit anzuhalten. Weil ich aber nicht weiß, was mich erwartet und was zu tun ist, erübrigt sich auch das Anhalten der Zeit. Ich weiß nur eins. Mich erwartet ein gnadenloser Kampf. Unbarmherzig und hart. Gegen den Krebs und gegen mich selbst.

Die Waffe für diesen Kampf heißt Chemotherapie in einer Spezialklinik. Dort treffe ich andere Krebspatienten. Die erste Begegnung ist noch reserviert. Doch schon nach kurzer Zeit habe ich das Gefühl, irgendwie dazuzugehören. Es scheint mir, als riefen sie: Willkommen im Klub!

Der Kampf gegen den Krebs heißt in erster Linie warten. Warten, warten und nochmals warten. Das Warten zehrt an den Nerven. Endlich, der Chefarzt kommt wieder persönlich, um mir die Chemo zu verabreichen. Was soll da noch schiefgehen? Ärzte seien eigentlich staatlich geprüfte Folterknechte, meint der Chefarzt. Die dürfen ihre Patienten stechen, den Bauch aufschneiden oder, wie in meinem Fall, Gift verabreichen. Das sei alles legal, sagt der Typ. Aber immerhin ist er ein hervorragender Onkologe. Langsam beginnen die Medikamente, in meinen Körper zu tropfen. Endlich ging es dem Krebs an den Kragen.

Auf den ersten Blick sieht so eine Chemo nach nichts aus. Eine klare und eine rötliche Flüssigkeit in Plastikbeuteln. Darauf ein Etikett mit meinem Namen und Geburtsdatum und nicht zu übersehen ein Warnzeichen für „gefährliches Material". Nicht mit den Händen berühren! Und dieses Zeug bekomme ich Tropfen für Tropfen ins Blut.

In der ersten Runde der Chemo spüre ich nichts. Überhaupt nichts. Keine Übelkeit, kein Haarausfall. Nichts! Auch das Essen schmeckt noch.

Aber Krebskranke verändern sich. Krebskranke erlauben ihren Gedanken, für die sie sonst keine Zeit haben, einfach mal aufzusteigen. Die starren, alten Muster beginnen zu bröckeln. Krebskranke Menschen beginnen zu glauben. Nachts, in schlaflosen Stunden, befrage ich mich nach meiner Zukunft. Nach meiner Vergangenheit und auch nach meinem Glauben. Was ist Glaube, frage ich mich? Gebetet habe ich nie. Immer nur gehofft und gewünscht. Jetzt, wo ich hilflos ans Bett gefesselt bin, stellt sich mir die Frage nach dem Glauben an Gott. Gibt es ihn überhaupt? Wenn ja, was kann er? Hat Gott die Macht, uns Menschen mit Krankheit zu strafen, wenn wir ihm nicht genehm sind? Hat Gott die Macht, den Menschen zu helfen, wenn sie nur fest genug an ihn glauben? Und wenn nein?

Die Chemo bekommt allmählich überschaubare Konturen, und der Krankenhausbetrieb wird zur Gewohnheit. Aber noch ist der Kampf nicht beendet.

Die zweite und schwerste Schlacht beginnt. Die soll meinem Krebs endgültig den Garaus machen. In der Spezialklinik hat man sich dazu noch etwas anderes ausgedacht. Die Patienten sollen lernen, ihre eigenen Kräfte und Fähigkeiten im Kampf gegen den Krebs zu mobilisieren. Selbstheilung heißt das Zauberwort.

In der medizinischen Spezialklinik gibt es, völlig untypisch für andere Krankenhäuser, einen separaten Speiseraum. In einem, durch große Fenster lichtdurchfluteten Raum stehen Tische und Stühle. Etwas abseits ist eine Fernsehecke, mit Sesseln und Couch. Auch eine kleine Küche ist vorhanden. Wir sollen uns wie zu Hause fühlen.

Frühstückszeit. Fast alle Patienten, bis auf die bettlägerigen, haben sich im Speiseraum eingefunden. Jeder, der nur irgendwie laufen kann, geht in den Speiseraum. Männer und Frauen, alle mit kahlem Schädel. Einige kommen mit finsterem Blick angeschlurft. Andere kommen mit forschem Schritt und sind froh gelaunt. Manche bringen ihren Infusionsständer mit. Das ist eine Herausforderung. Da gibt es jedes Mal ein großes Durcheinander. „Darf ich mal vorbei?", fragt einer. „Dankeschön!" Man ist höflich zueinander und hilft sich gegenseitig. „Stecken Sie doch bitte mal meinen Stecker in die Steckdose." „Du, Kumpel, können wir nicht mal die Plätze tauschen?" „Aber gerne doch." „Vorsicht, dein Schlauch bekommt sonst einen Knick." Endlich sitzen alle am Frühstückstisch. Aber ach, der Kaffee fehlt noch. „Reichen Sie mir bitte mal die Kaffeekanne rüber", bitte ich meinen Tischnachbarn. „Jawoll, kommt sofort", antwortet der. „Bitteschön, der Herr." Endlich kann es losgehen.

„Wer kommt denn heute zur Visite?", fragt einer am Nachbartisch. „Das Mäuschen", ruft einer und alles lacht. „Ich bekomme nachher gleich eine Infusion", berichtet ein anderer. Ringsum wird erzählt und gebabbelt und manchmal auch gelacht. „Bringst du mir bitte noch ein Brötchen mit", ruft einer laut. „Wenn du so weiter so viel isst, wirst du hier noch dick und rund", bekommt er zur Antwort. Hilflosigkeit wird hier mit Witz und Humor überspielt. Auch das hat seinen Sinn. Hier wird mir das ganze Elend meiner Krankheit vor Augen geführt. Hier treffen sich Gleiche mit Gleichen. Kranke mit

Kranken. Unterschiede gibt es nicht. Nur, jeder Patient hat seinen eigenen Krebs. Und irgendwann begreife auch ich, dass Teamgeist die Therapie ist, die hier zusätzlich verabreicht wird.

Dann wird es ernst. Ich bekomme die erste von zwei hoch dosierten Chemos. Wieder tropfte ein Medikament in meine Vene. Es nennt sich Melphalan und ist in Wirklichkeit ein tödliches Gift. Die Weiterentwicklung eines Giftes, das im Ersten Weltkrieg Bestandteil von Giftgas war. Ein Gift – erfunden, um Menschen zu töten. Neunzig Jahre später werden krebskranke Menschen damit geheilt. Das Gift soll meine bösartigen Zellen im Blut vernichten. Leider tut es das auch mit den gesunden. Deshalb muss zwei Tage später zwingend eine Stammzelltransplantation vorgenommen werden.

Wieder ist warten angesagt. Warten auf die Wirkung der Medikamente. Aber diese zeigt sich diesmal schnell. Zuerst leiden die Geschmacks- und Geruchsnerven. Ich habe ständig das Gefühl: Ich bin satt! Es geht nichts mehr rein! Trotzdem muss ich essen, was gar nicht so einfach ist.

Zwei Tage später ist der Tag der Transplantation. Alles muss sehr schnell gehen. Innerhalb von dreißig Minuten müssen die Stammzellen in der Blutbahn sein. Mit einer überdimensionalen Spritze werden sie in die Vene gepresst. Der hohe Druck ließ meinen Oberkörper wie ein Stehaufmännchen immer wieder nach oben schnellen. Schweiß läuft mir aus allen Poren. Während ein Arzt die Stammzellen in die Vene presst, halten die Schwestern mich mit aller Kraft fest. Nach endlos erscheinenden viermal fünf Minuten ist alles vorbei.

Wieder heißt es warten. Die frischen Stammzellen müssen sich ihren Platz in meinem Körper suchen und anwachsen. Das dauert, und ich bin nah daran zu verzweifeln. Die Therapie ist nicht nur eine Belastung des Körpers, sondern auch eine ungeheuer schwere Belastung der Psyche. Ich werde apathisch. Jeglicher Antrieb, etwas zu unternehmen, geht verloren. Selbstmotivation – Fehlanzeige! Ich fühle mich dem Tod nahe. Spätestens jetzt wird mir klar, die Chemo leistet ganze Arbeit. Sie zieht mich nach unten. Ins scheinbar Bodenlose.

Apathisch liege ich im Bett und grübele vor mich hin. Hoffentlich kann ich bald nach Hause, denke ich immerzu. Schneller, macht doch schneller, rufe ich insgeheim den neuen Stammzellen zu. Als ob sie damit schneller wachsen würden.

Auf dem Flur steht ein Fahrradergometer. Irgendwie raffe ich mich auf. Die Knie sind weich wie Butter. Aber mit dem Mut der Verzweiflung gelingt es mir, mich auf das Gerät zu schwingen, um ein paar Kilometer zu strampeln. Bereits nach den ersten Umdrehungen beginnt mein Herz, heftig zu schlagen. Der Puls steigt von Umdrehung zu Umdrehung. Schweiß rinnt den Rücken herunter. Nach zehn Minuten bin ich geschafft. Schweißgebadet steige ich runter und schlurfe zurück zu meinem Bett. Lebe ich noch, frage ich mich. Ist der Kelch noch einmal vorübergegangen? Ja, und ich spüre – da ist noch Glut unter der Asche. Von Tag zu Tag wird es jetzt besser. Wer heilt, hat recht, sagen Ärzte. Das ist deren Erkenntnis. Meine Erkenntnis ist: Ich kann selbst einen nützlichen Beitrag zu meiner Heilung leisten. Ich kann zeigen, wozu Menschen fähig sind, und sie dazu zu bringen, über ihre Möglichkeiten und Grenzen nachzudenken. Sie zu überzeugen, dass das, was wie eine unüberwindliche Mauer aussieht, in Wirklichkeit nur ein Hindernis in ihrem Kopf ist. Nach zweimal drei Wochen ist die Chemo überstanden und der Krebs erst einmal besiegt. Jetzt muss ich überlegen, was als Nächstes tun ist.

Teil II
Reportagen und Geschichten

1. Dem Himmel ein Stück näher

Der Brocken. Berg der Deutschen wird er auch genannt. Viele Jahre war er gesperrt. Sperrzone. Unzugänglich für Wanderer und Naturfreunde. Seit über zwanzig Jahren ist er wieder zugänglich. Seine Anziehungskraft hat er nicht verloren. Man kann wieder auf den Gipfel wandern. Für die Müßiggänger fährt die Brockenbahn. Das ganze Jahr über machen sich Wanderer auf den Weg zum Gipfel, ergießen sich Scharen von Menschen aus den vollen Waggons, die die Lok schnaufend den Berg hochgezogen hat. Es ist ein ständiges Kommen und Gehen. Viele sind getrieben von dem Wunsch, einmal im Leben auf dem Brocken gewesen zu sein. Egal bei welchem Wetter. Für mich und meine Frau war das nicht der Grund, dem Berg der Deutschen unsere Aufwartung zu machen. Wir führten anderes im Schilde.

Wie jedes Jahr stellen wir uns die Frage: „Wo feiern wir diesmal den Jahreswechsel?" Zugegeben keine schwere Frage, bei dem Angebot von Silvesterfeiern aller Orten. Je nach Schwere des Geldbeutels kann man wählen zwischen First-Class-Hotel oder Dorfkrug, zwischen luxuriöser oder bescheidener Feier, zwischen Sekt oder Selters.

Wir wollen aber weder das eine noch das andere. Wir wollen das Besondere. Das Einmalige. Zu Neudeutsch den „ultimativen Kick". Und ich habe es gefunden. „Silvesterwanderung auf den Brocken", lese ich im Onlineangebot eines Wandervereins aus dem Harz. „Das ist es!", sage ich zu meiner Frau, „Jahreswechsel auf dem Brocken." Meine Frau ist ebenfalls begeistert. Ein paar Mausklicks, zwei Telefonate und schon ist das Abenteuer Silvester gebucht.

Einen Tag vor Silvester geht es los. Die Koffer sind gepackt und das Auto für die Fahrt in den Winter vorbereitet. Für den äußersten Notfall haben wir sicherheitshalber den feinen Zwirn eingepackt. Man kann ja nicht wissen.

Und so genau wissen wir auch nicht, worauf wir uns eingelassen haben. Dass dieses Abenteuer bereits bei der Reise zum Hotel beginnt, ahnen wir da noch nicht. Wir haben schon die Hälfte der Strecke hinter uns gebracht und sind am Fuß des Harzes angekommen. In der Nacht hatte es ausgiebig geschneit. Soweit das Auge reicht, ist alles weiß. Die Bäume ächzen unter der Schneelast. Das Fahren auf der verschneiten Straße erfordert alle meine Fahrkünste. Fast ständig geht es bergauf. Der aufgewühlte Neuschnee bringt unser Auto das eine oder andere Mal ins Schlingern. Die engen Kurven tragen ihr Übriges dazu bei. Bloß nicht stehen bleiben, bloß nicht anhalten müssen, denke ich immerzu. Nur fahren, fahren, fahren. Schweiß rinnt mir den Rücken herunter. Vollkommen geschafft, erreichen wir heil unser Ziel.

Der Silvestertag verging wie im Flug. Es ist bereits dunkel, als wir uns auf den Weg zum vereinbarten Treffpunkt machen. Hier und da zischen Raketen in den Himmel, krachen Böller und wird Feuerwerk entzündet. Die Menschen sind bereits in Feierlaune. Einzeln oder in Grüppchen gehen sie, festlich gekleidet, zu ihrer Silvesterfeier. Wir, die Brockenwanderer, treffen uns, winter- und wandergerecht gekleidet, vor unserem Hotel. Die beiden Wanderführer, Fritz und Harry, sind schon da. Nach und nach treffen immer mehr Mitstreiter ein. Als wir starten, zählen Fritz und Harry fast fünfzig Leute. Eine bunte

Schar hat sich eingefunden. Eltern mit ihren Kindern, ältere Ehepaare und eine Gruppe Jugendlicher. Manch einer hat seinen Hund mitgebracht.

Die letzte Etappe, um dem Himmel ein Stück näher zu kommen, hat begonnen. Vom Torfhaus aus, also auf dem Weg, den Goethe einst entlanggewandert sein soll, machen wir uns auf den Weg. Mehr als sieben Kilometer soll die Strecke lang sein, versichern uns Fritz und Harry. Der Weg ist bestens präpariert, obwohl mehr als fünfzig Zentimeter Schnee liegen. Unsere Stirnlampen, die wir gelegentlich beim Abendtraining nutzen, spenden helles Licht, damit wir nicht fehltreten. Fritz, groß und breitschultrig, mit schneeweißen Haaren, geht voran, während der schmale, aber sportlich wirkende Harry am Schluss der Gruppe aufpasst, dass keiner zurückbleibt.

Der Weg zum Gipfel ist nicht steil. Das wäre auch nicht gut. Schon manch einer hat auf halbem Weg schlappgemacht, erzählt Fritz. Nein, es geht sanft, aber stetig bergauf. Auf dem festgetretenen Schnee lässt es sich gut laufen. Trotzdem ist es anstrengend. Uns erfahrenen Marathonläufern wird es zunehmend wärmer.

Zwei Stunden sind wir inzwischen unterwegs. Bis zum Jahreswechsel verbleiben uns noch reichlich neunzig Minuten. Noch eine knappe Wegstunde ist es bis zum Ziel, erklärt Fritz und lässt Rast machen. Wir haben Zeit, einen Schluck warmen Tee zu uns zu nehmen. Viele aus unserer Wandergruppe tun es uns gleich. Aber das ist nicht der wahre Grund der Pause. „An dieser Stelle, an der wir jetzt stehen", erklärt uns Fritz, „verlief einst die innerdeutsche Grenze." Obwohl es dunkel ist, erkennen wir eine Schneise zwischen den Bäumen. Fritz deutet mit seinen Armen in die Richtung, in der die Grenze damals verlief. Alle hören gespannt zu, was er darüber zu berichten weiß. Nach zehn Minuten geht es weiter. Immer wieder kommen uns Wanderer entgegen. Ich überlege, wo die wohl den Jahreswechsel begehen. Bis an ihr Ziel werden sie es in der verbleibenden Zeit nicht mehr schaffen.

Wir überqueren die Gleise der Brockenbahn. Die Bahn, die sonst täglich Hunderte von Ausflüglern auf den Gipfel transportiert, hat heute Ruhepause. Hier beginnt der letzte Kilometer. Der hat es aber in sich. Es geht steil bergan. Und – dieser Abschnitt, der jetzt eine Straße ist, ist eisglatt. Nur mühsam kommen wir voran und müssen uns gegenseitig festhalten. Nach drei Stunden anstrengender Wanderung sind wir am Ziel. Wir sind oben. Doch die Sicht hat sich verändert. Kaum einhundert Meter weit können wir sehen. Der Gipfel des deutschesten aller Berge hat sich in Wolken gehüllt. Von wegen Blick ins Tal. Von aufsteigenden Silvesterraketen ist nichts zu sehen. „Viele Steine, müde Beine, Aussicht keine", soll Heinrich Heine geschrieben haben. Zumindest Letzteres trifft heute zu. Damit mussten wir rechnen. Dennoch ist es schön. Erstmals in meinem Leben habe ich einen so hohen Berg erklommen. Ich habe das Gefühl, dem Himmel ein Stück näher gekommen zu sein, was aber nicht heißen soll, dass ich schon in diesen aufsteigen will. Der Himmel kann warten. Wenn möglich, noch lange.

Dreißig Minuten fehlen bis zum Jahreswechsel. Nicht wenige Menschen haben sich hier oben eingefunden. Im Brockenhaus gibt es eine Gaststätte. Das heißt, Gaststätte ist übertrieben, denn der große Raum erinnert mich eher an eine Kantine oder an einen Wartesaal, wie es ihn früher auf den Bahnhöfen gab. Die meisten Plätze sind besetzt. Ich muss nun doch staunen, wie viele Menschen hier oben den Jahreswechsel feiern wollen. Aus unsichtbaren Lautsprechern klingt Musik, und alle sind in Feierstimmung. Mit Mühe kann ich noch zwei freie Plätze an einem der langen Tische ergattern. Zehn bis zwölf Personen sitzen jeweils an einer Seite. Obwohl sich fast alle fremd sind, haben wir doch alle etwas gemeinsam. Wir sind Brockenwanderer. Selbstbedienung ist angesagt. Wir entscheiden uns für einen Teller heiße Soljanka. Die tut uns nach dem langen Marsch gut. Dazu noch zwei Fläschchen Sekt zum Anstoßen. Wir kommen mit den Leuten ins Gespräch. Einer erzählt uns, dass er schon seit drei Stunden hier oben ist. Sein nicht mehr ganz so volles Haar ist ergraut und zu einem Pferdeschwanz zusammengebunden. Dazu trägt er einen Bart, auf den sogar Rumpelstilzchen neidisch wäre. Ein Ehepaar sitzt uns gegenüber. „Wir wollten mal was anderes erleben", sagt die Frau. „Mein Mann war nicht so dafür, aber letztendlich konnte ich ihn überreden. Stimmt's, mein Schatz?" Der Mann nickt abwesend. Der Lärm wird immer lauter, die Stimmung erreicht den Höhepunkt. „Fünf, vier, drei, zwei, eins", rufen alle im Chor. Ehe wir uns versehen, ist das alte Jahr Vergangenheit. „Prosit Neujahr!", tönt es rings um uns herum. Alle erheben sich von ihren Plätzen und schwenken ihre Gläser oder Flaschen. Flugs öffnen wir unsere Minisektflaschen und stoßen damit an. „Auf ein gutes neues Jahr", sage ich zu meiner Frau und beuge mich weit über den Tisch. „Auch dir alles Gute", antwortet sie. Und schon sind wir im neuen Jahr. Ein Glücksgefühl macht sich breit. Für Wehmut ist im Moment kein Platz in meinem Kopf. Wohin man auch sieht, überall sind frohe und fröhliche Menschen. Überall wird angestoßen, wird „Prost Neujahr" gerufen, und überall liegt man sich in den Armen. Egal, ob man sich kennt oder nicht. Wir fühlen, jetzt gehören wir dazu. Zur großen Familie der Brockenbesteiger.

Der Rest ist schnell erzählt. Pünktlich zur vereinbarten Zeit sind Fritz und Harry zur Stelle. Auch alle anderen finden sich pünktlich ein. Dann geht es wieder talwärts. Wir kommen zügig voran. Kein Wunder, wenn es nur bergab geht. Was mich jedoch in Erstaunen versetzt, ist, dass uns immer wieder Wanderer entgegenkommen. Wo haben die ihren Jahreswechsel verbracht, frage ich mich. Etwa während des Anstieges? Weiß der Geier, was in den Köpfen der Menschen vorgeht. Nur zwei Stunden dauert der Abstieg. Langsam macht sich Müdigkeit breit. Es geht auf drei Uhr zu, als wir wieder in unserem Hotel ankommen. In der Bar sitzen noch ein paar Unentwegte. Die Musiker haben längst ihre Instrumente eingepackt. Das Personal räumt die Tische leer. In einem Anflug von Übermut steuere ich auf einen der Kellner zu: „Entschuldigen Sie bitte, können wir noch auf die Schnelle ein Glas Wein bekommen? Wir kommen gerade vom Brocken, und ein Absacker würde uns guttun", sage ich zu ihm. Er schaut uns an, lächelt und sagt: „Klar! Was soll es denn sein?" „Ein guter Rotwein würde uns die nötige Bettschwere verleihen", erkläre ich. Der Kellner schaut in die Runde. Dann steuert er zielbewusst auf einen der vielen Tische los und kommt mit einer halb vollen Flasche wieder. „Reicht Ihnen das, mein Herr", sagt er und zeigt uns die Flasche. Ohne unsere Antwort abzuwarten, stellt er die Flasche auf einen Tisch, auf dem noch saubere Gläser stehen, und schenkt uns in gekonnter Manier ein. „Wohl bekomm's den Herrschaften!", wünscht er uns mit einer leichten Verbeugung. Wir danken und lächeln zurück. „Übrigens, der Wein ist schon bezahlt", sagt er mit einem Augenzwinkern, und schon ist er hinter der Pendeltür zur Küche verschwunden.

Nach einem tiefen und traumlosen Schlaf ist für uns, es ist bereits zehn Uhr, das Abenteuer Brocken beendet.

2. Das Ergebnis eines menschlichen Bedürfnisses

Seit den frühen Morgenstunden bin ich mit meinem Auto unterwegs. Jetzt ist es bereits später Nachmittag, und ich befinde mich auf der Heimreise von einem Geschäftstermin. Gut dreihundertfünfzig Kilometer bin gefahren. Einhundert liegen noch vor mir. Das ist im Allgemeinen nichts Besonderes, wenn, ja wenn mich da nicht ein kleines menschliches Bedürfnis quälen würde. An der nächstbesten Raststätte will ich, ja muss ich unbedingt halten. Glücklicherweise finde ich auch gleich einen Parkplatz. Aber oje! Wegen dringender Reparaturarbeiten ist die Benutzung dieser Örtlichkeit nicht möglich. An der Tür hängt noch ein freundlicher Hinweis auf die nächste Gelegenheit, die aber liegt nicht auf meiner Route.

Was bleibt mir weiter übrig, als Zähne zusammenbeißen und auf den Zufall hoffen. Der lässt nicht lange auf sich warten. Die Straße führt durch einen kleinen Wald und, Gott sei gelobt, rechts neben der Straße eine Parkmöglichkeit. Im letzten Moment erkenne ich sie. Vollbremsung und rechts heran sind eins. Ein Glück, dass niemand hinter mir fährt. Ein schmaler Weg führt in den Wald. Schnellen Schrittes eile ich den Weg entlang, um ein paar Meter von der Straße wegzukommen. Suchend schaue ich mich um. Gerade steuere ich auf einen Baum zu, der mir für mein Vorhaben groß genug erscheint, als ich etwas rascheln höre. Mein Schritt wird jäh unterbrochen. Ich stehe und lausche in die Richtung, aus der ich das Rascheln vernommen habe. War da was? Wildschweine etwa? Gerade will ich weitergehen, als ein klägliches Winseln an mein Ohr dringt. Schlagartig ist mein Bedürfnis weg. Kam das Geräusch nicht von links aus dem Holunderbusch? Tatsächlich wieder ist das Winseln zu hören. Diesmal etwas lauter. Ich nähere mich vorsichtig dem Busch, drücke mit einer Hand ein paar Zweige zur Seite und sehe ihn. Schwarzbraunes Fell, schwanzwedelnd und leuchtende Knopfaugen. Ein kleiner Hund! Mehr einem Dackel als einer Dogge ähnelnd, aber keines von beiden. Mit einem Lederband ist er an einem starken Ast festgebunden. Als er mich sieht, wedelt er noch freudiger mit seinem Schwanz. Fortwährend versucht er, sich loszureißen.

Ich erinnere mich, dass an der Straße kein anderes Auto gestanden hatte, und es ist auch kein Mensch weit und breit zu sehen. „Dich hat man ausgesetzt," sage ich zu mir. „Dich wollte man entsorgen." Was müssen das für Menschen sein?, denke ich und schüttele missbilligend meinen Kopf. Der Hund ist ganz still geworden und sieht mich mit traurigen, aber erwartungsvollen Augen an. Mein Blutdruck steigt spürbar. Ich schiebe die Äste beiseite und krieche noch tiefer unter den Busch. Mit einer Hand versuche ich, den Knoten vom Ast zu lösen. Der sitzt aber fest, und allmählich komme ich ins Schwitzen. Mein Gott, den Besitzer müsste man auch mal so an die Leine legen und nachts im Wald aussetzen. Da hilft nur noch ein scharfer Schnitt mit dem Messer, geht es mir durch den Kopf. Also sprinte ich zurück zum Auto, wo ich für Not-fälle ein altes Messer aus Großmutters Besteckkasten habe. Wütendes Bellen verfolgt mich. Aber nach knapp einer Minute bin ich zurück. Zum Zerschneiden der Leine benötige ich jedoch fast zehn Minuten. Großmutters Messer ist auch nicht mehr das, was es früher einmal war. Der Hund sieht mir unge-duldig zu. Endlich habe ich es geschafft. Endlich ist für ihn der erlösende Augenblick gekommen. Kaum hat er seine Freiheit, flitzt er freudig bellend zur Straße. Jetzt erinnere ich mich wie-der, weshalb ich eigentlich hier gehalten habe. Auch ich wollte Erlösung. Als ich erleichtert zum Auto zurückkomme, sehe ich, ich hatte eine der Türen einen Spalt offengelassen, meinen Freund erwartungsvoll auf dem Beifahrersitz liegen. Seitdem ist „Bello" mein ständiger Begleiter.

3. Der Nächste bitte!

„Der Nächste bitte!", ertönt ein freundlich auffordernder Ruf aus dem Sprechzimmer. Ein Mann, Mitte sechzig mag er sein, erhebt sich schwerfällig von seinem Stuhl und schleicht in die Richtung, aus der der Ruf kam. Das Wartezimmer der kleinen Arztpraxis ist seit dem frühen Morgen gut gefüllt. Nur wenige Plätze sind noch frei, und die Schlange der Patienten, die Schwestern nennen es boshaft Bananenschlange, wird nicht kürzer. Die ganze Stadt scheint sich heute hier zu treffen.

Kenner der Szene wissen – es ist Quartalsanfang. Für viele ist das der übliche Routinebesuch bei ihrem Onkel Doktor. Diesem Ansturm müssen die beiden Schwestern heute als Erstes standhalten. Einige kommen zur Blutuntersuchung, andere benötigen eine Überweisung und wieder andere wollen nur ein neues Rezept haben, weil ihr Vorrat an Pillen oder Tropfen zur Neige gegangen ist. Der klägliche Rest ist wirklich krank und will zum Doktor.

„Schwester, ich benötige ein neues Rezept für meine rosa Pillen", sagt eine ältere Dame freundlich lächelnd. „Ja, Frau Willomeit", nickt die Schwester. „Welche? Wie heißen die?"

„Das weiß ich nicht. Na, Sie wissen schon, diese kleinen rosa Kügelchen." Die Schwester schaut angestrengt auf ihren Bildschirm. Aber auch dort kann sie die kleinen rosa Kügelchen nicht finden. Die Patienten in der Schlange beginnen leise zu murren, und die Schwester ist dem Verzweifeln nahe. „Aber Sie müssen doch wissen, was Sie für Pillen einnehmen!" Nach scheinbar unendlich langer Zeit hat die Schwester endlich das Gewünschte gefunden. „Hier!" Ihre Augen leuchten. „Die heißen Rododental, Frau Willomeit. Sie müssen sich das aber mal merken." Die alte Dame nickt beflissen. Auf ihren Stock gestützt, tippelt sie glücklich mit ihrem Rezept in der Hand aus der Praxis. Der Nächste bitte!

Während die eine Schwester weiter die Wünsche der geduldig wartenden Ungeduldigen entgegennimmt, verteilt die andere den Patientenstrom. „Herr Meier, bitte ins Labor und Frau Lehmann, bitte in Kabine eins!", ruft sie in Richtung Warteraum. „Herr Schulze kann schon mal in Sprechzimmer zwei Platz nehmen!" So geht es in einer Tour. Und dabei immer lächeln.

Im Warteraum verkürzen einige der Wartenden ihre Zeit mit dem Lesen von bunten Zeitschriften. Andere starren, ganz in Gedanken mit sich und ihrer Krankheit, einfach nur geradeaus. Werde ich den heutigen Tag noch überleben? Was wird der Doktor wohl mit mir machen? Quälende Fragen. Ungeniert erzählt einer seinem Nachbarn von seiner kürzlich erfolgten OP. In allen Details. Ich sitze daneben und habe keine Chance wegzuhören. Danach weiß ich, um wie viel Zentimeter sein Darm kürzer geworden ist und dass alles wieder ganz normal funktioniert. Auch hinten heraus. Ein lautes „Hatschi" ertönt von meinem Gegenüber. Geräuschvoll trompetet er in sein Taschentuch. Ein anderer beginnt lautstark zu husten. Es ist Grippewetter. Schützend hält er sich die Hand vor den Mund. Die rechte. Mit der wird er nachher dem Doktor Guten Tag sagen. Es lebe die Gesundheit. Der Nächste bitte.

Mein Nachbar schaut ungeduldig auf seine Uhr. „Ich war mit einer der Ersten heute früh", raunt er mir zu, als er meinen fragenden Blick bemerkt. „Nun sitze ich hier schon eine geschlagene Stunde." Ich versuche es mit einem Scherz. „Es heißt doch nicht umsonst Warteraum", raune ich zurück. Statt einer Antwort lächelt er gequält. Weiß der Geier, wie lange der schon hier sitzt, denke ich und gebe mich wieder meinen Gedanken hin.

... früher war das auch schon so, erinnere ich mich. Auch da hieß es zuallererst warten, warten und nochmals warten. Beim alten Doktor Bertelsmann, das war unser Hausarzt, habe ich mit meiner Mutter manchmal unendliche Zeit im Wartezimmer verbracht. Die Holzdielen knarrten bei jedem Schritt, und im Treppenhaus roch es nach Bohnerwachs. Irgendwann ging dann die Tür auf, und er bat die nächsten Patienten herein. „So, die Nächsten bitte!" Immer gleich drei oder vier auf einmal. „Sie mit dem Kind bitte auch", rief er manchmal und deutete auf meine Mutter. Als ich mal mit Ziegenpeter im Bett lag, rief meine Mutter den Doktor an und bat ihn doch zu kommen. Obwohl es mir nicht gerade gut ging, dauerte es eine halbe Ewigkeit, bis ich endlich den alten F8 vom Doktor vorfahren hörte. Dieses stets blank geputzte Vehikel war mindestens genauso alt wie er selbst. Wann immer er damit irgendwo vorfuhr, steckten die Nachbarn ihre Köpfe zum Fenster heraus, um zu sehen, zu wem der Doktor denn heute gekommen war.

... schnell vergeht die Zeit, und schon wieder ist eine Stunde verstrichen. Es geht bereits auf elf Uhr zu. Mein Stuhlnachbar wurde längst aufgerufen. Seinen Platz hat eine junge Patientin eingenommen. Inzwischen hat sich wieder eine Patientenschlange am Empfang gebildet. Fast schlagartig sind sie gekommen. Als wäre gerade ein Bus mit Patienten vorgefahren. Viele Jugendliche sind dabei. „Da können Sie die Uhr nach stellen", erzählt mir später eine der Schwestern frustriert. „Das sind alles Unbestellte. Die kommen immer um dieselbe Zeit. Früh kommen sie nicht aus dem Bett, und dann wundern sie sich, weil sie so lange warten müssen." „Und wir haben eine Stunde später Feierabend", ergänzt die andere. Der Nächste bitte! Endlich werde ich aufgerufen. „Herr Buschendorf, Sie bitte!", ruft die Schwester. Ich erschrecke, denn mit meinen Gedanken war ich noch bei der jungen Frau neben mir. Rote Lippen, schwarzes Haar – Spaghettifrisur – und ein blasses Gesicht. Die Beine, die in viel zu engen Hosen stecken, hat sie übereinandergeschlagen und ist in ein Jugendmagazin vertieft. Nervös wippt sie mit der Fußspitze auf und ab. Fehlt nur noch ein weißes Kleid, und Schneewittchen ist perfekt. Krank sein sieht anders aus, denke ich mir.

Schwerfällig erhebe ich mich. Im rechten Knie zwickt es. Das ist zwar nicht gerade ein Grund, den Arzt aufzusuchen, aber ich will es einmal begutachten lassen. Nun schmerzt auch noch der Rücken von wegen des langen Sitzens. Mit gebeugtem Rücken begebe ich mich ins Sprechzimmer ...

Dr. Ute streicht sich mit ihren Händen übers Gesicht. Mann, ist das ein Tag heute. Aber das kenne ich ja nun zur Genüge. Solange wie ich hier praktiziere, sind es von Jahr zu Jahr immer mehr Patienten geworden. Auch heute ist der Warteraum wieder voll. Wird bestimmt wieder ein langer Tag heute, und Hausbesuche muss ich auch noch machen. Na ja, gleich Mittag! Erst mal zurücklehnen und einen Schluck Wasser trinken, bevor der nächste Patient kommt. Dabei fing der Tag ganz normal an. Wie schon so oft war auch heute wieder das Hermännchen der erste Patient. Eigentlich heißt er ja

Hermann, aber wegen seiner kleinen Statur nennen wir ihn heimlich das Hermännchen. Geistig hinkt Hermännchen etwas hinterher, aber sonst ist er ein verträglicher Zeitgenosse. Der fällt unter die Rubrik Stammpatient. „Frau Doktor, ich muss heute mit Ihnen mal über meine Krankheiten reden." So beginnt Hermann immer, wenn ihn etwas bedrückt. Heute war es mal wieder der Bauch. Etwas Krankhaftes konnte ich aber nicht finden. Hat vielleicht nur zu viel Schokolade gegessen. Ich habe ihm ein Mittelchen verschrieben. Das schafft wieder Ordnung in seinem Bauch. Hermännchen ist pflegeleicht. Auch die nachfolgenden Patienten stellten keine Herausforderung dar. Hier ein verstauchtes Handgelenk, dort eine leichte Grippe. Laborbefunde auswerten und Medikamente verschreiben. Alltagsroutine. Aber dann war da noch diese Frau. Groß und kräftig und schon in die Jahre gekommen. Wie das eben so ist, wenn man jahrelang in der Landwirtschaft arbeitet. Hinkend hat sie das Sprechzimmer betreten. Seit fünf Tagen hätte sie Schmerzen im Fuß, klagte sie. Aber der Fuß, so stellte sich heraus, war in Ordnung. Auch am ganzen Bein kein Hinweis auf Unregelmäßigkeiten. Doch dann entdeckte ich eine Beule in der Beuge. Ich sah sofort, Leistenbruch! Verdammt! Die muss sofort ins Krankenhaus, schoss es mir durch den Kopf. Und damit ist die seit fünf Tagen rumgelaufen? Da kann man sich nur wundern. Ein Glück, das ihr Sohn sie hergefahren hat, sonst hätte ich den Rettungswagen anfordern müssen ...

So, nun geht es weiter. Also mal sehen, was mir der nächste Patient beschert. Der Nächste bitte!

Freundlich begrüßt mich der Doktor, der in Wirklichkeit eine Doktorin ist. Dr. Ute nenne ich sie liebevoll. Schon viele Jahre kennen wir uns. Große und kleine Wehwehchen hat sie bei mir schon behandelt. Immer mit Erfolg. Eine Wunderheilerin mit goldenen Händen. So was spricht sich herum.

Sie mustert mich unauffällig ob meines gebeugten Ganges und schaut mich dann fragend an. „Nimm Platz! Bist lange nicht da gewesen. Was fehlt dir?" Die Frage ist eigentlich überflüssig. Längst hat sie erkannt, wo es mich zwickt. „Frau Doktor, ich muss Ihnen mal was zeigen", sage ich scherzhaft zu ihr. „Nein, nein, bloß nicht. Den Satz musste ich mir heute oft genug anhören", wehrt sie lachend ab. Dann lehnt sie sich in ihrem Stuhl zurück und schließt für ein paar Sekunden die Augen.

Du siehst geschafft aus, denke ich im Stillen. Aber dann beginnt sie zu erzählen. Von sich und ihrem Beruf, den sie über alles liebt, und deshalb nie etwas anderes werden wollte. Und von ihren Patienten. Von denen mit den kleinen Macken und denen, die richtig schwer krank sind. Von denen, die ihr mit ihren kleinen Wehwehchen die Zeit stehlen und von denen, die erst kommen, wenn es fast schon zu spät ist. Aufmerksam höre ich ihr zu und habe auf einmal das Gefühl, dass sie froh ist, sich etwas von der Seele reden zu können. Ich begreife, auch Ärzte sind nicht grenzenlos belastbar. Auch Ärzte brauchen Aufmerksamkeit.

Die Sache mit dem Knie ist dann schnell abgetan. Es gibt etwas zum Einreiben und bitteschön, nicht so sehr belasten. „Vorerst keinen Marathon", frotzelt sie. Ich lächle gequält. „Wenn es schlimmer wird, kommst du wieder her", gibt sie mir mit auf den Weg. „Alles klar, mach's gut!" Ich verlasse ihr Sprechzimmer. „Der Nächste bitte!" höre ich es hinter mir rufen.

4.   Fünf Minuten Glockenläuten

Schon seit dem frühen Morgen scheint die Sonne. Wenn die Prognose des Wetterberichtes stimmt, wird heute wieder ein warmer Frühsommertag. Mit Temperaturen über der Zwanziggradmarke. Da treibt es einem schon den Schweiß aus allen Poren. Es geht auf Mittag zu, und die Wärme in meinem Arbeitszimmer wird langsam unerträglich. Am besten, ich packe meine Badesachen ein und fahre ins Schwimmbad, überlege ich. Leider geht das nicht. Bis morgen muss ich einen Artikel für die Zeitung schreiben, lautet mein Auftrag. Ich muss mich beeilen. Die von der Redaktion haben schon nachgefragt. Auch deshalb, und nicht nur der Sonne wegen, läuft mir der Schweiß den Rücken hinunter. Die Angst hat Besitz von mir ergriffen, die Angst vor dem weißen Blatt Papier, das vor mir liegt, und das ich vollschreiben muss, koste es, was es wolle. Nur, wo und wie fange ich an. Jedes Mal dasselbe. Mir fällt nichts ein. Habe ich die ersten Sätze geschrieben, löst sich die Anspannung, und die Angst fällt wie eine Zentnerlast von mir ab. Dann sprudeln die Ideen und Gedanken wie eine muntere Quelle. Davon bin ich heute noch weit entfernt. Ich fühle mich unendlich leer.

Gerade will ich das Fenster etwas öffnen, um ein wenig frische Luft hereinzulassen, da beginnen vom nahen Kirchturm die Glocken zu läuten. Bam-bam-bam, zuerst die Große mit ihrem tiefen Klang. Gleich danach fällt die Kleine mit ihrem hohen Bim-bim ein und die mittlere Glocke ergänzt das Ganze. Bim-bem-bam-bam, bim-bem-bam-bam. Ich lausche einen Moment dem melodischen Klang. Bim-bem-bam-bam, bim-bem-bam-bam. Dorfidylle, denke ich und fühle, wie meine Anspannung langsam weicht.

Warum läuten um diese Zeit die Glocken? Heute ist ein ganz normaler Wochentag. Dass die Glocken die Mittagszeit einläuten, das gibt es schon seit vielen Jahren nicht mehr. Heute läuten die Glocken allenfalls den Feierabend ein. Das aber mehr symbolisch, denn in unserer modernen Zeit sagt der Chef und nicht die Kirchenglocken, wann Feierabend ist. Eigentlich schade. Dann wären viele Menschen nicht mehr so vom Stress gepeitscht, und das Tagewerk würde ihnen leichter von der Hand gehen. Hat das Glockenläuten in unserer heutigen Zeit an Bedeutung verloren, stelle ich mir die Frage. Ja und nein, meine ich. Ja für alle, die täglich von Termin zu Termin hetzen, die rastlos, ohne aufzublicken, ihr Tagewerk vollbringen und deshalb vom Stress gegeißelt werden. Ja, für die hat das Geläut der Kirchenglocken an Bedeutung verloren. Selbst wenn Hunderte von Glocken auf einmal läuteten, würde der Klang an ihren Ohren vorbeigehen. Sie würden das als lästigen Lärm empfinden, den man abschaffen muss. Aber nein für alle, die nicht zu diesen Menschen gehören. Nein für diejenigen, die sich den Sinn und das Gespür für Mensch und Natur erhalten haben. Für die ist das Glockenläuten kein nervöses Gebimmel, sondern ein melodischer Klang, der sie innehalten lässt in ihrem Tun. Der sie über das Warum und Weshalb nachdenken lässt.

Genau das tue ich im Moment. Ich stehe und lausche. Lausche dem Klang der Glocken und denke über das Warum und Weshalb nach. Ist vielleicht jemand gestorben. Oder heiratet heute jemand? Vor wenigen Tagen soll die alte Willenkamp gestorben sein, erzählt man sich im Dorf. Martha Willenkamp, die alle im Dorf nur Martchen nannten. Martchen, die immer alles wusste und jeden kannte. Die wusste, wer gerade mit wem und wem gerade Mann oder Frau weggelaufen ist. Auch wer gerade guter Hoffnung ist und wer von wem abstammt. Martchen wusste einfach alles. Martchen war die Dorfzeitung. Ihren Neunzigsten feierte sie erst vor wenigen Wochen. Neulich, so erinnere ich mich nun, stand ihr Name in der Zeitung. In dicken schwarzen Lettern war er gedruckt mit einer schwarzen Umrandung. So schnell kann es gehen. Nun wird sie wohl gerade zu Grabe getragen, vermute ich.

Oft ist es auch ein freudiger Anlass, dass man die Glocken läuten lässt. Eine Hochzeit oder eine Kindstaufe. Eine Hochzeit auf dem Dorf. Das hat was für sich. Die Sonne scheint, und die Blätter der Bäume im Kirchhof leuchten im satten Grün. Unter dem Geläut der Glocken führt der Bräutigam die Braut zum Altar. Die Verwandtschaft, Bekannte und Freunde stehen Spalier. Blumen werden gestreut …

Nach fünf Minuten ist alles vorbei. Mein Traum von der Hochzeit auf dem Dorf auch. Die Glocken werden leiser, bis sie schließlich gänzlich verstummen. Nur die große Glocke mit ihrem tiefen Bam-bam-bam hallt noch eine Weile nach. Die Glocken läuteten genau zur richtigen Zeit, denke ich. Fünf Minuten. Fünf Minuten innehalten. Fünf Minuten entspannen und seinen Gedanken einfach freien Lauf lassen. Fünf Minuten Glockenläuten. Das hat was. Es lohnt sich, gelegentlich dem Klang der Glocken zu lauschen.

5. Live ist live

Es ist Freitagabend. Siebzehn Uhr und es ist warm. Sommerlich warm. Vor allem in der zur Showbühne umgebauten großen Sporthalle.

In Spergau, einem kleinen Dorf inmitten der mitteldeutschen Chemieregion, sind die Leute aufgeregt. Seit Wochen kündigt ein regionaler Fernsehsender großformatig eine Musikshow an. Das kommt in dem Dorf, in dem gut tausend Seelen leben, nicht alle Tage vor, zumal einige Vereine des Ortes bei der Show mitwirken sollen. Besser gesagt, sie dürfen sich präsentieren. Dank einer großen Sporthalle, die der ganze Stolz der Einwohner ist, ist das möglich geworden.

Der Aufwand für so eine Show ist immens. Seit fünf Tagen wird in der Halle gebaut, montiert und gewerkelt. Die Bühnenarbeiter sind als Erste angereist. Bereits am Abend des ersten Tages kann man erkennen, wie das Bühnenbild einmal aussehen wird. Zwei Tage später sind die Techniker für Beleuchtung und Beschallung gekommen. Jeden Tag kommen jetzt neue Mitarbeiter dazu. In der Halle wimmelt es wie in einem Ameisenhaufen. Trotzdem versetzt es den Außenstehenden immer wieder in Erstaunen, wie alles Hand in Hand abläuft. Jeder Handgriff sitzt. Von der Logistik bis zur Montage. Kaum gibt es Verzögerungen. Scheinwerfer werden an der

Hallendecke montiert. Die Anzahl ist kaum zu erfassen. Es sind derer aber so viele, dass eigens ein mobiler Generator die Stromversorgung übernehmen muss. Wahrscheinlich würden in Spergau alle Lichter ausgehen, wenn man die Scheinwerfer und alle anderen elektrischen Geräte, die für so eine Fernsehshow nun mal benötigt werden, aus dem öffentlichen Stromnetz speiste. Nach und nach treffen Manager und Filmteams für die Außenaufnahmen ein. Auch von den Künstlern, den Idolen, den Stars läuft mir das eine oder andere bekannte Gesicht über den Weg. Die haben sich im Gasthof einquartiert.

Gerade läuft die Generalprobe für die große Abendshow. Mit allem, was dazugehört. Das heißt mit Ton, das heißt in vollständiger Garderobe und das heißt auch mit voller Beleuchtung. Und das bei fast dreißig Grad im Schatten. Trotz geöffneter Türen und einer ebenfalls mobilen Klimaanlage im Inneren bringt das an diesem warmen Sommerabend kaum Abkühlung. Alle Kameras sind in Bewegung, und im Dunkel neben und hinter der Bühne herrscht geordnetes Chaos. Zumindest sieht es für Außenstehende so aus. Der Ablauf der Sendung wird komplett durchgeprobt. Zur geplanten Sendezeit ist schließlich alles live. Pannen herausschneiden geht nicht, Wiederholung einer Szene auch nicht. Die Künstlerbetreuerin rennt hin und her. Sie muss dafür sorgen, dass die Künstler rechtzeitig an der Bühne für ihren Auftritt parat stehen. Und nicht nur die. Alle müssen ran, Stars und Statisten. Ein bekannter Spergauer Maler, Peter Gehre, darf seine Kunstwerke präsentieren. Dazu sucht er seit Tagen Leute, die seine Bilder auf die Bühne tragen und präsentieren. Für seine dreiundachtzig Bilder braucht er dreiundachtzig Statisten. Das scheint schier unmöglich zu sein. Aber das Konzept der Fernsehmacher lässt keine andere Variante zu. Schließlich stehen dreißig Kinder und fünfunddreißig Erwachsene bereit. Die restlichen Bilder werden nur angedeutet. Die Fernsehmacher sind erfahrene Illusionisten. „Keiner wird auf die Idee kommen, die Bilder nachzuzählen", meint der Regisseur. Die Betreuerin für die Bilderstatisten hat ihre liebe Not. Vor allem mit den Kindern. Denen fällt es besonders schwer, sich diszipliniert zu verhalten. Wer trägt welches Bild? Wer steht wo in der Reihe und später auf der Bühne? Wo steht meine Freundin? „Mutti, ich habe Durst!" Getränke werden herangeschafft. Wie ein aufgescheuchtes Ameisenvolk wuseln sie hin und her.

Nach der Generalprobe ist Pause. Zwei Stunden. Bis zur Livesendung. Zwei lange Stunden warten. Noch immer scheint die Sonne. Mal zwischendurch schnell nach Hause gehen und sich erfrischen ist nicht. Keiner darf sich entfernen. Die Show muss auf die Sekunde genau beginnen.

Auch der Malermeister schwitzt. Weniger wegen der Wärme oder seines besonderen Outfits. Mehr wegen seiner Bilder. Hoffentlich überstehen die das unbeschadet, ist an seinem Gesicht abzulesen.

Ein Mann steht derweil am Lichtpult – oberhalb der Publikumsränge, wo es am wärmsten ist. Der Schweiß läuft ihm in dicken Rinnsalen von der Stirn. „Vor der Generalprobe ist es am stressigsten, da muss alles eingestellt und programmiert werden. Jetzt geht es nur darum, ob das alles funktioniert", sagt er. Nebenan stehen die Kollegen von der Beschallung. Die haben wahrscheinlich den besten Platz des Abends – neben der Klimaanlage.

Mittlerweile ist es achtzehn Uhr. Noch einmal muss geprobt werden. Aber das dauert. Die Bühne ist zwar gut gefüllt, auch der Co-Moderator ist da, aber ein wichtiger Mitarbeiter wird gesucht. Die Moderatorin versucht es mit einem Scherz. Im Stile einer Kaufhausdurchsage und im schönstem Berliner Dialekt ruft sie ins Mikrofon: „Die vierundzwanzig bitte in die Abteilung Obertrikotagen." Alles lacht. Kurz vor neunzehn Uhr ist die Generalprobe durch, die Halle ist plötzlich fast menschenleer. Jetzt erfolgt die Auswertung der Probe, eine letzte Besprechung mit Regie und Requisite. Draußen neben der Halle trägt man dem Wetterbericht Rechnung, der Gewitter ankündigt. Die Stromversorgung wird auf Aggregat umgestellt. Die Bühne in der Halle wird noch mal gewischt. Fototermine mit den Stars finden statt. „Das ist schon eine große

Anspannung. Bei den Stars muss man selber Ruhe ausstrahlen", sagt die Maskenbildnerin.

Vor der Halle stehen bereits die ersten Gäste und warten auf Einlass. Die Besprechung ist zu Ende, große Änderungen wird es nicht geben. Seit neunzehn Uhr stehen draußen die Leute schon bis zur Straße. Drinnen werden die Platzreservierungen ausgeschildert. Moderatoren und Stars haben sich zurückgezogen. Neunzehn Uhr zehn. „Studio klar", ruft der Aufnahmeleiter. Das heißt, alles ist fertig, das Publikum darf in die Halle. Im Übertragungswagen, der bis Montag noch im polnischen Danzig für die EM-Übertragung stand, ist alles entspannt. Kurz vor zwanzig Uhr übernimmt der Leiter des Wagens. Die Zuschauerränge sind jetzt voll. Ein Animateur macht den „Warm-up". „Man muss das Publikum schon vor der Sendung mitnehmen", erklärt er. Das Fernsehlächeln wird geübt, der Applaus, in dem Fall für das Fernsehteam, sitzt auch. Dann die Durchsage: „Nur noch eine knappe Minute." Die Spannung steigt. Der Animateur zum Publikum: „Wenn an den Kameras die roten Lampen angehen ... ruhig weiteratmen!" Musik wird eingespielt, die Lichttechniker zählen von drei herunter. Und dann geht es auch schon los: „Hallo liebe Zuschauer! Hier ist Ihre Gastgeberin ..."

6. Auf großer Fahrt im Rapsfeld

In diesem Jahr feiert der Ackerbaubetrieb Jubiläum. Ein Grund, einmal nachzufragen, was läuft. „Wir sind mitten in der Ernte", erzählt der Geschäftsführer. Der Raps müsse jetzt geerntet werden. Da gäbe es viel zu tun. Und ja, das kann man sich mal ansehen. Es sei möglich, auf Tuchfühlung zu gehen. Was heißen soll, mit dem Mähdrescher auf große Fahrt zu gehen. Man kann nur über Landtechnik schreiben, wenn man selbst einmal mitgefahren ist. Mähdrescher kennen die meisten sowieso nur aus gebührender Entfernung.

Es ist Samstagmorgen – die Erntezeit kennt keine freien Wochenenden – und auf einem Feld des Landwirtschaftsbe-triebes jenseits der vielbefahrenen Bundesstraße wird Raps geerntet. Hier besteht das Vergnügen, auf einem Lexion-Mähdrescher mitzufahren. Und das geht so: Zunächst klettert man eine zwei Meter hohe Treppe hinauf in das Führerhaus. Das gleicht einer Glaskanzel. Es erinnert mich an den Tower am Flughafen. Hier wartet schon Mähdrescherfahrer Roland. Angenehme 22 Grad im Inneren lassen die Sommerhitze draußen vergessen. Die Luft hier drinnen ist staubfrei, und in einer Kühlbox sind erfrischende Getränke. Der Fahrersitz ist gut gefedert und nimmt bei seiner Fahrt über das Feld jede Unebenheit in sich auf. Rechts ragt ein Steuerungsknüppel aus der Armlehne. „Vor" bedeutet voranfahren, „Rück" zurück-fahren. Mitte bedeutet Halt. Ein kleiner Monitor in Sichthöhe des Fahrers zeigt alle wichtigen Daten an und kündet davon, dass auch in der Landtechnik die Computertechnik eingezogen ist. Und es gibt sogar einen Beifahrersitz.

Per Knopfdruck setzt hinten ein furioses Rumpeln in ei-nem riesigen Hohlraum ein. Das Dreschwerk kommt in Gang. Danach setzt sich das neun Meter breite Schneidwerk in Be-wegung, und der eiserne Koloss mit seinem starken Motor frisst sich Meter für Meter durch das Rapsfeld. Die „Tour de Dresch" beginnt. Von hier oben hat man einen anderen Blick-winkel auf das Feld. Raps, Raps und nochmals Raps ist zu sehen. Es scheint, als führe man übers Meer. Weit am Hori-zont befinden sich ein paar Büsche. „Dahinter ist die Auto-bahn", sagt Mähdrescherfahrer Roland. Mit geschätzten zehn Kilometern pro Stunde geht es über das Feld. Höchste Kon-zentration ist nötig, um den Mähdrescher zu steuern. Immer wieder muss das Schneidwerk angehoben und wieder abgesenkt werden. Je nachdem, ob die Pflanzen geradestehen oder sich umgelegt haben. Oder wenn eine Bodenwelle vor dem Schneidwerk auftaucht. Fingerspitzengefühl ist gefragt. Vorn wird der Raps über eine Welle in das Innere hineingefressen. Innen wird dann das Korn in mehrfachen Arbeitsgängen vom Halm getrennt und schließlich hinten das Stroh ausgeworfen. Das Hämmern, Rauschen, Drehen und Malmen zeugen davon. „Beim Raps wird das Stroh nicht verwertet, sondern gleich gehäckselt", erklärt Roland, „später wird es dann in den Boden eingearbeitet." Vier Hektar pro Stunde schaffe die Maschine, sagt er, und er rechne damit, dass er bis zum Abend die 24 Hektar hier abgeerntet hat. Nach ungefähr einer Viertelstunde ist der hintere Feldrain erreicht. Unmittelbar dahinter zeigt sich die Autobahn. Autos zischen im Sekundentakt vorbei. Es ist Ferienzeit.

Dank seines besonderen Fahrwerkes kann der Mähdrescher fast auf der Stelle wenden. Und ohne Verzögerung geht es zurück. Danach wird meine Mitfahrgelegenheit beendet sein.

Inzwischen haben sich im Bunker einige Tonnen Rapskörner angesammelt. Auf diese warten am Feldrand zwei Getreideanhänger. Roland steuert nach der Rücktour geschickt seinen Mähdrescher dorthin. Über einen riesigen, ausschwenkbaren Seitenarm wird das gedroschene Korn in einen der Anhänger geblasen. „Ungefähr sieben Tonnen sind es", sagt er. Das dauert nur wenige Minuten.

Ernte war mal anstrengender. Früher sah man noch Mägde, Knechte und kopftuchtragende Erntehelferinnen auf den Feldern. An diesem sommerlichen Samstag sind nur zwei Mann damit beschäftigt, von dem 24 Hektar großen Feld des Landwirtschaftsbetriebes die Ernte einzufahren. Sind die Anhänger beladen, kommt der zweite Mann an diesem Tag ins Spiel. Traktorist Volker fährt mit seinem Traktor die mit Korn gefüllten Anhänger ins nahegelegene Zwischenlager. Effizienz hat in der Landwirtschaft Einzug gehalten. „Der Erfolg hängt nicht nur davon ab, wie gut die Ernte ausfällt", hatte der Geschäftsführer erklärt. Heute sei auch entscheidend, welchen Preis man dafür erzielen kann. Die Preise für Getreide und andere Agrarprodukte seien ständigen Schwankungen unterzogen. Deshalb müsse man auch auf die Kosten schauen.

Die Verabschiedung vom Mähdrescherfahrer fällt kurz aus, man sieht sich ohnehin bald wieder. Und außerdem, Zeit ist Geld. Ich verlasse die Kanzel und gehe auf respektvollen Abstand. Als ich mich umdrehe, ist der eiserne Koloss mit seinem Dompteur schon wieder unterwegs durchs Rapsfeld. Fazit: Landarbeit ist kein Pappenstiel. Das wird einem erst dann richtig bewusst, wenn man, auch nur für kurze Zeit, mittendrin im Geschehen ist.

7. Namensgebung

Dicke graue Wolken hängen am Himmel. So tief, dass man sie mit der Hand berühren könnte. Unzählige weiße Flocken schweben aus ihnen zur Erde. Es sind nur noch wenige Tage bis zum Weihnachtsfest. „Weiße Weihnacht", denkt Elena, „wie lange ist das schon her?" Sie steht hinter dem Verandafenster ihres kleinen Häuschens und schaut den Schneeflocken bei ihrem Tanz zu. „Wenn Holger von Arbeit kommt, muss er noch Schnee schieben", stellt sie fest. Erst achtzehn Monate ist es her, dass sie nach langer Bauzeit in ihr eigenes kleines Häuschen eingezogen sind. Stress und Hektik liegen hinter ihnen, und Ruhe ist endlich in ihr Familienleben eingezogen.

„Jetzt haben wir Zeit, uns um die Familienplanung zu kümmern", meinte damals Holger schmunzelnd, als alle Gäste, die sie zur Einzugsfeier geladen hatten, gegangen waren. Elena lächelt in Erinnerung an damals. Vorsichtig setzt sie sich wieder in ihren Sessel, um sich etwas auszuruhen. Seit das Kind unter ihrem Herzen heranwächst, fällt ihr das Stehen von Mal zu Mal immer schwerer. In drei Wochen soll es soweit sein. Dann soll die Kleine das Licht der Welt erblicken, gleich zu Beginn des neuen Jahres.

„Noch drei Wochen", denkt Elena, „und wir haben noch immer keinen Namen für unser Kind."

Mit Holger konnte sie sich noch nicht einig werden.

„Du wirst das schon machen", hatte er damals, vor Freude lachend, gesagt, als Elena ihm offenbarte, dass sie schwanger sei.

„Ich vertraue dir, mein Schatz. Du findest bestimmt einen schönen Namen. Ich mische mich da nicht ein. Nur, zu unserem Familiennamen sollte er schon passen."

Nachdenklich schaut Elena zur Decke.

„Von wegen nicht einmischen! Bis jetzt hat ihm noch kein Vorschlag von mir gefallen, und einen eigenen Vorschlag hat er auch noch nicht gemacht", denkt sie und erhebt sich langsam aus dem Sessel. Vorsichtig geht sie wieder zum Verandafenster, um auf Holger zu warten. Schöne Namen hat sich Elena ausgedacht. Maria oder Christina gefallen ihr besonders gut.

„Die passen auch gut zum Familiennamen", denkt sie. „Maria Becker hört sich gut an. Oder Christina Becker. Na ja, Gina Becker klingt auch ganz gut, ist aber nicht mein Favorit."

Während sie in den Schnee blinzelnd von einem schönen Namen für ihr Kind träumt, kommt Holger mit seinem Auto von der Arbeit nach Hause. Mit einem langen Kuss begrüßen sich beide.

„Du, Schatzi", beginnt Elena, „was meinst du, wenn wir unser Kind Maria nennen?"

Holger verzieht den Mund und denkt: „Geht das schon wieder los! Ich bin noch nicht mal richtig zu Hause."

„Oder, Christina klingt auch gut. Was meinst du?"

„Ja, ja", sagt Holger und verschwindet schnell in seinem Arbeitszimmer. Schmollend schaut Elena ihm nach.

„Na, dann eben nicht", sagt sie trotzig. „Ich werde dich überhaupt nicht mehr fragen", ruft sie Holger hinterher.

Dann geht alles sehr schnell. In der Nacht vor dem Heiligen Abend bekommt Elena starke Schmerzen im Unterleib, und Holger muss den Notarzt verständigen. Mit Blaulicht geht es sofort ins Krankenhaus. Dort entscheiden die Ärzte, das Kind vorzeitig auf die Welt kommen zu lassen.

Die Operation verläuft ohne Komplikationen, und nach einem langen und tiefen Schlaf wacht Elena am nächsten Vormittag aus der Narkose auf. Schon bald fühlt sie sich besser. Nur die Operationsnarbe schmerzt noch ein wenig, und ein dicker Kloß scheint ihr im Hals zu stecken. Ein kleiner, bunt geschmückter Tannenbaum in ihrem Zimmer erinnert sie daran, dass heute Weihnachten ist.

Es klopft. Die Tür wird zaghaft geöffnet, und eine Schwester schaut leise nach Elena. Als sie sieht, dass Elena aufgewacht ist, lächelt sie und sagt: „Guten Morgen, Frau Becker. Wie geht es Ihnen?"

„Ach, ganz gut", antwortet Elena, „ich bin nur noch etwas matt und müde."

Die Schwester lächelt: „Sie haben ein kleines Töchterchen bekommen. Ein kleines Weihnachtsengelchen."

Jetzt lächelt auch Elena, und ihre Augen beginnen, vor Freude zu strahlen wie die Kerzen am Weihnachtsbaum.

„Wie soll denn die Kleine heißen?", fragt die Schwester weiter. Sofort erstirbt das Lächeln auf Elenas Gesicht.

Oh Gott, denkt sie. Daran habe ich bei der Hektik gar nicht mehr gedacht. Was mache ich denn nun?

Jetzt könnte Elena einfach sagen: „Maria" oder „Christina", aber kein Wort kommt über ihre Lippen. Die sind wie zusammengeklebt.

„Na, das können Sie ja noch später mit Ihrem Mann besprechen", sagt die Schwester und streichelt ihr zärtlich über den Arm. „Es eilt ja nicht." Und schon ist sie wieder verschwunden. Elena richtet sich vorsichtig im Bett auf und trinkt einen Schluck von dem Tee, den ihr die Schwester hingestellt hat. Der ekelhafte Geschmack im Mund ist sofort verschwunden, und langsam kann sie wieder klare Gedanken fassen.

Maria oder Christina, denkt sie immerzu. Elena ist jetzt fest entschlossen, einen von den beiden Namen auszuwählen. Ein dritter kommt nicht infrage.

Welchen Namen gebe ich meiner Tochter?, grübelt sie. Ach, ich warte einfach, bis Holger kommt, und lässt sich ermattet in ihr Kissen sinken.

Er kommt am Nachmittag. Und – er bringt die ganze Verwandtschaft mit. Die Eltern, Oma und Opa, sogar die Uroma ist mitgekommen, um das neue Mitglied der Familie zu bestaunen.

„Wie geht es dir, mein Schatz", fragt Holger zur Begrüßung. Man sieht ihm an, wie stolz er ist.

„Wie heißt denn die Kleine?", fragt Holgers Mutter als Erste, weil Mütter bekanntlich sehr neugierig sind. Elena schaut Holger fragend an.

„Ja, äh", beginnt er zu stottern.

„Wir haben noch keinen Namen."

„Wieso die Kleine!", meldet sich jetzt der Opa mit lauter Stimme, „ich denke, es ist ein Stammhalter?" Und er schaut fragend in die Runde.

Die Oma versetzt ihm einen Stoß mit dem Ellenbogen und wirft ihm einen giftigen Blick zu. „Ich habe dir schon hundertmal gesagt, es wird ein Mädchen. Kannst du dir nichts mehr merken?"

Der Opa wird rot und schweigt.

„Na ja", sagt jetzt leise Elena, „Mary gefällt mir gut."

„Wie?", ruft die Uroma und hält die Hand hinter das Ohr.

„Harry? Harry ist schön. Mein Neffe heißt auch Harry."

„Nein!", ruft Holger, weil die Uroma schwer hört. „Mary, das ist englisch, und englisch ist modern."

Jetzt schweigt auch die Uroma.

„Ein Stammhalter wäre besser gewesen", meldet sich der Opa wieder zu Wort. „Dann könnte er Boris heißen und würde später ein berühmter Tennisspieler."

Diesmal tritt ihm die Oma fest auf den Fuß.

„Au!", ruft der Opa.

„Auguste ist auch schön!", ruft jetzt die Uroma dazwischen. „Auguste hieß meine Großmutter väterlicherseits."

Die Stimmung erreicht den Höhepunkt. Alle reden durcheinander. Keiner versteht den anderen und alle wollen recht haben.

In diesem Moment geht die Tür auf, und eine Schwester steckt den Kopf herein.

„Psst!", flüstert sie. „Bitte etwas leiser. Es ist doch Weihnachten!"

Sofort verstummen alle.

Dann sagt sie etwas freundlicher: „Wer jetzt das namenlose Baby von Frau Becker sehen möchte, der geht bitte zwei Zimmer weiter und wartet dort vor der Tür."

Sofort springen alle auf und drängen sich durch die Tür. Holger als Erster vornweg. Dabei bekommt der Opa wieder einen Rippenstoß.

„Schwester!", ruft Elena leise, als alle das Zimmer verlassen haben. „Hallo Schwester!"

Die dreht sich freundlich lächelnd um und schaut Elena fragend an. „Christina", sagt sie zu ihr. „Zeigen Sie ihnen die kleine Christina."

Die Schwester lächelt und zwinkert ihr zu. Dann schließt sie leise die Tür. „Heute ist doch Weihnachten", denkt Elena und schläft glücklich ein.

8. Die Mädels von der Bank oder Der Marktplatz der Neuigkeiten

Folgendes hatte sich zugetragen. Eine Freundin aus der Stadt rief mich an: „Stell dir vor", rief sie aufgebracht, „mein Nachbar, ein älterer Herr, ist gestorben. Viele Jahre wohnte der schon hier. Wir haben nie miteinander geredet. Ich sah ihn nur manchmal kommen und gehen, gelegentlich haben wir uns gegrüßt, aber mehr nicht. Nun ist er tot. Einsam und allein ist er gestorben. Ich bin erst mal rüber und habe auf sein Türschild gesehen, weil ich nicht einmal wusste, wie er heißt." Es folgte kurzes Schweigen. Dann sagte sie verbittert: „So ist das hier in der Stadt. Alles ist anonym. Man kennt nicht mal seinen Nachbarn", und fügte hinzu: „Auf dem Dorf bei euch ist das anders. Da kennt jeder jeden. Da lebt man nicht so einsam und anonym. Habe ich recht?" Das hatte sie. Zweifellos.

Sommerzeit – Urlaubszeit. Die Temperaturen haben die 30-Grad-Marke längst überschritten. Die Straßen sind menschenleer. Überall herrscht Tristesse. Für Zeitungsmacher ist Saure-Gurken-Zeit. Ich bekomme einen Tipp: „Schau doch mal ins Wendisch-Ende!" Gesagt, getan. Drei Bänke unter einem Schatten spendenden Baum laden zum Verweilen ein. Dahinter ist ein Teich. Einige ältere Spergauer Damen, die Namen will ich höflicherweise verschweigen, haben es sich, Schutz vor der Sonne suchend, bereits bequem gemacht. Man unterhält sich angeregt. Vom Frühjahr bis zum Herbst, so ist zu erfahren, trifft man sich hier allabendlich, um miteinander, und natürlich auch übereinander, zu plaudern, zu lachen und zu diskutieren. Allmählich spürt man, dass sich die Mädels von der Bank, wie sie inzwischen liebevoll genannt werden, damit aktiv am Dorfgeschehen beteiligen. Mit ihrem vermeintlichen „Geschwätz" nehmen sie an Menschen und Vorgängen um sich herum leidenschaftlich Anteil und das mit ihrer eigenen ganzen Herzlichkeit.

„Habt ihr schon gehört", sagt Frau L. zu den um sie herum sitzenden Frauen. „Der alte Heinrich ist gestorben!" Sie spricht leise, aber alle haben es verstanden, denn der alte Heinrich ist im Dorf nicht unbekannt. Betroffenheit machte sich in der Runde breit. Man kann an ihren Gesichtern erkennen, dass sie innerlich Anteil an seinem Schicksal nehmen. „Hoffentlich hat er nicht leiden müssen", hofft Frau H., und alle nicken. „Da will ich nur morgen gleich eine Trauerkarte schreiben", fügt Frau I. hinzu. „Ja, ich auch", sagt Frau D. Die anderen bestätigen durch Kopfnicken, dass sie Gleiches tun werden. Nach einigen Minuten des Schweigens erzählt Frau G.: „Jetzt aber mal eine frohe Botschaft! Die Tochter von Kassunkes kriegt was Kleines." „Ach was! Na das ist doch mal eine gute Nachricht", rief Frau D. erfreut, und die Mädels von der Bank reden munter durcheinander. „Wann ist es denn soweit?", ruft Frau H. dazwischen. Das wusste keiner. Aber beim nächsten Treff ist das ganz bestimmt kein Geheimnis mehr. Besonders bei den Mädels von der Bank.

So ist das auf dem Dorf. Keiner muss sich allein gelassen fühlen. Weder in Freud noch im Leid. Und alle im Dorf wissen, dass man mit ihnen trauert, wenn einer geht, und wissen, dass man sich mit ihnen freut bei einem freudigen Anlass. Die Mädels von der Bank allemal. Mit ihren Geschichten und Neuigkeiten aus dem Dorf, in dem sie leben.

9.   Friedrich – der Film

I.   Wie ich ein Lordmarschall wurde

Hat nicht ein jeder von uns schon einmal geträumt, Mittelpunkt dieser Welt zu sein? Im gleißenden Scheinwerferlicht auf einer Bühne oder vor einer Kamera zu stehen? Nur einmal das Gefühl zu haben, dass alle Blicke auf dich gerichtet sind. Dass Beifallsstürme dich emporheben und auf Wolke sieben schweben lassen. Träum weiter, du Held.

Aber wie schnell können Träume wahr werden? In der heutigen Zeit kann das in kürzester Zeit geschehen. Du musst nur eins machen, zugreifen, wenn das Glück deinen Weg kreuzt. Sag ja, wenn sich dir die Chance bietet. Dann, eins zwei, hast du nicht gesehen, stehst du wirklich im Scheinwerferlicht, und Millionen Menschen sehen dir zu, klatschen Beifall und rufen „Bravo", um dir zu huldigen. Um es vorwegzunehmen: Es ist ein unbeschreiblich schönes Gefühl.

In meinem Fall hatte ich lange gewartet. Doch dann ging alles sehr schnell.

Der Signalton meines Handys reißt mich aus meinen Gedanken. Wieder so eine nervige Werbemail, denke ich. Löschen oder lesen, ist mein erster Gedanke. Löschen oder lesen, ich muss mich entscheiden. Löschen – dann habe ich Ruhe. Lesen – vielleicht ein Hauptgewinn. Die Neugier siegt. Ich entscheide mich fürs Lesen. Einladung als Komparse zum Filmdreh in O., lese ich. Dahinter das Datum. Bitten um Bestätigung. Ich habe den Satz noch nicht zu Ende gelesen, da durchzuckt mich ein Gedanke. Hauptgewinn! Da ist er, der Moment, wo das Glück meinen Weg kreuzt. Ich muss nur zugreifen, ohne lange zu überlegen. Und ich greife zu. In Windeseile schlage ich meinen Terminkalender auf, suche das angegebene Datum, und – es passt! Ein Stein fällt mir vom Herzen. Sofort sende ich zurück: „Teilnahme möglich, bitte Details per E-Mail."

Keine zehn Minuten später bin ich zu Hause. Tatsächlich! Was ich auf dem Monitor meines Computers lese, beseitigt meine letzten Zweifel:

„Liebes Filmgesicht, wir möchten Dich gerne für folgendes Projekt anfragen:

TV-Film: FRIEDRICH II. Einsatz als Komparse

Rolle: Soldat oder Diener im 18. Jahrhundert, bitten um Bestätigung."

Ich antworte sofort: „Bestätige die Teilnahme. Bitte schickt mir genaue Informationen, wann und wo."

Wieder vergehen nur wenige Minuten, bis die Antwort auf meinem Monitor zu lesen ist:

„Liebes Filmgesicht, hiermit bestätigen wir Dir Deinen Einsatz bei dem TV-Film FRIEDRICH II. am Mittwoch, 22. Juni.

Rolle: Tafelgast im 18. Jahrhundert

Bitte halte Dir den Drehtag ganztags frei, wir werden Dir am Abend vor dem Dreh genaue Treffzeit zukommen lassen." Und weiter: „DIESEN FREITAG KOSTÜMANPROBE IN LEIPZIG." Es folgt noch die genaue Anschrift.

Pünktlich erscheine ich in Leipzig, um mich in das Abenteuer „Filmdreh" zu stürzen. Das beginnt ziemlich nüchtern in einem Bürogebäude in der Leipziger Media-City. Völlig unspektakulär. Statt Studios mit Scheinwerfern, Kameras und Mikrofonen sehe ich nur bunte Hinweisschilder zu diversen Firmen, die alle mehr oder weniger mit der Filmproduktion zu tun haben. Ich steige in die dritte Etage. Hinter einer Glastür steht ein großer Empfangstisch wie in jeder anderen Firma auch. „Hallo, ich bin die Marie", werde ich von einer jungen Frau, die meine Tochter sein könnte, salopp begrüßt. „Und wer bist du?" Ich nenne meinen Namen, und die Marie schaut auf ihre Liste. „Ja, du bist der Tafelgast, stimmt's?" Ich nicke. In meinem Bauch beginnt es jetzt zu prickeln, als hätte sich ein Schmetterling darin verirrt. „Es dauert noch ein bisschen", entschuldigt sich die Marie und weist auf ein großes Ledersofa. Ich mache es mir bequem, und Marie bringt Getränke und Kekse. Auf dem Sofa sitzend, beginne ich meine erste Erfahrung mit der Filmemacherei zu machen. Und die heißt warten. Warten, warten und nochmals warten. Fast schlafe ich auf dem schönen Ledersofa ein.

Nach und nach finden sich immer mehr Komparsen ein. Die Schale mit den Keksen leert sich zusehends. Endlich, nach einer Stunde, werde ich aufgerufen. Einen Raum, der entfernt noch an ein Büro erinnert, hat man in eine Garderobe verwandelt. Überall stehen Kleiderständer wie in einem Kaufhaus, vollgehängt mit Kostümen, die an die Zeit Friedrichs erinnern.

Eine Mitarbeiterin mustert mich. „Größe 50", sagt sie mehr zu sich selbst, und schon nimmt sie ein silbrig glänzendes blaugraues Kostüm von der Stange. Sie hilft mir in den Überzieher und mustert mich erneut. „Passt", sagt sie lächelnd. „Sieht gut aus!" Dann legt sie der Reihe nach ein Hemd, eine Hose und Strümpfe auf einen Stuhl und bedeutet mir, alles anzuziehen. Das ist ziemlich umständlich. Lange weiße Strümpfe, eine Hose, die gerademal über die Knie reicht und ein Hemd, das auf dem Rücken zu schließen ist. Dazu ein paar Schuhe, die ich irgendwie bei meiner Frau schon glaubte gesehen zu haben.

Ein junger Mann kommt ins Zimmer. Als er mich sieht, stutzt er. „Ah ja", ruft er. „Sieht gut aus!" Ich lächle und schmeiße mich in die Brust. „Was wollen Sie sein?", fragt er unvermittelt. „Ein Italiener oder ein Franzose?" Während ich noch überlege, weil beide Länder auf meiner heimlichen Reisewunschliste stehen, werde ich aufmerksam von ihm gemustert. „Nein", ruft er dann, „Sie sind ein Schotte! Genau! Sie sind Lordmarschall Keith aus Schottland! Okay?" „Ja gut", antworte ich etwas verunsichert und schaue an mir herunter. Habe ich mich bis dato für einen unbedeutenden und ganz am Ende einer großen Tafel sitzenden Komparsen gehalten, begreife ich jetzt, für etwas Besonderes auserwählt worden zu sein. Später werde ich wissen, dass der schottische Lordmarschall George Keith zu den schillerndsten Persönlichkeiten im Umfeld von Friedrich dem Großen gehörte. Keith zählte zu den engsten Vertrauten des preußischen Königs, mit dem er unter anderem die Liebe zur Literatur teilte und bis zu Friedrichs Tod sein wichtigster Diplomat war. Plötzlich habe ich das Gefühl, zwanzig Zentimeter größer geworden zu sein. Ich werde ein Lordmarschall sein! Ich kann es noch gar nicht fassen.

II. Wie ich ein Lordmarschall war

Die Tage bis zum Drehtag vergehen quälend langsam. Ich bin aufgeregt wie noch nie. Pünktlich um zehn Uhr soll ich am Drehtag im Schloss von O. erscheinen. Es ist sommerlich warm an diesem Tag. Die Sonne brennt erbarmungslos vom Himmel. Gewitterschwüle liegt in der Luft. Bereits eine Stunde vor der vereinbarten Zeit bin ich am Drehort. Das, was mir sofort auffällt, sind die vielen Wohnwagen und Wohnmobile, die unmittelbar am Drehort stehen. Als hätte man vor dem altehrwürdigen Schloss einen Campingplatz errichtet. Vorläufiges Domizil für die Leute vor und hinter der Kamera – für Techniker, Masken- und Kostümbildner und natürlich die Darsteller. Dazwischen stehen Transportfahrzeuge für Material und Ausrüstung. Im Nebengebäude des Schlosses sind die Kostüme und Garderoben untergebracht. Dort herrscht schon Hochbetrieb. Davor stehen einige Männer und warten auf ihre Verwandlung. Fröhlich plaudern sie – ob sie sich nun kennen oder nicht – über ihre vielen Einsätze, was herausgeschnitten wurde und wo sie wie lange zu sehen waren. Manche sehen sich öfter bei Drehs. Und wer wie ich noch nie Komparse war, guckt da etwas verwundert. Wo die überall schon dabei waren! Die Fernsehserie „In aller Freundschaft" ist gerade im Gespräch, andere haben bei einem Horrorstreifen mitgemacht, beim „Polizeiruf" oder der „Päpstin". Ein Schild weist mir den Weg in die Garderobe. Schluss mit der Komparsen-Plauderei. Hinter vollen Kleiderständern wuseln die Ankleiderinnen und helfen den Laiendarstellern beim Wechsel von modernen Alltagsklamotten in die aus Friedrichs Zeiten. Alles wirkt sehr provisorisch und offen. Jeder kann uns zusehen, wie wir uns umziehen. Mein Kostüm, das ich in Leipzig anprobiert habe, hängt schon bereit. Die Marie aus Leipzig ist auch schon da. Mittels moderner Mobilfunktechnik ist sie unmittelbar mit dem Drehort, den man Set nennt, verbunden und erhält von dort ihre Anweisungen. Wer wann und wo zu erscheinen hat, was benötigt wird und wie der Stand der Dreharbeiten ist.

Ständig ist sie unterwegs. Kurz, Marie ist überall und nirgends. Der Raum gleicht einem Friseursalon. Spiegel hängen an den Wänden. Davor gibt es bequeme Sitze und Ablagen für Schminke, Kämme und andere Utensilien, die man braucht, um einem Menschen ein anderes Aussehen zu verpassen. In einer Ecke sitzt eine Person und erhält soeben ein anderes Aussehen. Es ist die Hauptdarstellerin. Mir stockt der Atem. Es ist die große Katharina Thalbach. Obwohl sie nur knapp einssechzig groß ist, gehört sie doch zu den Größten, was ihre Kunst der Schauspielerei und ihr Ansehen betrifft. Und mit ihr werde ich heute vor der Kamera stehen. Was für ein Erlebnis! Doch bis dahin muss ich mich noch gedulden. Marie bedeutet mir, während sie nebenbei per Ätherwellen neue Anweisungen erhält, ich soll mich schon mal langsam umziehen. Mittendrin kommt eine Maskenbildnerin. Es sei gerade ein Stuhl frei, und sie hätte im Augenblick nichts zu tun. Deshalb würde sie mich jetzt in den Lordmarschall verwandeln wollen. Na gut, dann mal los! Als Erstes bekomme ich eine Perücke übergestülpt. Unwillkürlich muss ich lächeln. Schulterlanges graues Haar mit vielen Locken. Für mich und meinen fast haarlosen Kopf geht ein Traum in Erfüllung. Leider nur für kurze Zeit. Die Visagistin, so der moderne Ausdruck für den Beruf der Gesichtsveränderung, arbeitet professionell. Wer weiß, wie vielen verschiedenen und berühmten Köpfen sie schon mit ihren geschickten Händen ein anderes Aussehen gegeben hat. Mein Kopf scheint ihr keine Schwierigkeiten zu machen, obwohl fast nichts mehr vorhanden ist, woran eine Perücke befestigt werden kann. Dann kommt Schminke zum Einsatz. Die Lippen werden nachgezogen und die Augenbrauen eingefärbt. Mit Creme und Puder wird zum Schluss meinem Gesicht der letzte Schliff verpasst. Jetzt sehe ich einem Lordmarschall ähnlich, zumindest äußerlich. Die Visagistin betrachtet ihr Kunstwerk und ist zufrieden. Noch ein Foto zur Kontrolle, dann bin ich entlassen. Meine beiden Mitstreiter, die mit mir nachher an Friedrichs großer Tafel sitzen werden, haben es sich bereits vor dem Schloss in der Sonne bequem gemacht.

Warten ist wieder angesagt. Und das für Stunden. Was wir natürlich erst später mitkriegen. Warten ist die Hauptbeschäftigung für uns. Dann ist erst einmal Mittag. Bei dem schönen Wetter ist da selbverständlich eine Freiluftveranstaltung. Eine Catering-Firma serviert Curryreis mit Huhn. Leider sind Tische nur in begrenzter Anzahl vorhanden. Und diese sind reserviert für Darsteller und Techniker. Bleibt nur eine Parkbank, um nicht im Stehen essen zu müssen. Die Esseneinnahme wird zur Zirkusnummer. Bloß nicht das Kostüm bekleckern, denke ich immerzu.

Nach dem Mittag steigt die Hoffnung, von der Wartestellung in Aktion treten zu können. Aber erst nach zwei langen Stunden erfüllt sich diese Hoffnung. Dann endlich holt uns die Marie ans Set. Einen Moment müssten wir noch warten, sagt sie und legt dann den Finger über ihre Lippen. Ein Moment, mich umzusehen. Inmitten einem kleinen Saal mit hohen Wänden steht eine große, im Barockstil gehaltene und fürstlich eingedeckte, ovale Tafel nebst dazugehörigen Stühlen. Porzellanteller mit Goldrand, Silberbesteck wie zu Friedrichs Zeiten und kunstvoll geschliffene Gläser für allerlei Getränke stehen wohlplatziert an jedem der sieben Plätze. In der Mitte der Tafel türmen sich die Speisen. Fisch, Fleisch, Gemüse und Obst. Alles vom Feinsten. Und alles echt. Eine große, silberglänzende Etagere fällt mir sofort ins Auge, deren Inhalt, gebratene Wachteln, erst später. Dann kommt der Regisseur und erklärt uns unseren Job. Am Tisch sitzen und essen. „Alles, was auf Ihrem Teller liegt, dürfen Sie essen", sagt er. „Während wir drehen, sagen Sie nichts. Gehen Sie nur mit Mimik und mit kleinen Gesten auf den Dialog der Darsteller ein, und merken Sie sich bitte, welche Geste Sie wann gemacht haben." Das sei wichtig, weil die ganze Szene mehrmals wiederholt wird, erklärt er. Inzwischen haben die Helfer des Requisiteurs Speisen aufgetan und Getränke eingegossen. Ich traue meinen Augen kaum. Es sind Wachteln. Dazu ein paar Kartoffeln, grüne Bohnen und die passende Sauce. Na dann, Guten Appetit, denke ich.

Jetzt kommen die Darsteller. Ich habe das große Glück, gegenüber der Hauptdarstellerin Katharina Thalbach zu sitzen. Links neben ihr sitzt ein Komparse, dann folgt ein Darsteller, der den Graf Algarotti mimt. Rechts neben der Thalbach sitzt der Darsteller des Voltaire, dann wieder ein Komparse und dazwischen, quasi zu meiner Linken, der Marquis d' Argens, ein Kleindarsteller. Jeder hat nun seinen Platz eingenommen. Die Thalbach beugt sich zur Seite, weil zwischen uns die Etagere mit den Wachteln steht, und lächelt mir aufmunternd zu. Ich lächle zurück und bin erleichtert. Die Anspannung weicht. Plötzlich ruft einer „Achtung! Wir proben!" Augenblicklich ist es still. Aber wo soll ich hingucken? Die Kameras sind mir bisher gar nicht aufgefallen. Das ist auch besser so. Es ist uns ohnehin streng verboten, dort hinein zu schauen. Ein paar verstohlene Blicke, mehr traut sich keiner. Und meinen Komparsenkollegen geht es genauso wie mir. Wir bleiben cool und beginnen zu essen. Sogleich beginnt der Dialog. Die Thalbach in der Rolle des Friedrichs, oder sollte man auf Grund ihrer Kostümierung lieber des Alten Fritz' sagen, beginnt: „Glauben Sie an Gott, meine Herren?" Wir spielen allgemeines Erstaunen. Ungefähr wie, worauf will er hinaus? Nur mein Erstaunen ist echt. Das Essen schmeckt fad. Kein Salz und keine Würze. Nichts. Ich könnte auch auf ein Stück Pappe beißen. Das schmeckt genauso. Aber schon geht es weiter.

„Da habe ich nun die klügsten Köpfe Europas um mich versammelt, und dennoch kann mir keiner sagen, was morgen sein wird", spricht er weiter. So mehr zu sich selbst. Und in die Runde: „Wird es Deutschland in einhundert oder zweihundert Jahren noch geben?" Alle wackeln nachdenklich mit dem Kopf.

„Nun", entgegnet jetzt Graf Algarotti, „schon die alten Griechen sagten: Man kann nicht zweimal in demselben Fluss baden." Wir nicken zustimmend. Dann ist für ein paar Sekunden Ruhe. Nur die Bestecke klappern leise. Nun tupft sich Voltaire vorsichtig den Mund. „Sir", sagt er und sieht arglistig lächelnd in die Runde, „Sir, ich hörte kürzlich von einem

Mann in Eurem Land, der seinen Penis in eine Eselin gesteckt haben soll?" Sofort setzt unterdrücktes Kichern ein. Einer prustet durch die Nase. „Der Mann wurde zum Tod verurteilt", vervollständigt er hämisch lächelnd.

„Ich habe das Urteil aufgehoben!", kontert der Alte Fritz sofort, und wir mimen wieder allgemeines Erstaunen. Nach ein paar Sekunden Schweigens, in denen wir aus unseren Gläsern trinken, es ist nur gefärbtes Wasser statt wie erhofft Fruchtsaft, scheint der „Alte" zum Gegenschlag auszuholen. „Mein lieber Voltaire", beginnt er und betont jedes seiner Worte, „in meinem Land herrscht die Freiheit der Gedanken und des Penis." „Hahaha!" Alle lachen und heben die Gläser zum Zeichen der Zustimmung. „Ein wahrhaft Salomonisches Urteil", meldet sich Graf Algarotti wieder zu Wort. „Fickfackerei!", entgegnet der Alte Fritz abwertend und besserwisserisch. „König Salomon hatte einen Harem mit über tausend Frauen und hatte damit nicht genug. Ich habe eine Frau und von der habe ich genug." Allgemeine Heiterkeit bricht aus, und die Szene ist beendet. „Pause!" wird gerufen, und wir dürfen uns kurz erheben. Die Darsteller verschwinden in einem Nebenraum. Nun beginnt eine Vielzahl von Feinabstimmungen, bei denen vor allem Regie, Kamera und Schauspieler sich langsam an das gewünschte Ergebnis herantasten. „Gut", sagt der Regisseur und dann laut in den Raum. „Bitte alles auf Anfang!" Schlagartig sind die Beteiligten am Dreh wieder an ihren Positionen. Letzte Korrekturen werden vorgenommen. Eine Maskenbildnerin geht schnell von einem zum anderen und pudert die Gesichter ab. Ich bemerke, dass ich, getreu der Regieanweisung, meinen Teller fast leer gegessen habe. Was nun? Keine Panik. Der Requisiteur hat das auch bemerkt. Er kommt mit einem Teller und legt mir zwei Hälften eines weich gekochten Eies auf. „Iss mal bitte etwas langsamer", raunt er mir zu. Aha, denke ich. Von wegen Wachteln bis zum Abwinken. Dafür scheint der Vorrat an gefärbtem Wasser unermesslich zu sein. In jeder Drehpause wird nachgegossen.

„Achtung, wir drehen!", wird gerufen.

„Kamera fertig?" – „Kamera läuft!"

„Ton fertig?" – „Ton läuft!"

„Kann ich noch so eine kleine Wachtel haben?" ruft die Thalbach unvermittelt. Keiner sagt etwas. Natürlich kann sie. Dafür ist sie halt der Titelheld. Wieder beginnt alles von vorn.

„Kamera fertig?" – „Kamera läuft!"

„Ton fertig?" – „Ton läuft!"

Wieder beginnt der Dialog. Ich schneide vom Ei kleine Stücke. Das sieht wenigstens so aus, als würde ich essen. Alles läuft reibungslos, dann ist die Szene im Kasten.

Das machen wir noch einige Male. Immer wieder wird die Kameraposition verändert. Dazwischen ist Drehpause. Und Drehpause heißt wie stets warten. Ich bemerke, dass die Hauptdarstellerin in den Drehpausen immer wieder auf den Balkon geht, um eine Zigarette zu rauchen. Mein Komparsenkollege tippt mich an und gibt mir zu verstehen, dass die Gelegenheit für ein Foto günstig sei. Also folgen wir der Thalbach auf den Balkon. Freundlich und als ob das selbstverständlich ist, gestattet sie uns ein kleines Fotoshooting. Eine Zigarettenlänge haben wir noch Zeit, mit ihr über Gott und die Welt und ihre Arbeit zu reden. Wir freuen uns ungemein. Wann kommt man einer so berühmten Schauspielerin schon so nahe.

Der Rest ist schnell erzählt. Nach geschätzten fünf verschiedenen Kameraeinstellungen ist die Szene abgedreht, wie die Filmleute sagen. Der Regisseur bedankt sich und verabschiedet uns freundlich. Dann sind wir entlassen.

Jetzt habe ich es eilig. Schon seit längerem habe ich am Himmel Gewitterwolken aufziehen sehen. Ab und zu hört man in der Ferne ein leises Grummeln. Abschminken und umziehen dauert. Formalitäten müssen noch erledigt werden, und die Marie zahlt uns ein kleines Handgeld aus. Die Sonne ist inzwischen hinter den Wolken verschwunden, und es weht ein kräftiger Wind. Urplötzlich beginnt es, wie aus tausend Gießkannen zu regnen. Wieder ist warten angesagt. Nach einer halben Stunde ist alles vorbei. Noch achtzig Kilometer Autofahrt, dann bin ich zu Hause, frohlocke ich. Denkste! Nach der

Hälfte der Strecke steht der Verkehr. Stau auf der Autobahn wegen Überflutung, sagt der Radiosprecher. Ich komme zu der Erkenntnis: Filmemachen heißt warten. Vom Anfang bis zum Ende.

10. Polizeikontrolle

Wieder einmal bin ich mit dem Auto von Merseburg nach Leipzig unterwegs. Ein Kundentermin steht in meinem Terminkalender. Ich habe es eilig, weil der letzte Termin länger als geplant gedauert hat. Es geht bereits auf Mittag zu, und um diese Zeit ist die Bundesstraße in die nahe sächsische Großstadt wenig befahren. Ich kann also Gas geben. Was nicht heißt, dass ich rase wie bei einem Straßenrennen. Aufmerksam beobachte ich, ob nicht am Straßenrand ein „Blitzer" steht oder sonst irgendwie die Geschwindigkeit kontrolliert wird. Bis jetzt habe ich Glück. Aber dann passiert es doch. Im nächsten Ort auf sächsischer Seite steht plötzlich ein Polizist am Straßenrand. Barhäuptig und im grünen Uniformpullover. Klein und von rundlicher Statur. Er hebt die Kelle und gibt mir unmissverständlich ein Zeichen, nach rechts in eine kleine Straße einzubiegen. Ob ich will oder nicht, ich muss mich fügen. Es ist ein unbefestigter Weg, der sich zwischen zwei Gärten entlangschlängelt, ein. Hucklig und bucklig. Ich fluche vor mich hin. Zwanzig Meter weiter steht der zweite Uniformierte. Der überragt den Ersten um Haupteslänge und gibt mir ein Zeichen zum Anhalten. Der kleine Dicke ist mir inzwischen zu Fuß gefolgt. „Guten Tag, Hauptwachtmeister Misching", sagt der Lange freundlich. „Sie sind zu schnell gefahren. Bitte mal die Fahrzeugpapiere und Ihren Führerschein!" Widerwillig steige ich aus. Aus meinem Jackett krame ich das Gewünschte

und reiche es ihm. In diesem Moment hält vorn an der Stra-
ßeneinmündung ein weißer Pkw. Ein Herr steigt aus. „Hallo,
meine Herren!", ruft er über das Dach seines Autos hinweg
den Polizisten zu. Die beiden Beamten schauen mürrisch in
seine Richtung. „Ja bitte", ruft der Lange, meine Papiere in den
Händen haltend. Auch ich sehe jetzt interessiert in die Richtung.

„Meine Herren, Sie wissen doch genau, dass Sie ohne Ihre
Dienstmütze keine Amtshandlung vornehmen dürfen!", ruft
der Fahrer aus dem weißen Auto. Die Polizisten schauen sich
verdutzt an. Dann ruft der kleine Dicke im schönsten Sächsisch: „Mänsch, halde deine Glabbe un mach 'ne Flieche.
Sonsd bisde glei mid
dran".

11. Kleine Bahn ganz groß

Zum wiederholten Mal in diesem Jahr streiken die Lokführer.
Aber nicht bei Klaus. Bahnstreik? Klaus winkt ab. Für kein
Geld der Welt würde er seine Züge stillstehen lassen. Modellei-
senbahnfahren macht nicht nur Kindern Spaß. Da werden
auch Erwachsene, meist sind es die Väter, wieder zu Kindern.
Mit Beginn der Adventszeit packt Klaus seine Eisenbahn aus.
Nicht etwa so eine moderne mit Computersteuerung und allem
möglichen Schnickschnack. Nein, seine Eisenbahn ist wirklich
eine Eisenbahn. Gefertigt aus Eisen oder genauer gesagt aus
Blech. Aus den 1930er Jahren soll sie sein, erklärt Klaus. Das
sei schon etwas Besonderes. „Mein Vater hat sie nach dem
Krieg erhalten für eine Handwerkerleistung", erzählt er. „Ich
habe sie irgendwann entdeckt und wieder hergerichtet." Das
habe viel Mühe gemacht, sagt er und erzählt, wie und was er

alles unternommen habe, damit seine Bahn heute wieder ihre Runden drehen kann. „Zur Weihnachtszeit 1978 habe ich sie für meine Kinder zum ersten Mal aufgebaut. Seitdem mache ich das jedes Jahr und inzwischen spielen meine Enkel damit." Spielen im wahrsten Sinne des Wortes: „Auf Grund des Alters hat zwar alles einen gewissen Wert", erklärt er. „Ich will aber keine Eisenbahn, die in einer Vitrine steht." Schließlich sei sie ja zum Spielen erschaffen worden. Sagt es und setzt die Anlage in Betrieb.

Es quietscht und klickt, als sich der Zug in Bewegung setzt. Geräuschvoll, wie sich das für eine Eisenbahn dieses Alters gehört, zischt die Lokomotive mit ihren drei Wagen über die Gleise, vorbei an Häusern, über Brücken und durch einen Tunnel. Am Bahnhof bleibt die Bahn unfreiwillig stehen. Zeit, sich alles etwas genauer anzusehen. Wer sich ein wenig mit dem Hobby der Modelleisenbahner befasst, der erkennt schnell, dass es bei denen oft auf die Liebe zum Detail ankommt. Das ist bei Klaus ebenso. Mal zeigt er auf eine Inschrift an einem Häuschen, mal ist es ein Wagen in Originalfarben oder ein Signal, das noch funktionsfähig ist. „Ich lege großen Wert darauf, dass alles noch funktioniert", erklärt er und demonstriert, wie Lampen und Signale leuchten, und ein nostalgisches Läutewerk kündigt mit seinem Bim-bim-bim an, dass sich die Schranken schließen. Dann nimmt er die Lok von den Gleisen, um nachzusehen, warum sie stehengeblieben ist. Ungefähr anderthalb mal drei Meter misst die Platte, auf der die Gleise verlegt sind. Häuser, Laternen, eine Schranke, eine Kirche, eine Windmühle und so manch anderes Kleinod haben ebenfalls darauf Platz gefunden. Nach und nach habe er im Laufe der Jahre dieses und jenes Stück dazu erworben, erzählt er. Dann spannt er die Lok wieder vor die Wagen. Ein Kontakt hatte sich verbogen. „Jetzt müsste sie wieder fahren", sagt er und betätigt den Hebel am Trafo, der mindestens ebenso alt ist wie die Bahn. Und erneut quietscht und klickt es, als der Zug sich wieder in Bewegung setzt, um Runde für Runde auf dem Gleisoval zu drehen.

„Bis Ende Februar darf mit der Bahn gespielt werden",
erzählt Klaus. Dann tritt sie ihre verdiente Sommerpause an.
Bis zur nächsten Adventszeit.

12. Wenn einer eine Reise tut,...

Von Weichen, Waggons und dem Mann auf der Lok

Als Lokführer in der Eisenbahn ganz vorn im Fahrstand sitzen
und den Zug lenken, das ist für viele ein Traum. Ob im schnellen ICE, im Regional-Express oder mit vielen Waggons eines
Güterzuges. Lokführer scheint immer noch ein Traumjob zu
sein.

Etwas mehr als tausend Meter Luftlinie sind es von Spergau bis zu den Gleisen der Anschlussbahn, die den Chemiepark Leuna mit dem Rangierbahnhof in Großkorbetha verbin-
den. Täglich rollen Hunderte von Waggons, beladen oder leer,
darüber, gezogen von den Loks der InfraLeuna GmbH.

Ob es möglich sei, mal mit einer Lok auf große Fahrt zu
gehen? Ja, das könne man sich mal ansehen, lautet die Antwort
auf eine entsprechende Anfrage.

Das Abenteuer beginnt mit einer Tasse Kaffee. Morgens
halb neun in der Zentrale der Bahnlogistik, eines Teilbetriebes
der InfraLeuna GmbH, wartet schon Roland Herfurth, der
stellvertretende Betriebsleiter und Fachkraft für die Triebfahr-
zeuge. Heute darf ich auf einer Rangierlok mitfahren, darf
hautnah erleben, wie die Züge zusammengestellt werden, bevor sie auf große Reise gehen. Oder im umgekehrten Fall, wie
die Züge mit den leeren Kesselwagen wieder aufgelöst werden,
damit sie neu befüllt werden können. Später dann, verspricht

er, darf ich mal mit auf Reise zu einem der Kunden gehen, die von den Produktionsfirmen hier beliefert werden. Wer kann da schon nein sagen. Das ist toll, sage ich, und die Vorfreude in mir wächst. Lokomotiven kennen die meisten nur aus respektvoller Entfernung. Und ich stehe jetzt davor und fühle das Besondere.

Ehe es richtig losgeht, ist Theorie angesagt. Grau ist jede Theorie, wusste schon der alte Goethe. Aber nicht in diesem Fall. Sehr lebendig und mit Hilfe einer ausgefeilten Bildpräsentation gibt Herfurth zunächst einen Überblick, bevor es auf die Lok geht. „Die Leunaer Anschlussbahn ist das Bindeglied zwischen öffentlichem Netz und Ladestelle", erklärt er. Sie sorge bei den Produktionsfirmen für eine reibungslose Beförderung der Waggons. Vorrangigste Aufgabe ist der Zusammenbau der Züge, die den Chemiepark via Rangierbahnhof Großkorbetha verlassen. Kommen sie mit den leeren Kesselwagen wieder rein, müssen sie wieder aufgelöst und für den nächsten Einsatz vorbereitet und bereitgestellt werden.

Das Schienennetz im Chemiepark umfasst 91 Kilometer Gleise mit 340 Weichen. Von den 16 Loks verschiedener Bauart sind ständig acht Lokomotiven im Einsatz. Sechs im Rangierdienst und zwei als Zuglok für die fertig zusammengebauten Züge. Überwacht wird alles vom Zentralstellwerk aus. Damit die Waggons dorthin gelangen, wo sie hinmüssen, sorgen dort ein Schichtleiter und zwei Fahrdienstleiter pro Schicht für einen reibungslosen Ablauf. Natürlich mit modernster Computertechnik.

Die Angebotspalette der Leunaer Bahnlogistik ist aber weit umfangreicher. „Waggons von A nach B fahren, können viele", sagt Herfurth. „Wir bieten den Produktionsfirmen praktisch einen Rundumservice." Sie beraten bei der Auswahl der benötigten Transportmittel und kümmern sich um deren technische Betreuung. Eine Reinigungsanlage sowie die Instandhaltung der Kesselwagen ermöglichen deren schnellen Umlauf. „Produktionsfirmen wollen produzieren. Um den Rest kümmern wir uns", lautet sein Credo. Und er ergänzt: „Unsere

Flexibilität weiß jedes Unternehmen hier zu schätzen." Dieser Service sei die Herausforderung, der sich die Bahnlogistiker täglich stellen.

Eine Stunde lang erzählt Herfurth über die Arbeit der Bahnlogistiker. Strukturen werden sicht- und Zusammenhänge erkennbar. Keine Spur von Langeweile. Dann endlich geht es hinaus auf die Lok. „Sicherheit hat absolute Priorität", sagt Herfurth und bringt Schutzhelm, Sicherheitsweste und Arbeitsschuhe.

Von der Zentrale geht es jetzt zu Fuß zu den nahegelegenen Gleisen des Rangierbahnhofes. Dort wartet bereits eine Vossloh G765 , in der Farbe der InfraLeuna blau funkelnd. Seit 1996 ist sie bei der InfraLeuna im Dienst. Lokführer Stefan Hesse wartet schon und lädt mich in den Führerstand ein. Von den Zehenspitzen bis zum Kopf ist das Vibrieren des 760 PS starken Motors hier oben zu spüren. Zwei Fahrstände – einen für jede Fahrtrichtung – gibt es. Ehe er seine Lok in Bewegung setzt, erklärt Hesse alle Knöpfe und Hebel und erläutert, welche Arbeiten er als Lokführer zu erledigen hat, bevor es überhaupt losgeht. Das heißt, die Einsatzfähigkeit der Lok muss überprüft werden. Sie fängt bei der Bremsprobe an und hört mit der Funktionsprobe des Signalhorns auf.

Der Motor kommt langsam auf Touren, und wie von Geisterhand, also ohne dass Lokführer Hesse einen der Hebel am Fahrstand betätigt, setzt sich die Lok langsam in Bewegung, im Schlepptau zehn volle Kesselwagen. Möglich macht das eine Funkfernsteuerung, die er umgehängt vor seinem Körper trägt. Das Stellwerk hat inzwischen freie Fahrt signalisiert. Mit voller Kraft zieht die Lok die Wagen über die Gleise. Der Motor dröhnt unter der schweren Last. Es rumpelt und quietscht jedes Mal, wenn der Zug über eine Weiche fährt. Metall reibt auf Metall. Bis an das Ende des Rangierbahnhofes geht die Fahrt, die auf einem Ausziehgleis endet. Angekommen, steigt Hesse von der Lok und koppelt die Wagen ab. Eine zweite Lok koppelt am anderen Ende des Zuges an und zieht ihn auf dafür vorgesehene Gleis zurück. Inzwischen hat leichter Regen eingesetzt. Hesse muss sich jetzt noch mehr konzentrieren. „Die Gleise werden rutschig", erklärt er. Nach wenigen Minuten kommt ein neuer Einsatzbefehl vom Fahrdienstleiter: „Stefan 183 nach Gleis 74", quäkt die Stimme aus dem Funksprechgerät. Mehr ist für den Laien nicht zu verstehen. Aber Stefan hat verstanden. Es dauert nur wenige Augenblicke, dann zeigt das Signal „Freie Fahrt". Der Fahrweg nach Gleis 74 ist frei. Diesmal geht es in die entgegengesetzte Richtung. Wieder rumpelt und quietscht die Lok über die Weichen. Auf Gleis 74 steht ein voll beladener Kesselwagenzug. Es gibt einen leichten Ruck, als die Lok an den ersten Waggon ankoppelt. Zehn Kesselwagen dieses Zuges sind nach Gleis 84 zu verbringen. Ihre Fracht ist Flugzeugbenzin. Hesse steigt von der Lok und schreitet die Reihe der Waggons entlang. Am zehnten überprüft er die Wagennummer und koppelt diesen von den übrigen ab. Dazu muss er zwischen die Waggons steigen, die Bremsluftverbindung lösen und die Kupplung aushängen. Auch das gehöre mit zu seinen Aufgaben, sagt er. „Früher gab es dafür einen Rangierer. Mit Einführung der Funksteuerung ist der nicht mehr notwendig, und die Sicherheit hat sich dadurch erhöht", erklärt Hesse. Nach Anweisung des Fahrdienstleiters müssen die Kesselwagen jetzt nach Gleis 84 gebracht werden. Dort steht schon ein Teilzug, der mit diesen zehn Kesselwagen von Gleis 74 zu einem ganzen Zug zusammengestellt werden soll. Von dort geht der via Rangierbahnhof Großkorbetha zum Kunden. „Das übernimmt dann aber eine andere Lok", sagt er. Aber erst geht es wieder hinaus zum Ausziehgleis. Und hier geschieht etwas Erstaunliches. An der letzten Weiche steigt Hesse von der Lok. Der Zug jedoch fährt langsam weiter. Der Lokführer steht neben dem Gleis und lässt Lok und Kesselwagen an sich vorbeifahren. Wie bei der Spielzeugeisenbahn. Kaum hat der letzte Wagen die Weiche passiert, hält er den Zug an. Dann steigt er auf den Wagen und wartet, bis der Fahrweg frei ist. Vorn auf dem ersten Kesselwagen stehend und nur als orangefarbener Punkt zu erkennen, dirigiert Hesse dann den Zug zu seinem Bestimmungsort.

Die Funksteuerung macht es möglich. Gott sei Dank scheint jetzt die Sonne wieder.

Die nächste Aufgabe wird über Sprechfunk angekündigt. Vier Kesselwagen mit Gas müssen auf ein anderes Gleis rangiert werden. Dann wiederum sollen leere Kesselwagen an einer Beladestelle bereitgestellt werden. Noch mehrmals geht es an diesem Tag hin und her. Die Leitstelle koordiniert wie ein Uhrwerk alle Zugbewegungen. Die Mitarbeiter dort sorgen dafür, dass täglich Tausende von Eisenbahnwaggons in Leunas Rangierbahnhof ein- und ausfahren können. Wenn auch nur ein einziges Gleis blockiert ist, wirft das die komplizierten Pläne für die ganze Zusammenstellung der Züge durcheinander. Zwischendurch gibt es immer wieder einmal kurze Wartezeiten, weil andere Rangiereinheiten den Fahrweg kreuzen oder ein Gleis besetzt ist. Wie just in diesem Moment, als ein Zug mit Lok 602 auf dem Nachbargleis vorbeifährt. Dann ist Zeit für einen kurzen Plausch, bis das Signal freie Fahrt anzeigt oder der Fahrdienstleiter sich meldet. Nach seinem Dienst bei der Bundeswehr habe er eine Ausbildung zum Lokführer gemacht, erzählt Hesse. Die Arbeit mache ihm Spaß und sei abwechslungsreich, obwohl das von außen gar nicht so aussehe, erzählt er. Als Lokführer müsse er immer konzentriert sein. Zumal er gleichzeitig für das korrekte An- und Abkoppeln von Lok und Wagen sorgen muss.

Dann ist Schluss. Feierabend. Hesse legt die Funksteuerung beiseite und fährt seine Lok vom Fahrstand aus zurück zur Einsatzstelle. Jetzt spürt man seinen Stolz, Herr über die Lok zu sein und tonnenschwere Waggons zu rangieren.

Mit dem Güterzug auf Reisen

Einige Wochen später. Roland Herfurth hat Wort gehalten. Heute darf ich mit einem Güterzug auf Reise gehen. Morgens drei Uhr geht es los. Da liegen die meisten Leute noch in ihren

Betten. Aber der Fahrplan ist nicht für Normalschläfer gemacht. Tanklager Schkeuditz steht als Ziel auf dem Fahrplan. Schon lange gehört die Belieferung des Tanklagers mit zum Service der InfraLeuna GmbH. Damit deren Züge auch über das öffentliche Netz der Deutschen Bahn rollen dürfen, hat die InfraLeuna ein eigenes Eisenbahnverkehrsunternehmen – kurz EVU – gegründet. Das zahlt sich aus.

Lokführer Bernd Rauschenbach betritt dreißig Minuten später die Eisenbahnbetriebszentrale der InfraLeuna GmbH. Einen Kesselwagenzug mit Flugzeugbenzin soll er heute nach Schkeuditz bringen. Die Kesselwagen stehen schon befüllt und abfahrbereit im Zugbildungsgleis 61. Als Erstes holt er die Unterlagen aus der Zentrale. Fahrplan, Frachtpapiere, Bremszettel und was sonst noch benötigt wird. Dann nimmt Lokführer Rauschenbach noch seine Lok in Augenschein. Eine graue Vossloh DE 18 mit dieselelektrischem Antrieb wartet an der Lokeinsatzstelle auf ihren Einsatz. Sorgfältig werden Bremsen und Ventile überprüft, Brems- und Frachtzettel kontrolliert und schließlich noch die Zugdaten in den Bordcomputer eingegeben. Mehr und mehr hält die Computertechnik Einzug. Der Lokführer ist dabei ganz auf sich gestellt. Er allein trägt die Verantwortung.

Gegen halb vier nimmt dann die 2.000 PS starke Lok langsam Fahrt auf. Rangierbegleiter Mirko Schumann ist für die Fahrt nach Schkeuditz mit an Bord. Er übernimmt beim Rangieren im dortigen Tanklager das An- und Abkuppeln der Kesselwagen. „Das ist dort Vorschrift", sagt Rauschenbach. Vorsichtig tastet er sich mit seiner Lok an den bereitstehenden Zug – 22 vierachsige Kesselwagen mit Kerosin – heran. Schumann legt die Warnweste an, setzt seinen Schutzhelm auf und steigt aus. Er kuppelt den Zug an und verbindet die Hauptluftleitung für die Zugbremse. Der Zug ist nun fest mit dem Triebfahrzeug verbunden. Inzwischen wurde am Ende des Zuges eine andere Lok angekuppelt. Die zieht den Zug mitsamt unserer Lok zum Rangierbahnhof Großkorbetha. „Damit wir mit unserer Lok nicht umsetzen müssen und gleich in Fahrtrichtung stehen", erklärt Rauschenbach.

Um 4.30 Uhr steht der Zug Abfahrbereit im Güterbahnhof Großkorbetha. Alles ist ruhig. Auf den Bahnsteigen ist kein Mensch zu sehen. Ein Regionalzug der Deutschen Bahn rauscht vorbei. Sonst ist nichts.

Lokführer Bernd Rauschenbach greift zum Telefon – alle Loks besitzen eine Telefonverbindung zum Fahrdienstleiter – und meldet Zug 99619 für die Fahrt nach Schkeuditz an. „Der Fahrdienstleiter sitzt in Leipzig in dem neuen elektronischen Stellwerk", sagt Rauschenbach. Als Laie kann ich nur staunen, wie das riesige Streckennetz von einem zentralen Punkt aus überwacht wird.

Kurze Zeit später. Das Ausfahrtsignal schaltet auf „Grün". Freie Fahrt. Der Motor der Lok dröhnt auf. Langsam setzt sich der 1.800 Tonnen schwere Zug in Bewegung. Rumpelnd fährt er über einige Weichen, bis er den für ihn vorgesehenen Fahrweg erreicht hat. Über Merseburg und Halle geht es laut Fahrplan bis Schkeuditz.

Es ist 4.40 Uhr. Das nächste Signal zeigt „grün" und zusätzlich ein „F" „Wir sind auf der Hauptstrecke", erklärt Rauschenbach. Mit 60 Stundenkilometern donnert der Zug jetzt über das Gleis. Hin und wieder piepst es. Die Sicherheitsfahrschaltung. Wenn der Lokführer nicht innerhalb weniger Sekunden den Fußtritt bedient, stoppt der Zug. Außerdem ist die gesamte Strecke mit einer sogenannten „linienförmigen Zugbeeinflussung" ausgerüstet. Ein Balken zeigt dem Lokführer an, ob die nächsten vier Kilometer der Strecke frei sind und wann er abbremsen sollte. Die linienförmige Zugbeeinflussung erhöht die Sicherheit auf den Schienenwegen nochmals deutlich, wird mir erklärt. Weit vorn taucht ein Lichtpunkt auf, der rasch auf uns zukommt. Nach wenigen Schrecksekunden donnert ein Güterzug auf dem Nachbargleis an uns vorbei. Um 4.50 Uhr kommt der Güterbahnhof Halle in Sicht. Das heißt, an dem Meer von roten, grünen und gelben Lichtern ist dieser in der Dunkelheit nur zu erahnen. Wer soll sich da herausfinden? Welches Signal gilt für unseren Zug? Lokführer Rauschenbach kennt sich aus. Weil er die Strecken perfekt beherrschen muss, fährt er regelmäßig die gleichen Verbindungen. Dennoch ist er hochkonzentriert. Der Zug rumpelt jetzt über eine Weiche und wechselt auf das Gleis, das auf die Fernstrecke nach Leipzig mündet. „Streckenkenntnis ist wichtig in dem Beruf", sagt er. Inzwischen ist es 5.00 Uhr und noch immer stockdunkel. Mit 80 Stundenkilometern passiert unser Zug den S-Bahnhof Halle-Ost. Ein Mann steht auf dem Bahnsteig, in dicke Wintersachen gehüllt. Wahrscheinlich wartet er auf seinen Zug, der ihn zur Frühschicht bringen soll. Was sonst auch? Links steigen Lichter in den Himmel. „Das ist der Flughafen", erklärt Rauschenbach.

Nur wenige Minuten später meldet sich der Fahrdienstleiter. Freie Fahrt zum Güterbahnhof Schkeuditz. Das Signal zeigt „grün" mit Geschwindigkeitsbegrenzung auf 50 Stundenkilometer. Wieder wechselt der Zug das Gleis. Zum Güterbahnhof geht es links über eine steile Rampe hinauf zum Güterterminal. Lokführer Rauschenbach zeigt sich erleichtert. „Mit 50 Kilometern die Stunde kommt man gut die Auffahrt hoch", sagt er. Die 22 vollen Kesselwagen seien wie ein Klotz am Bein. „Wenn man auf der Rampe stehenbleiben muss, weil oben alle Gleise besetzt sind, dann Gute Nacht." Hier zeigt sich, wer ein Meister seines Faches ist. Rauschenbach hat seinen Beruf von der Pike auf gelernt. Seit 1980 sitzt der gelernte Schlosser in Leuna auf der Lok. Vom Beimann über den Rangierdienst hat er es bis zum Lokführer geschafft. Ob früh oder spät, seine Arbeit mache ihm Freude, sagt er. Man spürt, wenn Rauschenbach auf der Lok sitzt, ist er in seinem Element. Und ich weiß jetzt, warum Lokführer für viele ein Traumjob ist.

Oben angekommen, zeigt das Signal „Halt". Zug 99619 wird beim Fahrdienstleiter abgemeldet. Von hier wird wieder in Eigenregie gefahren. Das bedeutet, der Lokführer legt seinen Fahrweg selbst fest. Langsam fährt der Zug am Containerterminal vorbei bis zum Tor des Tanklagers. Da ist erst einmal Halt. „Im Tanklager beginnt die Schicht erst um 6.00 Uhr", sagt Rauschenbach. Bis dahin sind es noch 45 Minuten. Warten ist angesagt. Zur Überbrückung wird gefrühstückt. Die für diesen Fall eingepackten Klappstullen schmecken köstlich wie lange nicht. Zeit, sich umzusehen. Noch ist dunkle Nacht. Rechts scheint freies Feld zu sein. In der Ferne huschen rote und weise Lichtpunkte hin und her. Wahrscheinlich eine vielbefahrene Straße. Links ist es interessanter. Teile des Frachtflughafens sind zu erkennen. Sechs, sieben Frachtflugzeuge stehen in Reih und Glied abflugbereit neben einer großen Halle. Soeben startet eine Maschine, und die nächste aus der Reihe rollt schon zur Startbahn. So geht das im Minutentakt. Ein Flugzeug startet, das nächste rollt zum Startpunkt. Nach dreißig Minuten sind alle weg. Der Platz neben der Halle ist leer.

Es ist bereits einige Minuten nach 6.00 Uhr. Im Tanklager tut sich noch nichts. Die Kraftstoffanzeige erregt meine Aufmerksamkeit. In den Tank der Lok würden 400 Liter Kraftstoff passen, erklärt mir Rauschenbach. Etwas mehr als zwei Liter hätten wir bis hierher verbraucht. „So effizient lässt es sich nie auf der Straße fahren", ergänzt er. Und das für etwa 1.200 Tonnen Produkt.

Es ist schon 6.30 Uhr. Endlich wird das Tor zum Tanklager geöffnet. Jetzt kommt Mirko Schumann, der zweite Mann auf der Lok, ins Spiel. Er zieht sich Sicherheitsjacke und Handschuhe an, setzt sich den Helm auf und koppelt die vollen Wagen ab. Vorsichtig dirigiert er die Lok an den ersten Teil des Leerzuges heran. „Noch drei Wagenlängen, noch zwei, eine und halt", ist aus dem Sprechfunkgerät zu hören. Dann koppelt er die ersten elf leeren Kesselwagen an, und Lokführer Rauschenbach rangiert die Waggons nebenan auf ein leeres Gleis. Das Gleiche passiert mit den nächsten elf Waggons. Schumann dirigiert wieder. Bis er die an die anderen leeren Waggons ankoppeln kann. Ein ganzer Zug mit 22 leeren Kesselwagen steht für die Rückfahrt bereit.

Inzwischen ist es 7.00 Uhr. Im Osten zeigt sich am Horizont ein heller Streifen. Es wird langsam Tag. Die vollen Kesselwagen sind jetzt an der Reihe. Mit denen geht es umgekehrt.

Der ganze Zug wird getrennt, und jeweils ein Teilzug wird auf eins der zwei Gleise an der Abfüllstation geschoben. Wieder steht Schumann und dirigiert die Waggons zentimetergenau an ihren vorgesehenen Platz. Um 7.45 Uhr ist das Rangieren beendet. Nachdem der Rangierbegleiter kontrolliert hat, ob der Zug korrekt gekuppelt ist, ob die Bremsen richtig eingestellt sind und einwandfrei funktionieren, kann es losgehen. Gemeinsam werden noch die Frachtpapiere und die Fracht geprüft, dann steht der Zug abfahrbereit im Schkeuditzer Containerterminal. Noch müssen wir warten. Ein langer Güterzug, der bereits über eine Stunde am Einfahrtsignal gewartet hat, darf einfahren. Es dauert dennoch. Erst 8.40 Uhr zeigt das Signal „Freie Fahrt" an. Lokführer Rauschenbach meldet sich wieder beim Fahrdienstleiter an, und Zug 99619 geht auf Rückreise, im Schlepptau 22 leere Kesselwagen. Der Zug rumpelt etwas lauter als am Morgen. Inzwischen ist es heller Tag. Sogar die Sonne lässt sich blicken und zaubert Lichtreflexe auf die Scheiben des Führerstandes. Die Fahrt geht jetzt etwas flotter. Vorbei an Dörfern, weiten Feldern und Gärten. Immer die gleichen Landschaften. Abwechslung bieten allenfalls die Jahreszeiten, denke ich. Ist Lokfahren auch ein einsamer Beruf? „Nein, wenn man fährt, da guckt man ja nicht nur nach vorn. Man muss die Gleise beobachten, die Signale, die Gegenzüge. Man muss aufpassen, dass keine Leute auf den Gleisen sind oder Gegenstände", erzählt Rauschenbach. Beispiele dafür gäbe es genug. „Man muss seine Augen überall haben."

Um 9.30 Uhr sind wir wieder in Großkorbetha. Die Lok wird abgekuppelt. Die leeren Kesselwagen bleiben hier stehen und werden bei Bedarf von einer anderen Lok nach Leuna geholt.

Ankunft in Leuna. Rauschenbach rangiert seine Lok auf das Abstellgleis. Noch etwas Papierkram, dann ist Schichtende. Auch für mich. Völlig ungewohnt für mich. Seit 3.00 Uhr bin ich auf den Beinen. Leicht ist der Beruf, so viel habe ich gelernt, sicher nicht. Lokführer sind hoch spezialisierte Fachleute. Sie sind die Kapitäne der Schiene.

13. Eine wahrhaft revolutionäre Entdeckung

Wie man Leim aus Gummibären herstellen kann, zeigten Schüler der 1. bis 3. Klasse aus der Freien Grundschule Spergau am „Tag der kleinen Forscher". Die Methode ist simpel und genial zugleich. Man nehme: fünfzehn Gummibärchen und drei Esslöffel Wasser. Die Gummibärchen in ein Gefäß geben und vorsichtig im Wasserbad erhitzen. Nach und nach drei Esslöffel Wasser dazugeben, umrühren und warten, bis eine dicke Flüssigkeit entstanden ist. Fertig! Mit einem Pinsel kann man nun das zu beklebende Material einstreichen und verkleben. Ist das der Kleber der Zukunft? Die kleinen Forscher beantworteten diese Frage mit einem lauten „Jaaa!".

Der „Tag der kleinen Forscher" wird in ganz Deutschland begangen. Wie wollen wir künftig leben? Das war das Thema in diesem Jahr. Mehrere Aufgaben hatten die Schüler zu lösen: Bau eines Hauses der Zukunft, Bau eines intelligenten Bewässerungssystems und die Herstellung eines umweltfreundlichen Klebers. Zur Unterstützung hatten sie sich die Kinder der „Dinogruppe" aus dem Spergauer Kindergarten „Krümelkiste" eingeladen.

Pädagogin und Cheforganisatorin war Cathleen. „So einen Tag zu organisieren macht schon im Vorfeld viel Mühe", sagte sie. Als staatlich anerkannte Erzieherin zeichnet sie verantwortlich für Projekte außerhalb des Unterrichtes. „Wir wollen mit solchen Projekten spielerisch die Kreativität der Kinder anregen", erklärte sie. Das passe zum Konzept der freien Grundschule, die damit Begeisterung für Naturwissenschaften bei den Kindern wecken wolle. Das war ihr an diesem Tag voll und ganz gelungen. Denn was die Kleinen zeigten und mit welchem Eifer und welcher Neugier sie bei der Sache waren, rief immer wieder Erstaunen hervor.

Zurück zur Neuheit. Während der Leimherstellung zeigte sich noch ein positiver Nebeneffekt. Es gab keinen Gestank und keine giftigen Dämpfe. Der ganze Raum duftete nach Gummibärchen. Natürlich probierten die Kinder ihre Erfindung gleich aus. Bunte Papierschnipsel wurden mit dem Leim bestrichen und miteinander verklebt. Und der Leim hielt. Übrigens nicht nur am Papier. An den Händen der Kinder klebte er auch.

14. Zu Besuch bei der alten Dame

Wieder ist ein Brief von der Tante gekommen. Schwer krank und seit vielen Jahren an den Rollstuhl gefesselt, lebt sie in einem Pflegeheim. Irgendwo im Thüringer Land. Ihr Leben ist kinderlos. Eine eigene Familie hatte sie nie. Warum? Das weiß keiner. Vielleicht eine enttäuschte Liebe in ihrer Jugend? Die, die es wissen könnten, sind nicht mehr am Leben. Umso mehr klammert sie sich an die noch Lebenden und die, die sie noch aus ihrem früheren Leben kennt. Ihrer Schwester schrieb sie regelmäßig. Doch seit deren kürzlichem Tod sind wir zu den Empfängern ihrer Briefe geworden. Wir sind, so scheint es, ihre einzige Verbindung zur Außenwelt. Die an Körper und Geist behinderte alte Dame fühlt sich zu uns hingezogen. Immer wieder bittet sie in ihren Briefen, wir mögen sie einmal besuchen kommen. Aber wie das nun einmal so ist. Meist hat man dafür keine Zeit.

Das jährliche Sommerfest findet wieder in ihrem Pflegeheim statt, schreibt sie in dem Brief, den wir heute erhalten haben. Das sei immer sehr schön, und wir sollten uns das nicht entgehen lassen. Also haben wir uns die Zeit genommen und sind einfach losgefahren.

Fast zwei Stunden Autofahrt liegen hinter uns, als wir in dem idyllischen Bergdorf ankommen. Das Pflegeheim? Ach ja, sagen die Leute, als wir nach dem Weg fragen. Oben auf dem Berg, und sie zeigen mit der Hand in die Richtung. Es liegt etwas außerhalb. Noch ein halber Kilometer, es sei nicht zu verfehlen. Wir fahren weiter. Der Anstieg zieht sich hin, und unser Auto muss sich ganz schön anstrengen. Die Straße endet auf einem Parkplatz direkt vor dem Heim. Idyllisch, denke ich. Ein idyllisches Fleckchen Erde hier oben. Hinter dem Haus ist Wald, soweit das Auge reicht, nach vorn kann man einen imposanten Blick hinunter ins Tal werfen. Gut gewählt für diese alten und kranken Menschen. Am Eingang werden wir von einer Gruppe Patienten begrüßt. Ein paar Männer, ein paar Frauen, ältere und jüngere. Alle sind geistig behindert und schauen erwartungsvoll nach ihren Gästen aus. „Guten Tag, Guten Tag", wird uns von allen Seiten zugerufen und alle wollen uns die Hände schütteln. Eine junge Frau stürmt freudig auf uns zu: „Hier! Hier!", ruft sie und streckt uns die Finger ihrer linken Hand entgegen. „Verlobt!", ruft sie und zeigt auf einen goldenen Ring an ihrem Finger. „Seit heute! Hm, hm!" Sie lacht stolz. Ich lächle verhalten zurück. Mitte dreißig wird sie sein, schätze ich. Weiter kommen wir nicht. Ein älterer Mann stellt sich uns in den Weg. „Franz", ruft er und streckt uns zur Begrüßung seine Hand hin. „Ich bin Franz. Kranfahrer in Unterwellenborn, Maxhütte Stahlwerk, kennste doch?" Ich nicke verständnisvoll. „Jetzt amerikanisches Unternehmen", plappert er weiter. „Gut, Franz" sage ich, „wir reden nachher noch drüber." Ich gehe weiter. „Kranfahrer in Unterwellenborn, Maxhütte", ruft er mir hinterher. Franz redet wie ein Endlostonband. „Amerikanisches Unternehmen", höre ich noch von weitem.

Wir fragen eine Pflegerin nach der Tante. „Die wird in ihrem Zimmer sein", sagt sie und zeigt uns den Weg. Da ist sie aber nicht. Wir gehen den Gang zurück. Eine Zimmertür steht offen. Eine Frau im Rollstuhl starrt uns ungläubig an. „Bist du es, Monika? Ach ist das schön, dass du gekommen bist!"

„Hallo, Tante Christa! Wie geht es dir?", antwortet meine Frau.

„Ach ist das schön, dass du gekommen bist! Da freue ich mich aber!"

„Ja, und wie geht es dir?", wiederholt meine Frau ihre Frage. Wieder reagiert sie nicht darauf.

„Und das, ist das dein Mann?" Dabei schaut sie mich mit fröhlichen Augen an.

„Ja", antwortet meine Frau, „das ist mein Mann! Und dir, geht es dir gut?"

„Na ja, wie es eben so geht!" Damit ist diese Frage ausreichend beantwortet.

„Wollen wir nach draußen, Tante Christa? Sollen wir dich schieben?"

„Ja, ja, heute ist Sommerfest bei uns. Ach ist das schön, dass ihr gekommen seid!"

Inzwischen werden draußen vor dem Heim Bänke und Tische aufgebaut. Aus einer Musikanlage erklingt Schlagermusik, und der Grill für die Würstchen wird gerade angeheizt.

Am Eingang steht immer noch die Gruppe, die uns begrüßt hatte. Franz, der Kranfahrer, ist auch dabei. Ohne dass sie uns bemerken, huschen wir vorbei ins Freie.

Es ist kühl hier oben auf dem Berg. Der Sommer macht in diesem Jahr seinem Namen keine Ehre. Es ist noch eine Stunde Zeit, bis die Party für die Heimbewohner steigt. Wir fahren deshalb mit der Tante im Rollstuhl durch den kleinen Park, den man nebenan angelegt hat. Alles sieht sehr gepflegt aus. Bäume, Sträucher und bequeme Bänke. Man kann von hier hinunter ins Tal sehen. An einer anderen Stelle kann man den Blick auf den bewaldeten Berg genießen. Ein Mann und eine Frau kommen uns entgegen. Er hat sich bei der Frau untergehakt, und mit dem anderen Arm stützt er sich auf eine Krücke. Dazu wackelt er ständig mit dem Kopf. Der ist noch keine vierzig Jahre alt, mutmaße ich, als wir näherkommen, und die Frau scheint seine Mutter zu sein. Mit einem Kopfnicken und einem Lächeln entbieten wir beiden unseren Gruß. Warum ist der hier?, frage ich mich unvermittelt. War es eine schlimme Krankheit oder ein Unfall? Oder ist er bereits so auf die Welt gekommen? Wer kann die Frage beantworten?

„Hier habt ihr es aber schön, Tante Christa", sagt meine Frau und reißt mich aus meinen Gedanken.

„Ja, hier ist es schön", antwortet sie eintönig.

„Eigentlich kann es hier nicht schön genug sein", entgegne ich meiner Frau. „Wenn man diese armen Geschöpfe sieht …" Der Rest bleibt unausgesprochen. Meine Frau nickt zur Bestätigung.

„Hoffentlich geht es uns nicht mal so."

Inzwischen kommen immer mehr Besucher. Eltern, Verwandte und Bekannte der Heimbewohner. Überall begrüßt man sich herzlich. Manche Patienten gebärden sich wie kleine Kinder. Die müssen unendlich glücklich sein, denke ich beim Betrachten der Szenerie.

Die Bänke füllen sich nach und nach.

„Wo wollen wir sitzen? Hast du einen besonderen Platz, wo du sitzen möchtest?", fragen wir die Tante.

„Ach, das ist egal, wohin!", antwortet sie wieder eintönig.

Es ist für uns gar nicht so einfach, einen Platz zu finden, weil die Tante ja im Rollstuhl sitzt. Letztendlich und mit Hilfe anderer Gäste finden wir einen Platz.

Die ersten Würstchen liegen bereits auf dem Grill. Es duftet verführerisch.

Doch bevor es soweit ist, soll es ein kleines Programm geben. Die Heimbewohner wollen sich und ihren Gästen eine Freude machen, betont der Heimleiter bei seiner Begrüßung und wünscht uns viel Freude. An der Eingangstür neben der Musikbox steht ein Mann. Der Heimleiter nennt ihn Andreas. Down-Syndrom, erkenne ich. Andreas hat sich eine Gitarre umgehängt. Keine echte, sondern eine aufblasbare, eher ein Faschingsartikel. Auf der beginnt er nun, zur Musik aus der Box zu spielen. Das heißt, er deutet es an. Dazu singt er einen bekannten Schlager. Mehrmals kommt er ins Stocken, aber das tut der Stimmung keinen Abbruch. Die Pflegerinnen stehen helfend zur Seite. Andreas bekommt trotzdem viel Beifall.

Die frisch Verlobte stürmt freudig auf unseren Tisch zu. Im Schlepptau einen jungen Mann: „Hier! Hier!", ruft sie und streckt uns erneut die Finger ihrer linken Hand entgegen. „Verlobt!", ruft sie und zeigt auf einen goldenen Ring an ihrem Finger. „Seit heute! Hm, hm!" Dabei schaut sie ihren Verlobten, der sie um Haupteslänge überragt, schmachtend an. Meine Frau und ich lächeln.

15. To go, to go – die ganze Welt to go

Frei aus dem Englischen übersetzt heißt *to go* soviel wie mitgehen oder etwas tun im Gehen. Vielleicht ist auch zum Mitnehmen gemeint. Wie dem auch sei, die Worte to go gehören heute schon zum alltäglichen Sprachgebrauch. Besonders bei jungen Menschen. Am bekanntesten ist wohl der Begriff „Kaffee to go". Kaffee zum Mitnehmen, Kaffee für unterwegs. Wie auch immer man das interpretieren will.

Kaffeetrinken unterwegs, im Gehen oder beim Laufen. Etwas Schlimmeres kann es für Kaffeegenießer gar nicht geben. Noch dazu Kaffee aus dem Pappbecher mit einem Deckel aus Plastik drauf und wohl bekomm's! Oder doch nicht? Also ich bevorzuge Kaffee aus einer schönen Tasse aus Porzellan. Schwarz und heiß muss er sein, der Kaffee. Gemütlich an einem Tisch sitzen und seinen Gedanken mal erlauben, sich aufzuschwingen. Das nenne ich Kaffeegenuss pur.

Wer aber genau hinschaut, wird bald bemerken, dieses *to go* trifft man nicht nur beim Kaffee. In vielen Situationen ist *to go* anzutreffen. Smoking to go, zum Beispiel. Rauchen im Gehen ist auch so eine verbreitete Unart. Ganz gleich, wo wir gehen. Auf der Straße, im Park, immer wieder begegnen uns Zeitgenossen, deren Gesichtsfeld von Tabakrauch umhüllt ist.

Einen wahrhaft großen Aufschwung hat *surfen to go* genommen. Den Blick starr auf das Handy in ihrer Hand gerichtet, sehen diejenigen nicht, was um sie herum alles passiert. Kollisionen mit anderen Menschen sind die Folge und auch keine Seltenheit mehr.

Kürzlich führte mich auf einer Wanderung der Weg an einem See entlang. Rechts der See und links ein kleines Wäldchen. In der Ferne war ein kleiner Yachthafen zu erkennen. Sonst nichts. Ein junger Mann mit seiner Freundin kam mir entgegen. Sie lachten und scherzten und waren offensichtlich sehr verliebt ineinander. Unwillkürlich musste ich lächeln. Aber, jeder der beiden hielt in seiner Hand einen Becher mit Kaffee. *Kaffee to go* natürlich. Und in der anderen Hand hielt jeder von ihnen einen Glimmstängel. Immer im Wechsel tranken sie einen Schluck Kaffee oder zogen an ihren Zigaretten. Smoking to go, dachte ich. Sie schienen mich gar nicht zu bemerken, so sehr waren sie mit sich, dem Kaffee und ihren Zigaretten beschäftigt. Plötzlich, zwei Meter vor mir, gaben sich einen Kuss. Ohne stehenzubleiben. Oh, dachte ich. Das gibt es also auch. *Kissing to go*. Was kommt denn nun noch, dachte ich mir? Nach einer Weile drehte ich mich noch einmal nach den beiden um. Da waren sie weg. Nicht mehr zu sehen. Wahrscheinlich waren sie in dem kleinen Wäldchen verschwunden, an dem ich kurz zuvor vorbeigewandert war. Ein Schalk, wer jetzt an *Sex to go* denkt. Ich lächelte und wanderte schnurstracks weiter.

Nun ist es noch gar nicht so lange her, da habe ich mich, ganz gegen meine Gepflogenheiten, auch dem *to go* hingegeben. Es war an einem schönen Pfingsttag. Für Weinliebhaber ist da ein Spaziergang entlang der Weinmeile ein Muss. Was soll ich euch sagen. Ich ließ mich hin- und mitreißen. *Vino to go*! Den ganzen Weg von Bad Kösen bis Roßbach. Gezählt habe ich die Vino to go nicht. Das war mir zum Schluss aber egal. Ich glaube das *to go* lässt sich nicht aufhalten. Bald ist die ganze Welt nur noch *to go*.

16. Wandern zwischen den Jahren

Dieser Jahreswechsel sollte etwas Besonderes werden. Weg vom Trubel der Silvesterfeiern und mal auf Wanderschaft gehen, war geplant. Eine Wanderung, die 2016 beginnt und erst 2017 enden sollte. Dahinter verbarg sich einfach die Idee, das Silvesterfeuerwerk sich vom Weinberg am Geiseltalsee aus anzusehen. Es müsste doch ein phantastischer Anblick sein, wenn in den Orten am gegenüberliegenden Ufer die Silvesterraketen starten. Das war der Plan. Bereits Tage vor dem Weihnachtsfest wurde die Wetterentwicklung verfolgt. Wird es regnen oder gibt es Nebel? Alles hängt davon ab, ob die Sicht gut ist. Zwei Tage vor Silvester stand es fest. Wolkenloser Himmel und Temperaturen nur wenig unter Null lautete die Vorhersage. Ideal. Die Vorbereitungen können beginnen. Ein paar Freunde, die sich ebenso für diese Idee begeistern, sind schnell gefunden. Nach einigen Absprachen, wer bringt was mit, fiebern wir dem Silvestertag entgegen.

Der Abend beginnt wie jedes Jahr. Zuerst Orgelkonzert im Merseburger Dom, dann essen gehen beim Lieblingsitaliener und anschließend nach Hause. Nur diesmal bleiben wir nicht dort. Wanderkleidung anziehen, Sekt, eine Thermoskanne mit Tee, ein paar Snacks einpacken, und das Unternehmen Weinbergwanderung kann starten. Ziel ist der Parkplatz am Radweg unterhalb des Weinberges. Ein eigenartiges Gefühl breitet sich aus, als wir in den Seitenweg, der zum Ziel führt, einbiegen. Es ist stockdunkel. Nur die Scheinwerfer des Autos reißen einen hellen Keil aus der Dunkelheit. Weit und breit ist niemand zu sehen. Uns wird mulmig. Aus der Ferne ist das Knallen von Böllern zu hören. Sonst nichts. Dunkle Nacht ringsum. Zehn Minuten sind vergangen, als sich zwei Lichtpunkte nähern. Aha, die Freunde. Vier dick Vermummte klettern aus dem Auto, Taschenlampen werden eingeschaltet, und nach kurzer und herzlicher Begrüßung beginnt der Anstieg. Noch „1,1 km" ist auf dem Wegweiser zum Weinberg zu lesen. Keine Hürde für Ausdauerläufer. Zügig schreiten wir bergan, und nach zwanzig Minuten sind wir am Ziel. Eine phantastische Aussicht bietet sich auf dem Gipfel. Der Himmel ist sternenklar. Das Sternbild des „Orion" und der „Große Wagen" sind zu erkennen. Wie hell erleuchtete Inseln stechen die Orte von Braunsbedra bis Langeneichstädt aus der Dunkelheit. Hier und da steigt eine Leuchtrakete in den Himmel und erinnert an den bevorstehenden Jahreswechsel. Schnell haben alle ihre Mitbringsel ausgepackt. Glühwein, heißer Tee und was man sonst noch für eine Silvesterfeier benötigt. Es wird gescherzt und gelacht.

„Da kommen noch welche", sagt plötzlich einer und zeigt in die Richtung. Tatsächlich tanzen weiter entfernt einige Lichtpunkte wie Glühwürmchen in der Dunkelheit, zügig näherkommend. Da haben wohl andere die gleiche Idee, denke ich. Nur kurze Zeit später entpuppen sich die Lichtpunkte als vier Freunde aus der Merseburger Laufszene. Da ist das Hallo groß.

Der Höhepunkt des Jahres nähert sich. Sektflaschen werden geöffnet, und jeder sucht sich den Platz mit der besten Aussicht. Einer beginnt rückwärts zu zählen: „... drei, zwei, eins, null!" „Prosit Neujahr!", rufen alle. Wir umarmen uns, und Wünsche werden ausgetauscht. Wenige Augenblicke später beginnt das, weshalb wir uns hier oben eingefunden haben. Das, worauf wir alle seit Tagen hinfieberten. Erst spärlich, dann mehr und mehr schießen Silvesterraketen in die Höhe. Der Himmel über den Orten entlang des Geiseltalsees erhellt sich. Ganze Batterieladungen werden jetzt gezündet. Der Lärm der Böller und das Platzen der Raketen sind bis auf den Berg hinauf zu hören. Tausende von roten, grünen und weißen Sternen regnen vom Himmel und spiegeln sich im Wasser des Sees. Von Braunsbedra bis Langeneichstädt. Auch der Hafen unterhalb von Mücheln leuchtet im bunten Licht. Welch phantastischer Anblick. Es will kein Ende nehmen. Irgendwann macht sich dann doch die kalte Winterluft bemerkbar. Die Kälte kriecht langsam unter die Kleidung und mahnt, den Rückweg anzutreten. Das neue Jahr geht in seine zweite Stunde, als unsere Wanderung endet. Eine Wanderung zwischen den Jahren.

17. Am Abgrund

„So, mein Großer, komm mal noch ein Stück vor", sagt der Typ zu mir. „Musst keine Angst haben." Noch gut einen Meter ist es bis zum bis zum tiefen Fall , und da soll ich keine Angst haben? So nah stand ich noch nie am Abgrund.

Angefangen hat alles mit einem Gutschein. Ein Gutschein für einen Flug über das Tal der Rappbodetalsperre. Freunde hatten ihn uns geschenkt. Zum Weihnachtsfest. Nun soll man sich ja über Geschenke freuen, aber so ganz sicher war ich mir nicht. Meine Frau war gleich Feuer und Flamme. Mir wird bei dem Wort „Urlaubsflieger" schon anders. Entsprechend erwartungsvoll sahen uns die Freunde an. Machen sie es, oder machen sie es nicht?

Um es vorwegzunehmen. Wir machten es! Zugegeben, es hat mich Überwindung gekostet.

An einem warmen Sommertag nahmen wir die Sache in Angriff. Die Rappbodetalsperre sei das Mekka der Adrenalinjunkies, sagt man. Besonders, seitdem die neue Hängeseilbrücke freigegeben wurde. Mit 458 Metern Länge überspannt sie den Bodestausee in 100 Metern Höhe.

Pünktlich wie vereinbart, sind wir da. Noch sind nicht viele Menschen unterwegs, aber von Minute zu Minute werden es immer mehr. Der Parkplatz füllt sich zusehends. Wir sind auf Wandertour und belächeln die Autofahrer, die mühsam einen Stellplatz für ihr Auto suchen.

Mit unseren Tickets in der Tasche steigen wir noch 100 Meter bergan. Hier oben steht der stählerne Turm, von dem unser Flug an einem Stahlseil über den Stausee startet. Gerade starten wieder zwei. Ich mag gar nicht mehr hinschauen. Tief ein- und ausatmen, Augen zu und durch, denke ich immerzu. Im Erdgeschoss werden wir gewogen. Man händigt uns Helme aus und eine Rolle, mit wir dann am Seil hängen. Mit der Rollvorrichtung in der Hand steigen wir eine Etage höher. Hier bekommen wir eine Weste verpasst mit Gurten und Ösen, in der wir dann waagerecht hängend über den See fliegen werden. Alles wird auf dem Rücken fest verschnürt. Dann dürfen wir mit der Rolle in der Hand auf die oberste Plattform steigen. Mir fällt ein Schild auf: „Zone no return" ist darauf zu lesen. Von hier aus gibt es kein Zurück. Alle Hoffnungen, dem Flug zu entgehen, muss ich hier begraben. Drei Paare sind noch vor uns. Zwei junge Frauen, ein älterer Herr mit seiner Enkelin und ein Ehepaar im mittleren Alter. Die beiden Frauen lächeln uns an. Für sie sei das nichts Aufregendes, erzählt die eine. Sie hätte schon einen Fallschirmsprung gemacht und der sei aufregender gewesen. Dann sind sie an der Reihe. Jetzt trennt uns nur noch ein halbhoher Eisenzaun von der Startplattform.

„So, die zwei nächsten Todeskandidaten", sagt einer der beiden Männer, die uns auf die Reise schicken werden, und öffnet den Eisenzaun. Wir treten hinaus. Meine Hände sind klatschnass. „Soo, ihr beiden. Dann wolln wir mal." Meine Atemzüge werden tiefer. Mein Blick geht geradeaus zum anderen Ufer. Bloß nicht nach unten sehen, denke ich immerzu. Ich wage kaum einen Blick nach rechts, wo meine Frau steht. „So, mein Großer, komm mal noch ein Stück vor." Der Typ, der das zu mir sagt, ist einen Kopf größer als ich, hat breite Schultern und sieht auch sonst so aus, wie eben ein sportlicher Typ aussieht. Vorsichtig tipple ich fünf Zentimeter auf ihn zu. „Na, noch ein Stückchen." Dabei winkt er mit den Händen. Ängstlich tipple ich weitere fünf Zentimeter vor. „Musst keine Angst haben", versucht er mich zu beruhigen, als wäre es das Normalste der Welt. Noch gut einen Meter sind es bis zum Abgrund, und da soll ich keine Angst haben? Der Typ steht vor mir auf einer Plattform und hinter ihm ist nichts. Hinter ihm geht es ungefähr zehn Meter in die Tiefe. Ein Geländer oder sonstige Vorrichtungen zum Festhalten sehe ich nicht. Ich stehe aufrecht und atme tief ein und aus. Stur blicke ich geradeaus auf das Tal der Rappbodetalsperre. Stausee, Bäume und Berge scheinen ineinanderzufließen. Details nehme ich nicht mehr wahr. Der Typ nimmt die Rolle und hängt sie in das Seil. Mit geübten Griffen klinkt er Seile und Gurte ein und prüft den Sitz der Weste. Runterfallen kann ich jetzt nicht mehr. Aber daran denke ich nicht. Ich habe abgeschaltet. Mein Adrenalinspiegel steigt ins Unermessliche. „So, mein Guter. Jetzt gehst du in die Hocke, lässt dich nach vorn kippen". Auch das noch, denke ich und lasse mich langsam sacken. Ich muss die Beine strecken, damit die in einen Haltegurt eingehängt werden können. Nun hänge ich in der Weste und schaukle willenlos hin und her. Meine Hände umklammern zwei in Brusthöhe angebrachte Halteschlaufen. Nun muss ich, ob ich will oder nicht, nach unten sehen. Jetzt kann ich nichts mehr tun. Wie ein voller Sack schaukle ich am Seil hin und her. Unter mir die neue Brücke. Der Strom derer, die den Übergang wagen, hat zugenommen. Ein kleiner Pulk hat sich gebildet und starrt erwartungsvoll zu uns hinauf. Ich habe das Gefühl, dass alle nur mich anstarren. Mein Typ, der mich auf die Reise schicken wird, hockt sich neben mich und gibt mir Anweisungen für meine Ankunft. Seine Worte tun mir gut. Sie haben etwas Beruhigendes. Dann höre ich nur noch von fern: „So, ihr zwei. Drei zwei eins los!" Es macht klick, und meine Frau geht auf die Reise. Weil ich eine Kamera am Helm trage, klickt es bei mir eine Sekunde später. Langsamer als gedacht, setze ich mich in Bewegung. Im selben Moment fällt die ganze Anspannung von mir ab. Ein unbeschreibliches Gefühl breitet sich in mir aus. Ich überfliege die Brücke und die Bäume und über mir höre ich das Pfeifen der Rollen. Der Fahrtwind wird stärker, und der Stausee kommt immer näher. Und nicht nur der Stausee. Auch meine Frau. Mein schwereres Körpergewicht lässt mich vermutlich schneller nach unten fliegen. Nach etwa zwei Dritteln der Strecke habe ich sie eingeholt. Ich drehe meinen Kopf nach rechts, damit die Kamera sie erfasst, und schon bin ich vorbei. Der Landepunkt kommt mir entgegen. Schneller als ich das will. Das Tempo ist hoch. Zu hoch, denke ich. Ob das wohl gut geht. Im Geist sehe ich mich schon im Fangnetz zappeln. Doch dann gibt es einen Ruck. Durch die Auflaufbremse werde ich wie von einer unsichtbaren Kraft nach vorn geschleudert. Der Mann, der mich am Ziel erwartet, hat es schwer, eine sanfte Landung hinzubekommen. Aber alles geht gut. Zwei Sekunden später kommt meine Frau angerauscht und landet sacht neben mir. Wir baumeln noch ein paar Sekunden hin und her, ehe wir von den Männern im Ziel von den Gurten befreit werden. Als wir wieder auf den Füßen stehen, ist die Freude grenzenlos. Wir umarmen uns und sind einfach nur glücklich. „So, schaut mal zurück", sagt der Typ, der mich aufgefangen hat. „Von dort oben seid ihr gekommen. Tausend Meter Luftlinie." Tatsächlich ist der Turm, von dem wir gestartet sind, nur als kleiner weißer Punkt wahrzunehmen. Freudestrahlend wie Kinder machen wir uns auf den Rückweg. Der Weg führt über die Talsperre. Von hier hat man nochmals einen imposanten Ausblick auf die neue Brücke. Immer mehr Menschen machen sich auf den Weg darüber. Der Parkplatz unterhalb ist jetzt hoffnungslos überfüllt. Wer über die Brücke will, muss Schlange stehen. Die Brücke scheint das neue Mekka zu sein. Ich sehe Alte, Junge und Kinder. Lahme mit Krücken und mit Rollator. Dicke, an denen sich die von der anderen Seite Kommenden vorbeidrängen. Ein junger Mann wagt den Übergang. Sein Gang erinnert an einen halbseitig Gelähmten. Mit beiden Händen klammert er sich am Geländer fest. Aber, koste es, was es wolle, er muss rüber. Vielleicht wartet auf der anderen Seite der Messias. Der Retter, der Erlöser, der alle von ihren Sünden befreit, wenn sie nur über die Brücke gehen. Die Szenerie hat etwas Skurriles. Ich kann nur ungläubig mit dem Kopf schütteln. Grenzenlos glücklich mache ich mich mit meiner Frau auf den Weg nach Elbingerode.

Natürlich zu Fuß.

18. Lebens-Lauf

April 2005. Uniklinik Dresden. Seit vierzehn Tagen liege ich hier auf der Station und bekomme meine zweite Chemotherapie. Noch geht es mir einigermaßen gut. Meinem Bettnachbarn geht es nicht viel besser. Wir reden über dieses und jenes, über Hobbys, Familie und so weiter. Was ich mir denn vorgenommen habe, wenn die ganzen Therapien überstanden sind, will er wissen. Ob ich denn den Laufsport an den Nagel hängen werde. „Ich werde 2006 zweimal einen Halbmarathon und, so Gott will, 2007 einen ganzen Marathon laufen. Das ist mein Ziel", sage ich zu ihm. „Und, das schaffst du," fragt er ungläubig. „Ja, das schaffe ich," antworte ich mit Überzeugung.

Heute, zweieinhalb Jahre später, stehe ich am Start zu meinem ersten Marathonlauf. Vor mir liegen 42,2 Kilometer bis zum Ziel. Werde ich das schaffen? Dreimal bin ich im vorigen Jahr zu einem Halbmarathon gestartet. Von Mal zu Mal ging es besser. Heute nun will ich mein Versprechen einlösen und einen ganzen Marathon laufen. Wochenlang habe ich hart trainiert. Streng nach den Vorgaben des Trainers. Monika, meine Frau, war immer an meiner Seite. Ob Tempoläufe oder langes Ausdauertraining, immer war Moni dabei.

Ich fühle ein Kribbeln im Bauch. Meine Anspannung wächst mit jeder Minute.

Die Stimmung am Start ist riesig, obwohl es seit den frühen Morgenstunden regnet. Viele bekannte Gesichter sehe ich unter den Zuschauern. Lauffreunde und Bekannte begrüßen uns und sprechen uns ihre Anerkennung aus. Je näher die Startzeit rückt, umso aufgeregter werde ich. Wenn nur der Regen aufhören würde. Gestern noch Sonnenschein, heute Regen. Es ist zum Aus-der-Haut-Fahren. Zum Schutz vor den Regentropfen haben wir uns einen Müllsack übergezogen. Das sieht lustig aus, ist aber äußerst wirkungsvoll. Außerdem schützt er den Körper vor Auskühlung. Petro, ein Freund, hat zwei Säcke zusammengeklebt, weil er mit seinen 1,85 Metern Körpergröße nicht hineinpasst. Kurz vor dem Start gesellt sich Irene zu uns. Wir kennen uns von vielen Laufwettbewerben. Und noch einer ist gekommen. Rainer aus Burgliebenau. Leider ist er verletzt und kann nicht mitlaufen. Rainer will uns ein Stück auf seinem Fahrrad begleiten und dabei Fotos von uns machen. Wir finden das toll. Mitten in unserem fröhlichen Disput fällt der Startschuss. Ich drücke meiner Frau noch einmal die Hand, und los geht es. Nur nicht so schnell. Das ist leichter gesagt, als getan. Einige laufen zu schnell los, andere zu langsam. Wie soll man da sein richtiges Tempo finden. Sechseinhalb Minuten zeigt die Uhr nach dem ersten Kilometer. Zu schnell, denke ich. Sieben Minuten ist meine Richtzeit. Nach zwei Kilometern laufen wir durch Fährendorf. Eine Gruppe steht am Straßenrand und feuert uns an. Alle mit Regenschirm. Sonst stehen wenige Zuschauer an der Straße. Wen wundert das bei dem Wetter. Kilometer vier. Rainer macht seine ersten Fotos. Längst habe ich meinen Regenschutz entsorgt. Wengelsdorf ist erreicht. Der erste und zugleich steilste Anstieg auf den 42 Kilometern. Trommler in historischen Kostümen stehen am Berg. Mit lautem Trommelklang treiben sie uns den Berg hoch. Ich ertappe mich, wie ich unbewusst schneller werde. Also bremsen. Vor mir läuft ein Mann in meinem Alter. Der hat aber einen merkwürdigen Laufstil, denke ich. Ob der das durchhält? Er macht noch zwei, drei Schritte, dann läuft er rechts raus und fasst sich mit schmerzverzerrtem Gesicht an sein linkes Knie. Aus.

Die erste Verpflegungsstelle. Bekannte Gesichter am Straßenrand. Fröhliches Winken. Ich greife mir einen Becher mit Wasser, winke zurück und laufe weiter. Der nächste Ort ist Spergau, mein Heimatort. Hier bin ich aufgewachsen. Viele Menschen stehen am Straßenrand, winken und rufen. Ich höre meinen Namen und winke zurück. Das geht so durch den ganzen Ort. Am Kilometer zehn ist die nächste Verpflegungsstelle. Mein Magen hat sich bereits gemeldet. Ich greife nach Banane und Wasser. Moni und Irene, wir sind noch immer zu dritt, machen es ebenso. In einem Autohaus am Straßenrand feiert man eine Marathonparty. Regenparty wäre treffender, denn noch immer regnet es. Ehrengäste? Ich habe keinen Blick dafür. Nur laufen, laufen, laufen, immer weiterlaufen. Leuna ist erreicht. Wir laufen über nasses, schmieriges Straßenpflaster. Da heißt es höllisch aufpassen. Von weitem ist Musik zu hören. Auf dem Haupttorplatz ist eine Riesenparty im Gange. Trotz Regens stehen doch viele Zuschauer an der Strecke, klatschen Beifall und winken uns zu. Kinder strecken ihre Hände aus. Auch hier höre ich meinen Namen rufen. Freunde und Bekannte. Sie wissen, welche Bedeutung dieser Lauf für mich hat. Und immer wieder Rainer. Er folgt uns wie ein Schatten oder fährt voraus, um unseren Marathon mit seinem Fotoapparat festzuhalten.

In meinem linken Fußgelenk verspüre ich leichte Schmerzen. Nachwehen einer Trainingsverletzung. Das schlechte Pflaster macht mir zu schaffen. Das ist eine Zumutung, denke ich.

Zwischen Kilometer 18 und 19 passieren wir den Merseburger Markt. Zuschauer jubeln uns zu. Darunter viele Lauffreunde, die wir persönlich kennen. Anfeuernde Worte schallen herüber. Wir winken zurück.

Das Feld der Läufer ist schon weit auseinandergezogen, und wir laufen im letzten Drittel. Trotzdem stehen noch Zuschauer an der Strecke. Der Regen hat inzwischen aufgehört. Die Sonne kommt langsam durch. Nur, Rainer ist nicht mehr da. „Der ist sicher nach Hause gefahren", sagt Irene. „Der wird pitschnass sein."

Entlang des Flüsschens Klia geht es nun in Richtung Stadtrand. Der Weg wird enger. Wir müssen hintereinander laufen. Plötzlich sind drei Radfahrer hinter uns. Ich muss zur Seite springen.

Die Hälfte ist geschafft. Der Regen hat aufgehört, die Sonne scheint und die Schmerzen im Fuß sind weg. Ich fühle mich wohl. Auch sonst ist noch alles in Ordnung. Ich bin optimistisch, dass ich den Marathon schaffe. Noch dazu mit meinen beiden Frauen. Was soll da schon schiefgehen? Seit dem Start bilden wir ein unzertrennliches Trio. Das heißt, plötzlich sind sie weg. Als ich mich umdrehe, sehe ich sie nicht mehr. Was ist jetzt los, denke ich. Nach einer Minute kommen sie hinter den Büschen an der Strecke hervor. Ich muss lächeln.

Weiter geht es. Irene, die seit dem Start mit Monika und mir läuft, ist eine angenehme Laufpartnerin. Sie hat schon ein paar Jahre mehr Lauferfahrung. Wir richten uns mit dem Tempo nach ihr, sie sich nach uns.

Nur an den Verpflegungsstellen machen wir kurze Gehpausen. Das ist gut so. Denn nach jeder Gehpause, selbst wenn es nur fünfzig Meter sind, dauert es länger, bis wir wieder unser gewohntes Tempo gefunden haben. Dann hören wir hinter uns ein merkwürdiges Geräusch wie von einem klapprigen Fahrrad. Wir drehen uns um und sehen: Rainer. Unser Streckenfotograf ist wieder da.

Kilometer 31 steht auf dem Schild neben der Straße. Seit einiger Zeit spüre ich meine Waden. Ich habe das Gefühl, dass sie von Kilometer zu Kilometer immer dicker werden. Es ist ein Gefühl, als würden sie jeden Moment platzen wie ein Luftballon. Hoffentlich bekomme ich keinen Krampf. Was dann? Bloß nicht stehenbleiben. Doch irgendetwas treibt mich weiter. Ich bin erstaunt, wie Monika das verkraftet. Bisher hat sie gut mitgehalten. Moni ist stark.

Holleben kommt in Sicht. Meine Wadenmuskeln sind hart wie Stahl. Auch hier herrscht Riesenstimmung. Schon von weitem werden wir an unseren Startnummern erkannt. Cheerleader bilden eine Gasse, die wir durchlaufen müssen. Dazu ertönt Discomusik. Es ist ein Höllenlärm. Immer wieder skandieren sie unsere Namen: „Tilo und Moni, Tilo und Moni ...“ und „Irene, Irene ...“. Was für ein Glücksgefühl. Ich bekomme feuchte Augen. Die Schmerzen in meinen Beinen sind wie weggeblasen.

Angersdorf. Der letzte Ort vor Halle. Hier geht es noch einmal bergan. Noch sieben Kilometer sind es bis zum Ziel. Die schaffen wir jetzt auch noch. Noch um ein paar Häuserecken in Halle-Neustadt herum, die Straßen sind hier fast menschenleer, dann biegen wir auf die Magistrale ein, die Straße, die Halle und Halle-Neustadt miteinander verbindet. Hier stehen kaum noch Zuschauer an der Strecke. Nur vereinzelt wird uns noch Beifall gespendet oder zugejubelt.

Was soll's. Wir freuen uns trotzdem. Dafür ist unser radelnder Fotograf noch da. Immer wieder fotografiert er uns. Dann fährt er voraus zum Ziel.

Längst bewegen sich unsere Beine automatisch. Immer vorwärts, immer geradeaus. Die lange Magistrale will kein Ende nehmen.

Meine Schultergelenke sind steif. Ich verspüre aber keinen Schmerz. Ein letzter Getränketisch. Schnell noch ein Schluck Cola, und schon geht es weiter. Meine Beine spüre ich nicht mehr. Ich sehe Moni an und frage: „Alles okay?“ Sie nickt nur mit dem Kopf. Also weiter. In der Ferne sehen wir am Straßenrand jemanden winken. Als wir näherkommen, erkennen wir Irenes Ehemann. Die ist nun nicht mehr zu bremsen und erhöht ihr Tempo. Moni möchte eine Gehpause einlegen. Noch ein Kilometer bis zum Ziel. Nach einer Minute hat sich Moni erholt. Wir mobilisieren unsere letzten Kraftreserven und biegen bei herrlichem Sonnenschein auf die Zielgerade ein. Noch einhundert Meter. Wir hören, wie unsere Namen gerufen werden, fassen uns an den Händen und laufen jubelnd über die Ziellinie. Irene erwartet uns bereits. Wir umarmen uns und sind glücklich vor Freude. Tränen rollen über mein Gesicht. Geschafft! Ich habe es tatsächlich geschafft. Mein Versprechen habe ich wahr gemacht und bin einen ganzen Marathon gelaufen. Heute habe ich allen gezeigt, was Menschen zu leisten vermögen. Das war mein Ziel. Ich bin überzeugt, das wird nicht mein letzter Marathonlauf gewesen sein.

Freunde und Bekannte kommen auf uns zu und beglückwünschen uns. Peter und Anett, meine Schwester, Rainer und die anderen. Was für ein Tag!

19. Der Kampf gegen den inneren Schweinehund

Den 4. Juli 2015 wird man so schnell nicht vergessen. Eine Hitzewelle ließ die Temperaturen extrem hoch ansteigen. Temperaturen, bei denen man sich normalerweise keiner großen Belastung aussetzt und stattdessen seine Zeit im Freibad oder im Swimmingpool verbringt. Viele von denen, die deshalb an diesem Samstag ins Strandbad Hassesee nach Roßbach strömten, waren aber nicht zum Baden gekommen. Die neunte Auflage des Firmenteam-Triathlons hatten sie an die Hasse gelockt. Fast 300 Aktive, die sich an diesem Tag in dem schönen Strandbad versammelt hatten, wollten, wie in den vergangenen Jahren, im sportlichen Dreikampf die besten Teams ermitteln. Bei 38 Grad im Schatten, die Sonne brannte gnadenlos vom Himmel, und über dem Asphalt flimmerte die Hitze, kämpften nicht nur die Sportler gegeneinander, sondern auch gegen die extrem hohen Temperaturen und natürlich gegen den inneren Schweinehund. Die meisten von ihnen waren Hobby-Sportler. In Anwesenheit von Sponsoren, Kollegen sowie zahlreichen Zuschauern erfolgte um 11.00 Uhr der Start. Drei Starter waren es pro Team. Der erste musste 750 Meter schwimmen, der nächste fuhr 30 Kilometer mit dem Rad und der Schlussstarter, den es am härtesten traf, musste noch sechs Kilometer laufen. Klingt machbar. Doch bei diesen Temperaturen wurden die Distanzen zur Qual. Zu den Strapazen, denen sich die Aktiven an diesem Tag aussetzten, ist nur zu sagen: Es war brutal! Die große Hitze verlangte den Athleten den allerletzten Einsatz ab. Dennoch zeigten sie alle außergewöhnliche Leistungen.

Dem Team der Gummibärenbande II, eine von sieben Mannschaften der Firma Trinseo, schienen die hohen Temperaturen nichts auszumachen. Mit fast sechs Minuten Vorsprung überquerte nach 1:23:59 Stunden Läufer Stephan Müller die Ziellinie und brachte seinem Team den Sieg. Da hatten noch nicht einmal alle Mannschaften ihre Radstrecke hinter sich gebracht. Nicht minder erfolgreich wie ihre männlichen Kollegen war das Frauenteam der Firma Trinseo. In der Gesamtwertung kam die weibliche Gummibärenbande I mit Sandra Straube, Kathrin Listing und Mandy Markert zwar „nur" auf Platz 36, aber in der Frauenwertung U120 gingen sie als souveräne Sieger hervor. Mit einer Zeit von 1:47:38 blieben sie noch unter der Zwei-Stunden-Marke.

Der Hauptsponsor der Veranstaltung, die InfraLeuna GmbH, hatte vier Teams ins Rennen geschickt. Infames macht seinem Namen alle Ehre. Ein famoser 16. Platz der Gesamtwertung vor den INFRAthleten mit Platz 27 und den INFRAketen auf Platz 39. Das vierte Team die INFRAroten Ferraristis waren zum ersten Mal dabei.

Damit am Wettkampftag alles reibungslos läuft und fast jeder Wunsch der Sportler erfüllt werden kann, bedarf es zahlreicher fleißiger Hände. Das Organisationsteam um den Vorsitzenden des TC Merseburg, Heiner Kuhne, hatte wahre Wunder vollbracht. Sie waren gut auf das heiße Wetter vorbereitet. So gab es zum Beispiel auf der Laufrunde einen Verpflegungspunkt pro Kilometer. Für die Läufer, für die es bei diesen Temperaturen am schwersten war, gab es von beherzten Campern bereits nach 200 Metern eine erfrischende Dusche aus dem Gartenschlauch. Das hatte sich ausgezahlt. Die Stimmung war wie im vergangenen Jahr wieder einmal grandios.

Im nächsten Jahr findet vor dem Hintergrund des 100jährigen Bestehens vom Chemiestandort Leuna und 20 Jahre DOW der 10. Firmenteam-Triathlon statt. Die Planung für diese Jubiläumsauflage sei bereits angelaufen, verriet Heiner Kuhne vom TC Merseburg.

20. Gemeinsam einsam

Beinahe wären wir mit den Köpfen zusammengestoßen. Meine Frau und ich. Beim Lauftraining auf dem Saale-Radwanderweg. Irgendwo zwischen Bad Dürrenberg und Vesta. Da fehlte noch gut ein Kilometer bis zum Ziel. So etwas ist uns noch nie passiert. Das hätte uns noch gefehlt, meinte meine Frau missmutig, bevor wir loslachten. Wie das wohl ausgesehen hätte, wenn wir jeder mit einer Beule am Kopf zu Hause angekommen wären. Und dann die Freunde. Die hätten sich nicht eingekriegt vor Lachen.

Gewöhnlich laufen wir, also meine Frau und ich, einträchtig nebeneinander her. Meist genießen wir die Landschaft entlang des Saale-Radwanderweges zwischen Bad Dürrenberg und Kleinkorbetha. Die Strecke ist – hin und zurück – zehn Kilometer lang und zu jeder Jahreszeit schön. Selten, dass einer von uns einmal etwas sagt. Lange Gespräche während des Laufens sind bei uns die Ausnahme. Manchmal werfen wir uns nur ein paar Worte zu.

Ungefähr in der Art: „Alles in Ordnung?" „Hm".

Oder ich frage gelegentlich: „Bin ich zu schnell?" Meist kommt ein einsilbiges „Nö" zurück. Selten, dass sie mal sagt: „Es ist alles okay!" Schweigend laufen wir im Gleichschritt weiter. Jeder ist dann wieder mit sich und seinen Gedanken allein. Wir verbohren uns in die sogenannte Einsamkeit des Langstreckenläufers.

Meine Gedanken wandern häufig zu all den Dingen, die mir an der Strecke begegnen. Zu den Bäumen und Sträuchern oder zu den Vögeln in der Luft. Zu den Dingen, die manche Zeitgenossen unachtsam oder mutwillig am Wegrand oder mitten auf dem Weg zurückgelassen haben. Von den Gedanken meiner Frau weiß ich nichts. Nicht einmal erahnen kann ich sie. Es zu versuchen ist sowieso aussichtslos. Die Gedanken der Frauen sind für uns Männer wie ein undurchdringlicher Dschungel. Ein Buch mit sieben Siegeln. Bis eben zu jenem Augenblick, da wir fast mit den Köpfen zusammengestoßen wären. Plötzlich blinkte in der Herbstsonne etwas golden-silbern auf. Zwei Meter vor uns mitten auf dem Weg. Ein Geldstück, schoss es mir durch den Kopf. Instinktiv bückte ich mich und streckte meine Finger nach dem künftigen Reichtum. Meine Frau auch. Unsere Köpfe kamen sich gefährlich nahe. Meiner Frau entfuhr ein Schreckensruf. Aber schon im nächsten Augenblick zuckten wir wieder zurück. Das vermeintliche Ein-Euro-Stück entpuppte sich als ein goldglänzender Bierflaschenverschluss, den irgendein Umweltfrevler achtlos weggeworfen hatte. Meine Frau brummelte noch etwas Unverständliches. Dann sahen wir uns an, lachten – und liefen weiter. Jeder wieder für sich und allein mit seinen Gedanken.

21. In der elliptischen Tretmühle

Wer denkt, die größte Herausforderung für Läufer ist der Marathonlauf – der hat recht. Einen Marathon laufen sportlich veranlagte Zeitgenossen einmal, zweimal, manche auch noch öfter im Jahr. Das kommt darauf an, wie alt man ist, welches Ziel man erreichen will oder wie fit man ist. Frauen laufen nur einmal, manchmal auch zweimal im Jahr einen Marathon. Der Leistungssportler wird sich auf den einen Höhepunkt des Jahres intensiv vorbereiten. Ein Volkssportläufer wiederum will einfach nur Spaß und Freude empfinden. Aber für sie alle ist der Marathonlauf der Höhepunkt.

Es gibt aber noch etwas. Etwas ganz Besonderes. Eine Herausforderung. Das ist ein Läuferzehnkampf. Den laufen nur wenige. Wer den schon einmal mitgemacht hat, weiß beim zweiten Mal, worauf er sich einlässt. Für den Neuling ist es ein Abenteuer. Laufen im Stadionoval. Für vier Abende begibt man sich in eine Tretmühle. In eine ovale, in eine elliptische Tretmühle. Kurze Strecke, lange Strecke, mittlere Strecke. Runde um Runde und Abend für Abend. Immer nur laufen, laufen und nochmals laufen. Wie ein Zirkuspferd im Kreis. Vier Abende heißt es sich quälen bis zur Erschöpfung.

In diesen Julitagen des Jahres 2010 geht der Blick oft zum Himmel. Wie wird das Wetter? Das ist Gesprächsthema Nummer eins bei den über vierzig Läufern. Gibt es Regen oder brennt die Sonne weiter so heiß? Wird der Wind etwas nachlassen? Und wenn schon! Daran kann sowieso keiner etwas ändern. Die Läufer, Männer und Frauen zwischen 20 und 75 Jahre alt, haben sich auf dieses Abenteuer eingelassen. Das Abenteuer beginnt mit einem 60-Meter-Sprint. Sprinten ist Gift für den erfahrenen Langstreckenläufer. Seine Muskeln sind nicht trainiert für kurze Distanzen. Deshalb nehmen ihm die Muskeln das übel und schicken ihm tags darauf einen Muskelkater.

Zehn Minuten Pause. Der nächste Lauf wird aufgerufen. Schlappe 1.500 Meter müssen bewältigt werden. Was sind die schon gegen einen Marathon? Aber 1.500 Meter sind knapp vier Runden im Stadionoval. Die Tretmühle schickt ihren ersten Gruß, denn die vier Runden sind nicht zu unterschätzen. Läuft man zu schnell, ist nach der Hälfte die Luft heraus. Läuft man zu langsam, wird man ständig überrundet. Also wie nun? Die bunte Schar der Läufer nimmt es locker. Nur die Enthusiasten, die Ehrgeizigen hetzen wild darauflos, als wollten sie schneller sein, als die Zeiger der Uhr sich drehen. Als Nachtisch an diesem ersten Abend wird zur 400-Meter-Distanz aufgerufen. Für diese scheinbar kurze Strecke muss man noch einmal alles mobilisieren, und manch einer kommt mit letzter Kraft torkelnd ins Ziel. Geschafft!

Tag zwei im Laufzirkus. Viele klagen über Muskelkater. Aber kneifen tut keiner, obwohl die Strecken an diesem Abend länger werden. Strecken in der Reihenfolge von 100, 3.000 und 800 Metern sind noch zu absolvieren. Wieder beginnt alles mit einem Sprint. 100 Meter. Dieses Mal sind die Muskeln vorbereitet. Sie murren noch etwas, aber übel nehmen sie das nicht mehr. Im Gegensatz zu den 60 Metern vom gestrigen Tag.

Kurze Pause. Start zum 3.000-Meter-Lauf. Wieder dreht sich das Läuferkarussell. Diesmal schon etwas länger. Siebeneinhalb Runden im Stadionoval. Und wie am Vorabend scheint die Sonne erbarmungslos. Neben dem Zielstrich stehen die Rundenzähler. „Meier, noch vier, Müller, noch drei", rufen sie den Läufern zu. „Achtung, Lehmann kommt ins Ziel!", höre ich es rufen. Lehmann läuft, kaum dass er die Ziellinie überquert, schnurstracks auf den Tisch mit den Getränken zu, greift sich eine Flasche mit Wasser und trinkt, als wollte er die ganze Flasche auf einmal in sich hineinschütten. Die 800-Meter-Strecke muss er aber noch laufen. Da gibt es kein Erbarmen.

Am dritten Tag haben sich die Beine eingewöhnt. Nach dem 200-Meter-Sprint dreht sich die Tretmühle wieder. Heute kommt sie richtig in Schwung. Zwölf und eine halbe Runde im

Stadionoval. Das sind 5.000 Meter. Zwölfeinhalb Runden laufen, treten, sich quälen oder wie immer man das bezeichnen will. Es ist eine Herausforderung. Da sind die 1.000 Meter im Anschluss nur noch ein Katzensprung. Und doch ist das nur der Vorgeschmack auf das, was am nächsten Abend alle erwartet.

Die Königsdisziplin. An diesem Abend hat sich noch der Wind zur Sonne gesellt. Die 10.000 Meter stehen heute auf dem Programm. Das sind fünfundzwanzig Runden. Fünfundzwanzig Runden rote Laufbahn. Fünfundzwanzigmal Rückenwind auf der einen und fünfundzwanzigmal Gegenwind auf der anderen Seite des Ovals. Mehr als vierzig Läufer wollen heute auf Rundenhatz gehen. Oder soll man vierzig Verrückte sagen? Sind das Verrückte, die sich freiwillig in diese Tretmühle begeben? Die Frage können nur die beantworten, die dabei waren. Diejenigen, die bis jetzt die Tretmühle überlebt haben.

Die Tretmühle läuft auf Hochtouren. Nach der Hälfte der Strecke kommt es mir vor, als laufe ich schon eine Ewigkeit. „Noch zehn Runden!", wird mir zugerufen. Noch zehn? Mein Gott, nimmt das gar kein Ende? Der Erste kommt bereits ins Ziel. Nach fünfundzwanzig Runden läuft er locker und leicht über den Zielstrich, als wäre es das Normalste der Welt. Den Nachfolgenden stehen die Qualen, denen sie sich ausgesetzt haben, ins Gesicht geschrieben. Die Letzten torkeln nur noch ins Ziel. Aber sie haben es geschafft! Alle haben es geschafft. Auch ich bin heil durch die Tretmühle gekommen. Erschöpft, aber glücklich. Mein Herz schlägt noch etwas schnell, und mein Mund ist trocken. Jemand reicht mir einen Becher mit Wasser. Eine Last fällt von mir ab. Das Rundenkarussell steht wieder. Bis zum nächsten Jahr. „Mal sehen, was mein Weib heute zum Abendbrot gemacht hat", höre ich einen sagen.

22. Laufen durch glitzernde Kristalle

Wir Läufer sind eigenartige Menschen. Manche Zeitgenossen halten uns für verrückt, andere wiederum zollen uns Hochachtung, und wir selbst, wir sind stolz auf uns. Kilometerweit laufen, in freier Natur bei Wind oder Regen, dem Körper alles abzuverlangen, uns macht das nichts aus. Ob brütende Hitze oder grimmige Kälte, nichts und niemand kann uns abhalten, unsere Laufschuhe zu schnüren und loszulaufen.

Aber einmal, das graue und triste Novemberwetter hatte uns doch nicht so gefallen, haben wir noch einen draufgesetzt. Untertagelauf hieß die neue Herausforderung. Die Laufstrecke lag unter der Erde, genauer gesagt, in einem Salzbergwerk. Durch eine Welt glitzernder Salzkristalle zu laufen muss faszinierend sein, dachten wir und packen unsere Laufsachen ein. Der mittlerweile schon zur Tradition gewordene Kristalllauf lockt Jahr für Jahr Hunderte von Läufern ins Bergwerk. Es grenzt schon an ein Wunder, dass wir überhaupt einen von den sehr begehrten Startplätzen ergattern können. Dementsprechend groß ist der Andrang am Förderkorb. Mit jeweils zehn weiteren Startern besteigen wir den Förderkorb, um zu der Laufstrecke zu gelangen. Eng aneinander gepresst geht in rasanter Fahrt abwärts. Fast drei Minuten benötigt der Förderkorb, um in 650 Meter Tiefe zu gelangen. Angenehm warme, aber trockene Luft empfängt uns beim Verlassen des Korbes. Temperatur 25 Grad und 20 Prozent Luftfeuchtigkeit kann ich an einem Messgerät ablesen. Überall an den Wänden und der Decke glitzern im fahlen Licht Salzkristalle. Welch ein faszinierender Anblick. Für weitere romantische Träumereien bleibt aber keine Zeit. Drei Kleintransporter mit Ladepritsche und aufmontierten Sitzbänken stehen bereit, um uns an den Start zu fahren. Wie viel Leute letztendlich auf der Ladepritsche sitzen, vermag ich heute nicht mehr zu sagen. Ich jedenfalls habe das Gefühl, die Karre ist total überladen.

Der Fahrer schließt die Klappe, und schon geht es los. Wer jetzt glaubt, dass wir in gemütlichem Zuckeltempo durch die Stollen fahren, den muss ich enttäuschen. Der Fahrer tritt das Gaspedal bis zum Anschlag durch, der Motor heult auf, und beim Anfahren verschwindet der nachfolgende Wagen sogleich in einer Salzstaubwolke. Mit 70 Kilometern pro Stunde brettert der Fahrer mit uns als Fracht auf der Ladefläche durch die engen Stollen. Mal steil bergauf und hernach gleich wieder bergab. Wie in der Achterbahn geht es hoch und runter bei der Fahrt. Plötzlich taucht vor uns eine weiße glitzernde Wand auf. Ja, will der denn nicht bremsen, denke ich erschrocken. Aber im letzten Moment reißt der Fahrer das Lenkrad nach rechts und steuert die vollbeladene Karre in einen Nebenstollen. Mit beiden Händen klammern wir uns an die Sitzbänke, um nicht von der Ladepritsche zu stürzen. Nach unendlich langen zehn Minuten ist alles vorbei.

In einem großen, von Salzkristallen glitzernden Gewölbe endet die Fahrt. Am Schnittpunkt von zwei sich kreuzenden Stollen haben die Bergleute ein großes Gewölbe ausgefräst. Tische und Bänke sind aufgestellt, und eine Bergmannskapelle spielt flotte Weisen. Durch geschickt angebrachte Lampen hat man das Gefühl, sich in einem großen Kristallpalast zu befinden. Aber auch jetzt bleibt keine Zeit zum Staunen. Schon ruft der Kampfrichter die Läufer an den Start. Über fünfhundert Läufer aus ganz Deutschland nehmen am Start Aufstellung. In Sommerkleidung und Fahrradhelm, welchen hier unten aufzusetzen Pflicht ist. Langsam wird es ruhig. Eine Bergmannskapelle beginnt, das Bergmannslied zu spielen. Schon nach den ersten Takten singen die Ersten mit. Nach und nach fallen alle mit ein, bis aus über fünfhundert Läuferkehlen ein lautes „Glück auf, Glück auf ..." erschallt. Der größte Läuferchor bringt sich in Stimmung. Ich bin sicher nicht der Einzige, der eine Gänsehaut bekommt.

Ein kräftiger Paukenschlag ersetzt den Startschuss, und in das große Feld der Läufer kommt Bewegung. Noch vorsichtig den Untergrund taxierend die Neuen, ungebremst loslaufend die Erfahrenen, setze auch ich mich in Bewegung. Bereits nach einhundert Metern geht es steil bergan. An den Wänden glitzern im Licht der spärlichen Stollenbeleuchtung die Salzkristalle. Kaum einer nimmt das wahr. Bald macht sich die warme und trockene Luft bemerkbar. Schon nach weiteren zweihundert Metern verfallen die ersten bereits ins Gehtempo. „Wenn du jetzt gehst", dachte ich, „kommst du nie wieder in Tritt." Mit kleinen Tippelschritten laufe ich, als wenn ich schnell Treppen steige, bergan. Dabei hole ich immer mit kräftigen Armbewegungen Schwung. Ein bewährter Laufstil, mit dem ich schon manchen steilen Anstieg bezwungen habe. Die spärliche Beleuchtung lässt das Ende des Anstieges nur erahnen. Nach zehn Minuten stetigen Berganlaufens spüre ich einen Absatz. Geschafft, denke ich, endlich oben. Denkste! Einhundert Meter vor mir und etwas erhöht, sehe ich winzige Lichtpunkte wie Glühwürmchen hin und her schaukeln. Doch sind es nur die Helmlämpchen anderer Läufer. Also weiter bergauf. Nach weiteren zehn Minuten wird es heller. Die erste Getränkestelle kommt in Sicht. Der Gipfel der Strecke ist erreicht. Endlich, mein Mund ist trocken. Die Luft hier unten hinterlässt Spuren. Fast ohne zu schlucken schütte ich einen Becher Wasser in mich hinein und laufe weiter. Über dreihundert Höhenmeter hatte ich überwunden. Ganz sacht geht es jetzt drei Kilometer bergab. Die erste Runde ist geschafft, und die Strapaze beginnt von vorn. Aber jetzt kenne ich die Strecke und weiß, wie ich in Runde zwei meine Kraft einteilen muss. Obwohl mir der Schweiß aus allen Poren läuft, bereitet mir jetzt der nochmalige zwei Kilometer lange Anstieg weniger Probleme. Wieder oben angekommen, benötige ich diesmal zwei Becher Wasser, um der trockenen Luft Tribut zu zollen.

Die letzten Kilometer bewegen sich meine Beine automatisch weiter. Es geht wieder bergab, und ich spüre das Ziel näherkommen. Blasmusik dringt an mein Ohr, und die Stimme des Sprechers ist schon zu hören. Ich mobilisiere meine letzten Kraftreserven, und mit hoch erhobenen Händen laufe ich lächelnd ins Ziel. Die Zunge klebt wie ein dicker Kloß am

Gaumen, und ich kann kein Wort reden. Ein Helfer reicht mir einen Becher Wasser, den ich gierig austrinke. Dazu ein Stück Banane, weil auch mein Magen sich meldet. Langsam kann ich wieder klare Gedanken fassen. Eine Stunde und dreizehn Minuten zeigt meine Stoppuhr. Und mein Puls? Oh, je! Erschrocken reiße ich die Augen auf. Zehn Schläge über dem Maximalwert. „Aber ich lebe noch", freue ich mich. Gott sei Dank. Erschöpft und voller Stolz stehe ich inmitten der vielen Läufer, die gleich mir das Ziel erreicht haben. Ein Glücksgefühl ohnegleichen breitet sich in mir aus. Ein Gefühl, das sich hinterher nur schwer beschreiben lässt. Jetzt habe ich auch Zeit, mich umzusehen. In den hohen und langen Stollen sind Tische und Bänke aufgestellt. Überall funkeln Salzkristalle und in gläsernen Vitrinen liegen besonders schöne Steine, welche die Bergleute bei ihrer Arbeit immer wieder finden. Mit winzigen Lämpchen angestrahlt, funkeln sie in allen erdenklichen Farben. Es ist ein faszinierender Anblick.

Sofern das Ziel erreicht wird, erhält jeder üblicherweise eine Medaille. Hier unten aber erhält jeder Läufe einen Salzkristall. Schon das macht den Unterschied zwischen oben und unten aus. Am Ende des Stollens empfängt mich ein riesiges Gewölbe, ein Kristallpalast ohnegleichen, ein Theatersaal mit Sitzbänken für mehr als fünfhundert Zuschauer. Salzkristalle funkeln wie Sterne von der Decke und den Wänden. Geschickt angebrachte Scheinwerfer verstärken den Eindruck. Und dann erschallt in dem bis auf den letzten Platz besetzten Gewölbe ein vielhundertfaches Glück auf, Glück auf ... Nach und nach machen sich die Ersten auf den Weg in Richtung LKW-Abfahrtsstelle. Auch für uns wird es Zeit zu gehen.

Diesmal darf ich auf der Ladepritsche neben dem Fahrer sitzen. Umständlich beginne ich, am Sicherheitsgurt zu ziehen. „Hier unten brauchst du dich nicht anzuschnallen", ruft mir der Fahrer zu, „und wenn ich fahre, erst recht nicht." „Na gut", kann ich noch denken, da geht es auch schon los. Der Fahrer gibt wieder Vollgas, es kracht im Getriebe, und der Wagen macht einen Satz nach vorn. Im Höllentempo fahren wir in Richtung Förderkorb. Dieses Mal habe ich einen besseren Blick auf die Strecke. Immer, wenn der Stollen hundert Meter steil bergab führt, spüre ich ein leichtes Kribbeln in der Magengegend. „Du, Kumpel", sage ich nach einer Weile zum Fahrer, „fährst du da oben auch so rasant?" „Nee", antwortet er trocken. „Ich habe gar keinen Führerschein." Ich bin baff! Der fährt hier wie eine gesengte Sau und hat noch nicht mal einen Führerschein, schießt es mir durch den Kopf. Unauffällig nestele ich nun doch am Sicherheitsgurt. Der ist aber verklemmt. Und so klammere ich mich mit beiden Händen an den Sitz und stemme die Füße fest gegen das Bodenblech.

Endlich sind wir am Ziel. Die Höllenfahrt ist zu Ende, und der Förderkorb wartet schon. Oben angekommen, schlägt mir nasskalte Novemberluft entgegen. Mit etwas Wehmut denke ich an die warme Luft unten im Stollen. Nächstes Jahr bin ich wieder hier.

23. Wie ich die Langsamkeit entdeckte

Haben Sie Zeit? Eine Frage, die wir gelegentlich unseren Mitmenschen stellen. Manche schauen uns dann genervt an. Sie haben keine Zeit. Stattdessen hetzen diese Menschen durch die Zeit, als gelte es, möglichst schnell ihr Lebensziel zu erreichen. Aber ist nicht das Lebensziel der Tod?

Was heißt das eigentlich, Zeit zu haben? Zeit zu haben heißt, eine Sache für wichtiger zu erachten als eine andere. Einen Tag urlangsam und ganz bewusst gestalten. Die Uhr, diesen Tyrannen, vergessen. Abschalten. Entspannen. Sich etwas gönnen.

Nicht schlecht, meine ich. Sonntags gönne ich mir etwas. Etwas Besonderes. Sonntags ist Laufzeit. Jeden Sonntag wird gelaufen. Eine lange Strecke. Zehn oder fünfzehn Kilometer. Was ist das schon? Für einen erfahrenen Läufer, wie ich es bin, ist das Entspannung pur. Der sonntägliche Vormittagslauf ist mir wichtiger als die alltägliche Hetzjagd. Im gemütlichen Trab geht es durch die Landschaft. Entlang des Flusses, vorbei an Obstwiesen und durch kleine Wälder. Der Uhr an meinem Handgelenk schenke ich keinen Blick. Es gibt nichts Besseres, um Luft, Sonne und die Landschaft zu genießen.

Wer bin ich?, frage ich mich. Bin ich noch der agile Mittfünfziger, der Woche für Woche nach Bestzeiten strebte? Der sich freute, wenn er immer wieder einen der vor ihm laufenden jungen Spunde überholt hat? Nein, sagt mein Körper, diese Zeit ist wohl vorbei. Ich wehre mich gegen diese Gedanken, aber bereits der nächste Versuch, mein Tempo zu beschleunigen, lässt mich vollends darüber klarwerden, dass meine Stunde Null geschlagen hat. Also, alles zurück auf Anfang, nehme ich mir vor. Das war nicht immer so.

Beweg dich, solange du dich noch bewegen kannst, sagte ich zu mir, als ich das Krankenbett, an das ich wochenlang gefesselt war, endlich wieder verlassen kann.

Draußen ist es kalt, aber immerhin, die Sonne scheint. Ideales Laufwetter. Ohne weiteren Kommentar beginne ich, Sportkleidung anzuziehen. „Mir ist nach Laufen zumute", sage ich zu meiner Frau, die mich fragend ansieht. „Ich will wissen, was ich noch schaffe." „Traust du dir das wirklich zu", fragt sie zweifelnd. „Ja, außerdem will ich an die frische Luft", antworte ich schon fast trotzig.

Tief atme ich die frische Winterluft ein. Das tut mir gut. In alter Manier winkle ich meine Arme an und setze meine Beine wie gewohnt in Bewegung. Nach knapp zweihundert Metern ist Schluss. Völlig außer Atem bleibe ich stehen. Mein Puls rast, als wäre ich im Wettkampftempo gelaufen. Das kann nicht sein, denke ich. Ist hier niemand, der mir sagt, dass das nicht wahr ist! Gerade mal zweihundert Meter! Dabei fühle ich

mich doch fit. Langsam gehe ich weiter. In meinem Kopf krei-
seln die Gedanken. Hey, alter Junge, hast wohl gedacht, du
kannst gleich wieder durchstarten?, fragt meine innere Stimme.
Hast du schon vergessen, dass du erst vor ein paar Tagen aus
dem Krankenhaus gekommen bist? Langsam beruhigt sich
mein Körper. Mein Herz schlägt wieder im normalen Takt. Ein
gutes Zeichen, denke ich und gehe langsam weiter.

Bereits zwei Tage später bin ich wieder unterwegs. Langsam, im gemütlichen Wandertempo geht es diesmal durch die
Landschaft. Ich genieße es. Die Sonne, das erste Grün des
Jahres und den Fluss, der träge dahinfließt. Ich kann meinen
Gedanken freien Lauf lassen. „Lass dir Zeit!" sollten wir uns
untereinander grüßen, denke ich. Im Zeitalter einer immer
rasanteren Beschleunigung wäre das angebracht. Von Justitia
wird auch gesagt, dass ihre Mühlen langsam mahlen. Wenn das
wahr ist, überlege ich, dann will ich lieber langsam meinen arg
geschundenen Körper zu Kräften kommen lassen. Dann werde ich eines Tages wieder zu meinen gemütlichen langen Sonn-
tagsläufen starten können. Nur, wann ist irgendwann? Diese
Frage ist im Moment nicht zu beantworten. Allein diese Frage
spricht für Ungeduld. Vorerst aber wird Langsamkeit mein
sportliches Tun bestimmen. Auf diese Art zu leben erfordert
aber Mut, glaube ich. Mut gegenüber meinen Mitmenschen,
weil nicht unbedingt als tüchtig gilt, wer sich im Schnecken-
tempo bewegt. Auch wenn es etwas dauert, aber darüber werde ich hinwegkommen. Hinter mir höre ich schnelle Schritte
auf mich zukommen. Eh ich mich versehe, überholen mich
zwei Läufer. Wehmütig schaue ich ihnen nach. Irgendwann
schaffe ich das auch wieder, schwöre ich mir. Ich muss nur
Geduld haben. Dann stellt sich der Erfolg von ganz allein ein.
Ein Mensch, der keine Zeit hat, kennt auch keinen Erfolg.

24. Der Tod des alten Schäfers

Der alte Schäfer sei tot, erzählt mein Freund, mit dem ich hin und wieder ein paar Kilometer laufe. An einem schönen sonnigen Sonntagmorgen beim gemeinsamen Lauftraining, so zwischen dem sechsten und siebenten Laufkilometer. Gerade an der Stelle der Laufstrecke, an der ich sonst immer dem Alten mit seiner Schafherde begegne. Ich bin geschockt. Für einen Moment bleibe ich stehen. Was denn? Der Alte, der stets mit seinem alten Moped seine Schafherde begleitete. Der soll tot sein? Da muss ich mich nicht wundern, dass ich den Alten mit seinen Schafen tatsächlich schon lange nicht mehr gesehen habe. Vielleicht hat er sich einen anderen Weideplatz für seine Herde gesucht, habe ich manchmal gedacht. Oder ob er krank ist? Aber daran habe ich nie einen Gedanken verschwendet. Kann nicht sein. Der ist täglich, bei Wind und Wetter, draußen in der freien Natur. So einer kann nicht krank werden, dachte ich jedes Mal. Überhaupt schien der Alte ein biblisches Alter erreicht zu haben. Mit seinen weißen Haaren und seinem von Wind und Wetter gezeichneten Gesicht sah er aus wie Methusalem. Aber Methusalem hatte kein Moped. Allenfalls Schafe. Und nun soll der Alte tot sein? Kaum zu glauben. Der Alte mit seiner Schafherde gehört doch zu unserem Lauftraining dazu.

Aber mal von vorn. Den Abschnitt des Saale-Radwanderweges zwischen Bad Dürrenberg und Kleinkorbetha darf man wohl als landschaftlich interessant bezeichnen. Immer in Sichtweite der Saale erstreckt er sich. Mitten durch grüne Wiesen und kleine Wäldchen. Manchmal ist er wie eine Allee von Obstbäumen begrenzt. Ein Eldorado für jeden Ausdauersportler und jeden Naturfreund.

Seit vielen Jahren nutze ich diesen Teil des Weges als Trainingsstrecke. Unzählige Male bin ich hier schon entlanggelaufen. Von Bad Dürrenberg bis nach Kleinkorbetha und wieder zurück. Zehn Kilometer. Manchmal noch ein paar Kilometer weiter. Bei Sonne und Regen. Ob es stürmt oder die Temperaturen unter dem Gefrierpunkt liegen. Nichts hält mich ab.

Nie ist es langweilig und immer Balsam für die geschundene Seele. Immer gibt es am Wegrand etwas Neues zu entdecken. Begegnungen mit Gleichgesinnten, ob Läufer, Spaziergänger und Radsportler. Und dann war da noch der alte Schäfer. Den traf ich fast immer, wenn ich den Weg entlang hetzte. Jedes Mal an einer anderen Stelle. Mit seiner Herde war er auch jeden Tag unterwegs, denn er stammte aus dem Dorf, welches gleich neben dem Laufweg lag. Immer unterwegs, genauso wie ich. Bei jedem Wetter. Meist hörte ich schon von weitem seine Schafe blöken. Wie viele Tiere zu seiner kleinen Herde gehörten, weiß ich nicht. Ich schätzte höchstens einhundert. Im Vorbeilaufen lässt es sich auch schlecht zählen. Seine beiden Hunde gehorchten ihm aufs Wort. Sobald der Alte mich sah, gab er seinen Hunden einen Wink. Dann liefen sie los, um die Schafe, die sich zu nah an den Weg verirrt hatten, wieder zurückzutreiben. Zum Dank winkte ich dem alten Mann zu. Manchmal blieb ich auch stehen und streichelte eines seiner Tiere. Den Schafen schien das zu gefallen. Dem Alten offenbar nicht. Der saß immer finster blickend in seinem ausgewaschenen blauen Arbeitsanzug auf seinem Moped. Dabei beobachtete er mich argwöhnisch. An der Lenkstange baumelte sein Schutzhelm, den er wahrscheinlich nie benutzte, und seine Gummistiefel hatten wohl auch schon bessere Tage gesehen. Den Alten schien nichts aus der Ruhe zu bringen. Lächeln, geschweige lachen, habe ich ihn nie sehen. Krankheiten, so wie wir sie kennen, müssen Fremdworte für ihn gewesen sein, und einen Arzt hat er wahrscheinlich auch nie gesprochen. Nur das Alter schien ihn offenbar zu plagen. Die Beine wollten wohl nicht mehr so, wie er wollte. Warum sonst saß er ständig auf seinem Moped. Wenn seine Herde weiterzog, kickte er den Motor an und fuhr langsam hinterher. Manchmal ruderte er auch nur mit seinen Beinen, um die alte Karre vorwärts zu bewegen. Trotz allem war mir der Alte sympathisch.

Nur einmal war ich ziemlich sauer auf ihn. Das war im Frühjahr. Der Schnee war gerade geschmolzen und die Erde weich und matschig. Da hatte er seine Herde ausgerechnet unseren Weg entlang getrieben. Die Schafe haben eine Schlammwüste hinterlassen. Im ersten Moment habe ich das gar nicht erkannt. Aber bereits nach dem ersten und zweiten Schritt steckte ich knöcheltief im Schlamm. Die kleinen grünen Kügelchen, die Schafe gewöhnlich hinterlassen, taten ihr Übriges. Da habe ich den Alten so richtig verflucht. Es war eine Qual, die Scheiße von den Schuhen zu bekommen.

Aber alles ist vergänglich. Auch die größte Wut verfliegt einmal. Bereits bei der nächsten Begegnung habe ich ihm wieder freundlich zugewinkt.

Und nun ist er tot! Keine schlimme Krankheit hat ihn dahingerafft. Auch sein biblisches Alter war nicht schuld. Nein, schlicht und ergreifend ein Sturz mit seinem Moped beförderte ihn ins Jenseits. An einem Berghang, den er mit der alten Karre hinauffahren wollte, ging der Motor plötzlich aus. Die Räder rutschten auf dem nassen Gras weg, er konnte das Gleichgewicht nicht mehr halten und stürzte mitsamt dem Moped den Hang hinab. Dabei brach er sich das Genick. Aus! Was sagt man dazu? Alle Krankheiten dieser Welt konnten dem Alten nichts anhaben. Aber sein altes Moped wurde zu seinem Schicksal. Man sollte ihm einen Stein setzen.

Teil III
Nachdenkliches

1. Wettlauf mit dem Tod

Es war einmal ein Mann. Er, nennen wir ihn Horst, arbeitete seit vielen Jahren als Hausmeister in einem großen Gebäude, dessen Fassaden vollkommen verglast waren. Zehn Stockwerke hoch. In dem Glaspalast gab es viele Büros, in denen viele Menschen dort vom Morgen bis zum Abend arbeiteten. Jahrein und jahraus. In der obersten Etage thronte der Chef. Sein Büro war prunkvoll eingerichtet. Überall glänzte und blinkte es, und an den Wänden prangten teure Gemälde. Sein Hausmeister hatte unten im Keller nur eine kleine Werkstatt. Durch ein kleines Fenster unterhalb der Kellerdecke fiel spärliches Licht. Kaum ein Sonnenstrahl verirrte sich hierher. Jeden Tag rackerte er sich für seinen Chef ab. Manchmal auch am Wochenende.

Eines Tages schickte der mächtige Chef unseren Horst zum Baumarkt. „Horst", hatte er zu ihm gesagt, „fahr mal in den Baumarkt und hole Schrauben und Dübel. Ich habe ein neues Bild ersteigert. Das musst du hier an die Wand hängen." Horst ließ die angefangene Arbeit liegen und tat, wie sein Chef ihm geheißen. Die Schrauben und die Dübel hatte Horst schnell gefunden. Eilig wollte er sich auf den Rückweg machen, als ihm plötzlich heiß wurde. Schweiß trat auf seine Stirn, und die Knie wurden weich wie Pudding. Im selben Moment kam eine große hagere Gestalt auf ihn zu. Sie war in einen schwarzen Umhang gehüllt, aus dem ein leichenblasses Gesicht ihn anblickte. Aus den langen weiten Ärmeln lugten dünne knöcherne Finger hervor, und über der Schulter trug die Gestalt eine Sense.

„Guten Tag, Horst", sprach sie Horst an. „Ich bin gekommen, um dich mit mir zu nehmen. Komm mit, es ist an der Zeit! Wir haben noch einen weiten Weg vor uns." Horst erschrak gewaltig. Todesangst befiel ihn, und krampfhaft hielt er sich an einem der Regale fest.

„Nein, nein", stammelte er, „jetzt doch noch nicht. Es kann doch noch nicht soweit sein. Ich habe doch noch so viel zu tun! Bitte, bitte verschone mich", flehte er.

„Na gut!", sprach die schwarze Gestalt, „eine kleine Frist will ich dir noch geben. Aber heute Nachmittag, um vierzehn Uhr, komme ich wieder. Dann musst du mit mir gehen, und dann gibt es kein Zurück." Mit diesen Worten machte er kehrt und verschwand.

Horst rannte in Panik aus dem Baumarkt und raste zurück zu seinem Chef. Völlig aufgelöst erzählte er ihm, was ihm auf dem Baumarkt widerfahren war. Die Schrauben und Dübel lagen noch im Baumarkt. Das neue Bild seines Chefs war ihm völlig egal.

„Mensch, Horst", beruhigte ihn der Chef. „Nun mach dir mal keine Sorgen. Ich werde dir schon helfen." Nach einer Weile sagte er zu ihm: „Du, Horst, pass mal auf! Du kennst doch meine Hütte hoch oben in den Bergen. Weißt schon, wo ich mich mit der hübschen Rita ab und zu treffe." Dabei zwinkerte er Horst zu. „Die Hütte kennt außer dir keiner. Nicht mal meine Frau", flüsterte er. „Da versteckst du dich, und da wird dich auch keiner finden. Ich fahre inzwischen zum Baumarkt und rede mal mit dem Herrn." Und protzig fügte er hinzu: „Das wäre doch gelacht, wenn ich mit meinen Beziehungen den nicht überreden könnte."

Horst fiel ein großer Stein vom Herzen. Der Chef ging zum Panzerschrank, entnahm ihm die Schlüssel für die Hütte und ein paar Geldscheine. „Nimm am besten gleich meinen Porsche", sagte er. „Damit bist du schneller." Horst düste los. Sein Chef aber fuhr auf den Baumarkt und suchte nach dem Mann im schwarzen Umhang. Er musste nicht lange suchen, denn an seiner Sense war er leicht zu erkennen. Er ging auf ihn zu und sprach ihn an: „Guten Tag, werter Herr! Warum willst du meinen besten und treuesten Mitarbeiter, den Horst, heute mit dir nehmen? Er hat mir viele Jahre als Hausmeister treu gedient. Hat er es da nicht verdient, noch ein paar Jahre zu leben? Er hat doch noch so viel zu tun und möchte auch noch etwas vom Leben haben. Ich mache dir einen Vorschlag: Hole ihn doch zu einem späteren Zeitpunkt. Ich will es dir auch reichlich lohnen." Verlegen zog er ein Bündel Geldscheine aus der Tasche. Da schaute ihm der Gevatter ruhig in die Augen und sprach: „Mein Freund, ich weiß nicht, wovon du redest. Bitte halte mich nicht auf. Ich habe heute Nachmittag, um vierzehn Uhr, noch ein Treffen. Du weißt schon, in deiner Hütte oben in den Bergen." Damit schob er den Chef beiseite und verschwand.

2. Von Liebe, Tod und Abschied

Wenn ein Mensch nach kurzer Lebenszeit für immer geht, dann sagen die Menschen, der hatte noch Zeit. Wenn ein Mensch sehr lange lebt, dann heißt es: wird Zeit, dass er geht. Wann ist der richtige Zeitpunkt, wird man sich nun fragen. Diese Frage wird wohl nie jemand zufriedenstellend beantworten können. Interessanter scheint da die Frage: Wie werden wir dem Tod begegnen? Mit dieser Frage beschäftigen wir uns kaum. Es scheint, wir Menschen haben einen Schutzmechanismus in uns, der, solange es nicht unbedingt sein muss, verhindert, dass wir uns mit unserer Sterblichkeit befassen. Aber wenn der Gevatter Hein an die Tür klopft, tauchen plötzlich Fragen wie diese auf.

Wie werden wir uns im Fall unseres Todes davonmachen? Werden wir uns, bis zum letzten Atemzug kämpfend, an das Leben klammern, oder werden wir voller Demut friedlich vor dem Tod kapitulieren? Bleibt uns noch die Zeit, um uns zu verabschieden, wenn wir von dieser Welt spazieren, oder ist plötzlich alles vorbei? Was für einen Charakter werden wir in diesem Moment an den Tag legen? Gehen wir auf Spurensuche!

Langer Abschied

Ein Mann, über fünfzig, betritt das Krankenhaus. Schnellen Schrittes eilt er zu der Station, auf der seine Frau liegt. Es ist die Krebsstation. Die Schwestern, denen er begegnet, nicken stumm statt eines frohen Grußes. Seit einer Woche kommt der Mann täglich hierher zu seiner Frau, die im Sterben liegt. Er weiß längst, jeder Besuch könnte der letzte sein. Was wird mich heute erwarten, denkt er jedes Mal.

Lungenkrebs lautete die niederschmetternde Diagnose, als seine nur zwei Jahre jüngere Frau vor einem Jahr wegen Atemproblemen zum Arzt ging. Da waren die beiden noch voller Hoffnung, den Krebs gemeinsam zu besiegen. Doch von Monat zu Monat, dann von Woche zu Woche, ging es ihr immer schlechter. Endstadium, sagte der Arzt, als ihr Mann sie schließlich ins Krankenhaus bringen musste.

Leise öffnet er die Tür, und leise betritt er das Zimmer, in dem seine Frau liegt. Es ist ein Einzelzimmer. Einzelzimmer – Sterbezimmer, sagen die Leute hinter vorgehaltener Hand. Es ist still. Auch von außen dringt kein Lärm herein. Die Fenstervorhänge sind zugezogen. Stumm schaut der Mann seine Frau an. Ruhig und friedlich wie ein Engel liegt sie da. Aus einer Infusionsflasche tropft ein Schmerz- und Schlafmittel in ihren Körper. Ihre Augen sind geschlossen und die Lippen ausdruckslos. Nur am unscheinbaren gleichmäßigen Heben und Senken ihrer Brust ist zu erkennen, dass noch Leben in ihr steckt. Die Augen des Mannes werden feucht. Er nimmt sich einen Stuhl und setzt sich zu seiner Frau ans Bett. Vorsichtig ergreift er ihre Hand. Wie schön warm sich das anfühlt, denkt er und lächelt zaghaft. Leise beginnt der Mann zu erzählen. Zuerst vom Wetter. Dann von zu Hause und den Kindern. Später dann von der Zeit, als sie sich kennenlernten, und von den Zeiten der Liebe, die sie bis heute begleitet, und von den gemeinsamen Erlebnissen. Immer haben sie ihre Liebe manche Hürde überwinden lassen. Wieder und wieder streichelt er dabei zärtlich ihre Hand. Manchmal, so scheint es, huscht dann jedes Mal ein Lächeln über das blasse Gesicht. Längst hat der Mann begriffen, dass seine Frau ihren Frieden mit dem unausweichlichen Tod gemacht hat. Trotzdem, er redet und redet, als wolle er seiner Frau jetzt all das noch sagen, was er ihr schon immer sagen wollte. Er weiß genau, dass ihnen nicht mehr viel Zeit bleibt. Aber nur so, glaubt er, kann er beiden das Abschiednehmen erleichtern. Du gehst nun fort. Wie wird es dir da ergehen, sind seine letzten Gedanken. Dann verlässt er den Raum.

Am nächsten Tag stellt sich die Oberschwester dem Mann in den Weg. Sie schaut ihn an, nickt und drückt stumm seine Hand. Heute Nacht sei seine Frau gestorben, sagt sie leise. Ganz friedlich und ohne Schmerzen, versichert sie.

Wenn er wolle, könne er sie noch einmal sehen. Der Mann nickt wortlos. Gemeinsam gehen beide den Weg, den er in den letzten Tagen immer allein gegangen ist. Die Oberschwester öffnet leise die Tür, nimmt ihn beim Arm und schiebt ihn sacht in das Zimmer. Da liegt sie nun. Wie am Vortag. Nur mit einem weißen Tuch bedeckt. Der Mann steht erstarrt. So schnell kann es also gehen, denkt er. Nun ist sie tot. Dabei hatten wir uns noch so viel vorgenommen.

Eine ganze Weile steht er so. Er hat nicht bemerkt, dass die Oberschwester leise das Zimmer verlassen hat. Langsam tritt er an das Bett. Ein letztes Mal noch will er seiner Frau ins Gesicht sehen. So steht er und merkt nicht, wie dabei die Zeit verrinnt.

Seine Tränen sind längst getrocknet, als es zaghaft an die Tür klopft. Eine Schwester schaut herein und fragt, ob alles in Ordnung sei. Er nickt stumm. Dann dreht er sich um und geht. Für immer. Mit einem Gefühl der Erleichterung, sich würdevoll von seiner Frau verabschiedet zu haben, verlässt er das Krankenhaus.

Sanft entschlafen

Dann ist da dieser alte Herr. Noch rüstig mit seinen fast neunzig Jahren. Jeden Tag, vom Frühjahr bis zum Herbst, sieht man ihn in seinem Schrebergarten buddeln und werkeln. Morgens gegen neun kommt er mit dem Fahrrad, und kurz vor zwölf fährt er wieder nach Hause, wo seine Frau mit dem Mittagessen auf ihn wartet. Am Nachmittag kommen sie gemeinsam, um sich an ihrem Garten mit den bunten Blumen darin zu erfreuen. Jeder im Gartenverein kennt die beiden. Man grüßt sich oder winkt sich fröhlich zu. Manchmal wechselt man ein paar nette Worte. Alle, die vorbeigehen, bewundern die beiden, weil ihr Garten so gepflegt aussieht. Manch Jüngerer könnte da noch etwas lernen.

Aber an einem sonnigen Frühlingstag ist plötzlich alles anders. Am Nachmittag kommen die beiden Alten nicht. Nanu, fragen sich die Nachbarn. Vielleicht sind sie verreist, mutmaßen einige. Doch es ist alles anders.

Wie immer ist der alte Herr zum Mittagessen nach Hause gefahren. Seine Frau steht am Herd und rührt in einem Topf.

„Es dauert noch fünf Minuten", ruft sie laut ihrem Mann zu, weil der inzwischen doch etwas schwerhörig geworden ist. Der Mann nickt, schlurft zum Sessel und nimmt ächzend darin Platz. Es dauert keine zwei Minuten, da ist er eingeschlafen. Für immer. „Ich habe das Essen aufgetan", ruft nach fünf Minuten seine Frau. Doch das hört er nicht mehr. Als er nach fünf Minuten immer noch nicht erscheint, will sie nach ihm sehen. Sie findet ihn friedlich im Sessel sitzend, als würde er schlafen. Sanft will sie ihn wachrütteln. Doch ihre Hand zuckt wie elektrisiert zurück. Sie hat sofort erkannt, was passiert ist. Entsetzt hält sie sich die Hände vor den Mund, und ihre Augen werden groß und feucht. Langsam lässt sie sich auf einen Stuhl nieder. Keinen Blick wendet sie von ihrem Mann. Sein Kopf ist auf die Brust gesunken, und die Arme ruhen auf den Armlehnen. Wie lange sie so sitzt, weiß sie nicht. Das Essen auf dem Tisch ist längst kalt geworden. Doch dann gibt sie sich einen Ruck, steht auf und geht zum Telefon. Sie wählt eine Nummer und lauscht in den Hörer. „Du, der Vater ist eingeschlafen. Gerade jetzt eben", sagt sie stockend und legt nach einem Moment wieder auf. Langsam kommen ihre Gedanken wieder. So schnell denkt sie. Nicht mal verabschieden konnten wir uns und beginnt, bitterlich zu weinen.

Eine knappe Stunde später kommt ihr Sohn. Wortlos nimmt er seine Mutter in die Arme und streichelt ihr tröstend über das weiße Haar. „Ist ja gut", sagt er leise. „Er hat doch ein dankbares Alter erreicht und ist so friedlich eingeschlafen." Sie nickt stumm. „Aber ich konnte mich nicht mal von ihm verabschieden", sagt sie jetzt aufgebracht. Und für einen kurzen Moment fühlt sie Wut und Enttäuschung in sich aufsteigen. Noch immer hält ihr Sohn sie im Arm. Sein Blick geht durch das Fenster hinaus auf den Hof. Wie recht sie doch hat, denkt er. Nach den vielen Jahren, die sie miteinander verlebt haben.

Plötzlich und unerwartet

Die 20-jährige Anja und der 22-jährige Sven sind ein Paar. Seit zwei Jahren sind die beiden zusammen. Und glücklich obendrein. Überhaupt scheint das Glück auf ihrer Seite zu sein. Beide haben einen Job, die gleichen Interessen und fast die gleichen Hobbys. Anja arbeitet als Bürofachkraft in einer großen Chemiefirma, und in ihrer Freizeit ist sie eine leidenschaftliche Ausdauerläuferin. Sven, der seinen Lohn als Elektriker verdient, jagt am Wochenende gern dem runden Leder nach. Gemeinsame Urlaubsreisen und Besuche bei weit entfernt wohnenden Freunden ließen sie immer näher zusammenrücken.

Seit einigen Tagen ist ihr Glück vollkommen. Als Anja ihrem Sven offenbarte, dass sie in einigen Monaten zu dritt sein würden, haben sich beide geschworen, miteinander den Lebensweg zu gehen. Eine gemeinsame Wohnung hatten sie auch schnell gefunden. Den Eltern der beiden ist das gar nicht so recht. Weil Anja und Sven noch so jung sind, hegen sie gewisse Zweifel an deren Zusammenleben. Aber angesichts der Tatsache, bald Oma und Opa zu sein, wollen sie dem Glück von Anja und Sven nicht im Wege stehen und versprechen ihnen Unterstützung.

An einem schönen Frühlingstag sind Anja und Sven wieder einen Schritt auf ihrem Glücksweg vorangekommen. Heute haben sie ihren ersten gemeinsamen Mietvertrag unterschrieben. Zu allem Glück meint es die Sonne heute besonders gut und schickt wärmende Strahlen zur Erde. Freudestrahlend stehen sie vor dem Büro und winken mit den Schlüsseln Anjas Eltern zu, die auf der anderen Straßenseite warten. Gemeinsam wollen sie zu der Wohnung fahren und Pläne für den baldigen Umzug machen. Die Wohnung ist nur wenige Straßenzüge vom Büro des Vermieters entfernt. Während die beiden schnell in ihre neue Wohnung wollen, haben Anjas Eltern zuvor noch einen Weg zu erledigen und versprechen nachzukommen. Sven und Anja schwingen sich auf ihr Moped und machen sich auf den Weg. Sie biegen auf die Hauptstraße ein, und Sven gibt kräftig Gas. Es sind keine fünfhundert Meter mehr, da kommt aus einer Seitenstraße in rasanter Fahrt ein Pkw. Ungebremst fährt er auf die Kreuzung und fegt die beiden regelrecht von der Straße. Sven ist sofort tot. Obwohl der Notarzt nach kurzer Zeit am Unfallort eintrifft, erliegt Anja noch auf dem Weg ins Krankenhaus ihren Verletzungen.

Eine halbe Stunde später klingeln Anjas Eltern an der neuen Wohnung. Sie klingeln einmal, zweimal und auch ein drittes Mal. Keiner öffnet. In der Ferne hört man die Sirene eines Notarztwagens.

3. Warum der Herr Weißgerber erschossen wurde

Auf der Anklagebank des Amtsgerichtes in H. sitzt der Herr Reich. Er ist angeklagt, seinen Nachbarn, den Herrn Weißgerber, mit seiner Jagdflinte erschossen zu haben. Nach drei Verhandlungstagen spricht Richter Rosenbaum sein Urteil. Er verurteilt den Herrn Reich wegen Mordes zu lebenslanger Haft. Was war geschehen?

Herr Reich und Herr Weißgerber waren Nachbarn. Ihre Grundstücke waren, wie das so üblich ist, durch einen Zaun getrennt. Herr Reich besaß ein kleines Häschen, das er gelegentlich auf dem Rasen seines Gartens grasen ließ. Herr Weißgerber hatte einen Schäferhund, der auf den Namen Hasso hörte, und Weißgerbers Anwesen bewachen sollte. Eines Tages sprang der Hasso über den Zaun und fraß das Häschen. Es kam zum Streit, der eskalierte, und am Ende griff Reich zu seiner Jagdflinte und erschoss seinen Nachbarn Weißgerber.

So in etwa hatte sich die Geschichte zugetragen. Zwischen dem ersten Streitgespräch und dem tödlichen Schuss lagen etwa drei Wochen. Nur ein kleiner Vorfall, nämlich Reichs totes Häschen, führte zur Verstimmung der bis dahin freundschaftlichen Nachbarschaft. Und das ging so!

Sofort, nachdem Schäferhund Hasso das kleine Kaninchen gefressen hatte, stellte Reich Weißgerber zur Rede. Der aber wies jede Schuld von sich. Schließlich habe das Häschen seinen Hasso „provoziert". Was denn das wohl für ein Blödsinn sei, meinte Herr Reich und machte den Scheibenwischer. Wie denn ein Häschen einen Schäferhund provozieren könne, wollte er wissen. Weißgerber erklärte daraufhin, das Häschen habe den ganzen Tag am Zaun gesessen und so eigenartig die Nase gerümpft, den Hund sozusagen „angemümmelt". Am nächsten Tag kamen Herr Reich und Herr Weißgerber wieder zusammen. Über den Gartenzaun, wo sie früher gelegentlich ein Bierchen zusammen tranken, tauschten sie sich mit ernster Miene über den Vorfall aus. Im Verlauf des Gesprächs bildeten sich klare Fronten. Es entstand ein Streit und jeder wies dem anderen die Schuld zu. Forderungen wurden aufgestellt. Diese wurden selbstverständlich von der anderen Partei abgelehnt. Folglich blieb die Diskussion ohne Ergebnis. Reich brach diese ab, und Weißgerber zog sich in sein Haus zurück.

Drei Tage passierte nun nichts. Aber hinter den Kulissen begann es zu rumoren. Der Fall wurde mit Freunden, Verwandten und Nachbarn von Reich und Weißgerber besprochen. Ein jeder beschwerte sich über den anderen. Insgeheim begannen beide, eine bestimmte Vorgehensweise zu planen. Reich überlegte sich rechtliche Schritte. Weißgerber war noch gelassen und harrte der Dinge, die da kommen sollten. Aber nachts, wenn sie nicht einschlafen konnten, dachten sie über faire und unfaire persönliche Attacken nach und planten den nächsten Schritt.

Nach einer Woche eisigen Schweigens hatte sich ihre Strategie gefestigt. Reich und Weißgerber gingen wieder aufeinander los und drohten mit den jeweils erwogenen Schritten.

Reich kündigte an, Rechtsanwälte heranzuziehen oder das Gericht anzurufen. Gleichzeitig begannen erste Sabotageakte, die aber noch moderat ausfielen. Wenn zum Beispiel Reich ein Pizzataxi bestellt hatte, das zufällig bei Weißgerber klingelte, erklärte der dem verdutzten Fahrer, dass Reich nach Neuseeland ausgewandert sei, und schickte ihn wieder zurück. Wenn Reich gebeten wurde, vom Paketzusteller ein Päckchen für Weißgerber anzunehmen, lehnte Reich das glatt ab und freute sich diebisch, dass Weißgerber nun das Päckchen selbst bei der Post abholen musste. Parkte Reich auch nur zehn Zentimeter zu weit in der Einfahrt von Weißgerber, wurde gnadenlos die Polizei gerufen.

Noch halten sich beide an einen gewissen Ehrenkodex.

Dennoch, Reich und Weißgerber waren nicht zur Versöhnung bereit. Obwohl das zu diesem Zeitpunkt noch möglich war. Alle genannten Bemühungen fruchteten nicht. Bereits zwei Tage später wurden die Regeln gebrochen.

Reich und Weißgerber, die einst so friedlichen Nachbarn, schlugen wütend aufeinander los. Der eigentliche Gegenstand ihres Streits, das tote Häschen, trat in den Hintergrund. Die Schädigung der Persönlichkeit wurde wichtiger als der Streitanlass. Der Streit steuerte unaufhaltsam seinem Höhepunkt entgegen. Keiner scheute mehr unfaire Praktiken. Hatte Weißgerber nicht einen ungenehmigten Anbau bekommen? Da waren bestimmt Schwarzarbeiter beschäftigt, fragte sich Reich und lief zum Finanzamt.

Seit einer Woche herrschte totaler Krieg. Die Rache wurde blind, und keiner nahm Rücksicht auf eigene Verluste. An das tote Häschen dachten beide schon lange nicht mehr. Reich und Weißgerber schlugen aufeinander ein. Die Wut wurde rasend, es galten keine Regeln mehr. Der Schlag unter die Gürtellinie wurde zur Normalität. Es kam zu rohen Gewaltakten. Reich und Weißgerber zerstachen einander die Reifen und schreckten auch vor körperlichen Angriffen nicht zurück. In diesem Stadium fiel der tödliche Schuss.

In seiner Urteilsbegründung sagt Richter Rosenbaum, dass eine Verurteilung wegen Tötung im Affekt nicht gegeben sei. Schließlich habe sich der Streit über drei Wochen hingezogen und hätte jederzeit friedlich beigelegt werden können. Mit dem Schuss aus seiner Jagdflinte habe Reich den Tod von Weißgerber billigend in Kauf genommen.

Fazit: Weißgerber ist tot! Reich sitzt fünfzehn Jahre im Knast!

4. Von Peter, seinem Ball und dem roten Apfel

An einem schönen Herbsttag spielte der kleine Peter auf dem Hof hinter dem Haus, in dem er wohnte, mit seinem neuen roten Ball. Bald wurde ihm das aber zu langweilig. Er warf den Ball in hohem Bogen einfach weg. Der Ball landete auf einer großen Wiese, auf der viele Apfelbäume standen. Er hopste noch ein paarmal und rollte noch ein Stück, ehe er an einem großen Apfelbaum liegenblieb. Viele rote Äpfel hingen an seinen Ästen. Es waren so viele, dass sich die Äste bis auf den Boden hinab bogen. Viele der Äpfel hatte der Wind schon von den Zweigen gepustet, so dass sie nun im Gras lagen. Der kleine rote Ball blieb genau neben einem dieser schönen roten Äpfel liegen.

„Hallo", sagte der Ball. „Du bist genauso rot und rund wie ich, ich will dein Freund sein. Wollen wir zusammen spielen?" Da wurde der Apfel ganz traurig und sagte: „Ich kann nicht dein Freund sein, und ich kann auch nicht mit dir spielen. Der Wind hat so stark gepustet. Da bin ich vom Baum gefallen und habe mich verletzt. Wenn mich niemand aufliest, werde ich hier sterben."

„Oh", sagte der kleine rote Ball und wurde auch ganz traurig. Er überlegte, wie er dem verletzen Apfel helfen könnte. Plötzlich erheiterte sich sein Gesicht. Er hatte eine Idee. „Ich will dir helfen", rief er. „Warte einen Augenblick!" Der Ball hatte nämlich gesehen, dass Peters Opa am Baum nebenan Äpfel pflückte. Genau dorthin wollte der kleine Ball. Aber wie hinkommen? Der Wind könnte mir helfen, fiel ihm ein. „Hallo Wind", rief er, „kannst du nicht noch mal pusten, damit ich weiterrollen kann?" „Hoho!", rief der Wind und lachte. Dann blies er mit dicken Backen, bis der Ball vor den Füßen von Peters Opa lag.

„Nanu", sagte der Opa und lachte. „Wo kommst du denn her?" Er hob ihn hoch und wollte ihn in seine Tasche stecken. „Dich nehme ich mit zu meinem Peter." Der Ball aber sprang wieder aus Opas Hand und hüpfte und rollte zurück zu seinem Freund, dem kranken Apfel.

Der Opa lief verwundert hinterher. Als er sich bückte und den Ball wieder aufheben wollte, sah er den roten Apfel liegen. „Na, so ein schöner Apfel", sagte er und hob ihn ebenfalls auf. Da entdeckte er die kranke Stelle am Apfel. Na ja, dachte der Opa. Eigentlich ist er zu schade zum Wegwerfen. „Essen kann man ihn aber noch", murmelte er und steckte beide, den kleinen roten Ball und den roten Apfel, in seine großen Jackentaschen.

„Schau mal, Peter, was ich gefunden habe", rief der Opa, als er nach Hause kam.

Er zog aus einer Jackentasche den roten Apfel und aus der anderen den roten Ball. Peters Gesicht wurde plötzlich genauso rot wie der Ball und der Apfel. Er hatte nämlich seinen Ball wiedererkannt. Nun schämte Peter sich, dass er seinen Ball vorhin einfach weggeworfen hatte. „Was hast du, Peter?", fragte der Opa, „gefällt dir der Ball nicht?"

„Doch, doch", stotterte Peter und wurde immer verlegener.

„Na also", sagte der Opa und strich Peter über seinen blonden Haarschopf. „Den schenke ich dir, und den Apfel teilen wir uns." Peter freute sich und alles war wieder gut.

Am Ende ist immer alles gut. Wenn es aber nicht gut ist, dann ist es auch noch nicht zu Ende.

5.   Der Traum vom großen Geld

Wie so oft in den vergangenen Wochen sitze ich wieder an meinem Schreibtisch. Einen Zeitungsartikel soll ich schreiben. Aber wie beginnen? Wo ist der Anfang von dem verflixten roten Faden? Vor mir liegt mein Notizbuch, vollgekritzelt mit Stichpunkten. Vom Bildschirm meines Computers lächelt mich eine neue Seite an. Unbeschrieben und noch jungfräulich weiß. Ich lehne mich zurück und versuche meine Gedanken zu ordnen. Es gelingt nicht. Meine Augenlider werden schwer und langsam schlafe ich ein …

Im Traum sehe ich durch einen Nebelschleier einen Mann auf mich zukommen. Er trägt einen dunklen Anzug mit feinen Nadelstreifen, und in der Hand hält er einen edlen Lederkoffer, wie ihn Manager oder Banker gern benutzen. Wahrscheinlich scheint er so etwas zu sein.

„Guten Tag mein Freund", grüßt er mich freundlich. Ich grüße ebenso freundlich zurück.

„Stell dir vor, du hast in einem Wettbewerb gewonnen!", sagt er.

Ich muss lächeln und sehe ihn erwartungsvoll an.

„Und meine Bank würde dir ab sofort jeden Morgen 86.400 Euro auf dein Bankkonto überweisen. Würdest du dich freuen?"

Was für eine Frage! Natürlich würde ich mich freuen.

„Du musst aber einige Regeln beachten", sagt er und hebt seinen Zeigefinger.

Ich nicke heftig. „Kein Problem!", sage ich und kann es kaum erwarten.

„Also, das Geld würde nur dir gehören. Alles, was du im Laufe des Tages nicht ausgegeben hättest, würde dir wieder weggenommen werden. Unwiederbringlich. Du kannst den Rest auch nicht auf ein anderes Konto überweisen. Aber jeden Morgen, wenn du erwachst, würden auf deinem Konto wieder 86.400 Euro für den neuen Tag eingegangen sein. Was sagst du nun?"

Ich bin sprachlos. Soviel Geld! Was soll ich denn mit dem ganzen Geld machen, überlege ich. Wahrscheinlich würde ich mir all das kaufen, was ich schon immer haben wollte. Und nicht nur für mich selbst. Für alle Menschen. Für alle, die ich liebe. Vielleicht sogar für Menschen, die ich nicht kenne. Ich kann ja unmöglich alles Geld nur für mich allein ausgeben.

„Ich werde versuchen, jeden Cent auszugeben und ihn sinnvoll zu nutzen", verspreche ich.

„Da ist aber noch eine Regel", sagt der Nadelstreifenanzugmann. „Die Bank kann die Überweisungen ohne Vorwarnung beenden. Sie kann sagen: ‚Mein Freund, das Spiel ist aus!' Das Konto ist dann augenblicklich geschlossen, und du bekommst auch am nächsten Morgen kein neues Geld."

Ich erschrecke! Dann will ich lieber kein Geld. Aber der Mann lässt mir keine Zeit zum Nachdenken. Er öffnet seinen Lederkoffer und heraus flattern viele, viele Geldscheine. Ich strecke die Arme aus, um die Scheine, die wie Schneeflocken durch die Luft wirbeln, einzufangen. Freudig halte ich einige in meinen Händen. Doch was ist das! Auf jedem Schein war eine große fette Eins gedruckt und darunter das Wort „Lebenssekunde". Der Nadelstreifenanzugmann lacht laut und verschwindet augenblicklich im Nebel. Ich begreife: Die Währung heißt nicht Euro, sondern Sekunde. Lebenssekunde.

Er hat mir 86.400 Lebenssekunden geschenkt … Da werde ich wach!

Die Wirklichkeit ist: Diese Bank gibt es wirklich. Wir haben sie in uns. Jeden Morgen, wenn wir aufwachen, sind 86.400 Sekunden unserem Lebenskonto gutgeschrieben. 86.400 Sekunden Leben für einen einzigen Tag. Wenn wir abends einschlafen, werden uns nicht etwa die Sekunden, die wir nicht genutzt haben, gutgeschrieben. Nein, was nicht verlebt wurde, ist unwiederbringlich verloren. Bis, ja bis beim Aufwachen am nächsten Morgen wieder jene 86.400 Sekunden auf unserem Lebenskonto eingegangen sind. Doch, wie sagte der Nadelstreifenanzugmann. Die Bank kann uns, auch ohne Vorankündigung und jederzeit, von einer Sekunde zur anderen, den Rest der täglichen 86.400 Sekunden wegnehmen, ohne unser Konto je wieder zu füllen.

Was machen Sie also mit Ihren täglichen 86.400 Sekunden? Sind sie nicht viel mehr wert als 86.400 Euro? Also geben Sie die 86.400 Sekunden nicht nutzlos aus. Nur wer sein Leben sinnvoll verbringt, dem werden viele Male 86.400 Eurosekunden geschenkt.

Carpe diem, sagten bereits die alten Lateiner – nutze den Tag.

Weiterhin erschienen im pkp Verlag

www.pkp-verlag.de

Erzählungen

Geschichten aus dem Leseturm II
Merseburg zwischen Russenkaserne, Strandkorb und TH
Autorinnen und Autoren des Literaturkreises Leseturm in Merseburg

Neue Geschichten über Herbert, Hubert und andere Zeitgenossen
Regina Oversberg

Kinderbücher

Die kleine Brockenhexe Walpurgis
Johanna Adler

Der Spatzenjunge Flori
Ingeborg Schmelz

www.ingramcontent.com/pod-product-compliance
Lightning Source LLC
Chambersburg PA
CBHW030542030726
47495CB00004B/1101